KB189125

로미오와 줄리엣

The RSC Shakespeare

Edited by Jonathan Bate and Eric Rasmussen
Chief Associate Editor: Héloïse Sénéchal
Associate Editors: Trey Jansen, Eleanor Lowe, Lucy Munro,
Dee Anna Phares, Jan Sewell

Romeo and Juliet

Introduction and Shakespeare's Career in the Theater: Jonathan Bate
Scene-by-Scene Analysis: Esmé Miskimmin
In Performance: Karin Brown(RSC stagings), Jan Sewell(overview),
The Director's Cut(interviews by Jonathan Bate and Kevin Wright):
Michael Attenborough
Playing Romeo: David Tennant
Playing Juliet: Alexandra Gilbreath

Korean Translation Copyright © 2012 Sigongsa Co., Ltd.
Published by arrangement with Modern Library, an imprint of the Random House
Publishing Group, a division of Random House, Inc.

Royal Shakespeare Company

Romeo And Juliet
로미오와 줄리엣

윌리엄 셰익스피어
홍유미 옮김

시공사

일러두기

1. 이 책은 1595~1596년경 집필된 윌리엄 셰익스피어(William Shakespeare)의 희곡《로미오와 줄리엣(Romeo and Juliet)》을 우리말로 옮긴 것이다.

2. 번역은 '로열 셰익스피어 컴퍼니(The Royal Shakespeare Company)'가 편집한 '셰익스피어 전집(William Shakespeare: Complete Works)'의《로미오와 줄리엣》(랜덤하우스 모던라이브러리, 2009)을 대본으로 삼았다.

3. 본문의 주는 대본으로 삼은 원서의 주를 그대로 싣거나 경우에 따라 축약 정리해 실었다. 옮긴이가 새롭게 추가한 주에는 괄호 안에 '옮긴이'라고 표시해 밝혔다.

4. 꺾쇠의 쓰임은 다음과 같이 구분했다.
   겹꺾쇠(《 》): 판본으로서의 '로미오와 줄리엣'
   홑꺾쇠(〈 〉): 연극으로서의 '로미오와 줄리엣'

한국어판 서문

2012년 런던 올림픽은 윌리엄 셰익스피어(William Shakespeare, 1564~1616)와 함께 시작되었다. 그의 마지막 작품인 《템페스트》(1611)*의 등장인물 칼리반이 섬의 경이로운 아름다움에 대해 찬미한 대사에서 영감을 받은 "경이로운 섬"이라는 구절이 새겨진 27톤의 거대한 종이 울리면서 올림픽이 개막했던 것이다. 개막식의 총감독을 맡은 대니 보일은 이렇게 '경이로운 섬' 영국을 세계적인 대문호 셰익스피어를 배출한 오래된 문화 강국으로 알리고자 했을 것이다. 더 나아가 그는 셰익스피어 무대에서처럼 런던 올림픽 경기에서도 빈부, 귀천, 남녀, 노소의 차이를 넘어서 모든 사람들이 함께 관람의 기쁨을 만끽하기

---

*《템페스트》 이후의 작품들 《헨리 8세》(1613)와 《두 귀족 친척》(1614)은 셰익스피어가 존 플레처(John Fletcher, 1570~1625)와 공동으로 집필한 극이다. 플레처는 셰익스피어의 뒤를 이은 '국왕 극단'의 상주 극작가였다.

를 원했을 것이다. 그러나 한때 '로열 셰익스피어 컴퍼니'(Royal Shakespeare Company, 이하 RSC)에서 셰익스피어의 작품을 연출했던 보일은 무엇보다 "수백 년 동안" 울려왔던 셰익스피어의 경이로운 종소리를 지금의 세대들도, 또 영국을 넘어 세계의 모든 사람들까지 모두 들을 수 있기를 소망했다.* 칼리반의 '경이로운 섬'만큼이나 셰익스피어의 작품 세계가 경이롭기 때문이리라.

1590년부터 1616년까지 37편의 드라마(10편의 비극, 17편의 희극, 10편의 역사극)와 2편의 장시와 시집 《소네트》를 집필한 윌리엄 셰익스피어는 그 문학적 탁월함과 연극적 천재성—살아 숨 쉬는 유머와 말장난, 아름답고 신비로운 상징적 표현과 시적 향기, 맥박의 울림 같은 극적 전개, 무한한 상상력에 기반을 둔 무대 예술, 시공을 초월하여 모든 사람을 공감시키는 보편성, 거의 모든 삶의 영역에 대한 진지한 성찰, 세상사의 양면성을 객관적으로 바라보는 균형감 등—으로, 살아생전 인기를 누렸을 뿐만 아니라 오늘날까지 450여 년 동안 전 세계인의 사랑을 받아왔다. 특히 셰익스피어의 드라마는 그리스, 로마 고전 드라마와 함께 서양 드라마 역사의 거대한 양 축을 형성하며, "그는 한 시대가 아닌 모든 시대의 시인"이라는 벤 존슨(Ben Jonson, 1572~1637)의 평가를 입증이라도 하듯, 최근에도 세계 각지에서 새롭고 다양한 시각으로 재해석되어 지속적

*http://www.bbc.co.uk/news/uk-16747032

으로 무대에 오르고 있다.

4세기 반이 넘는 셰익스피어 극의 역사에 비출 때 1920년부터 소개되기 시작한 국내 셰익스피어 극의 역사는 길다고 할 수 없다. 하지만 1950년대 직업 극단들이 생기면서부터 꾸준히 셰익스피어 극이 무대에 오르기 시작했고 오늘날에 이르기까지 셰익스피어의 다양한 작품들은 줄곧 국내 연극인들과 관객에게 관심과 사랑의 대상이 되어왔다. 특히 1990년대부터 국내 연극계는 매년 10~20여 편의 셰익스피어 극을 공연할 정도로 셰익스피어에 몰입했고, 셰익스피어의 현대적 재해석과 한국적 수정 작업도 상당한 진척을 보이며 관객의 호응을 얻어냈다.

셰익스피어 탄생 400주년이었던 1964년 이후 한국에서 셰익스피어는 무대 위에서뿐 아니라 서가에서도 독자들의 큰 사랑을 받게 되었다. 같은 해 휘문출판사에서 김재남 역의 셰익스피어 전작 40편이 출판되고, 곧 19명의 영문학자들이 정음사에서 4권짜리 셰익스피어 전집을 발간하는 경사가 벌어졌던 것이다. 이후에도 오화섭, 여석기, 신정옥을 비롯한 여러 셰익스피어 학자들이 지속적으로 새로운 셰익스피어 번역서들을 출간해왔다.* 특히 최근 한국 사회에 세차게 불고 있는 인문학

---

*1920년대부터 1997년까지 한국의 셰익스피어 수용사에 대해선 신정옥의 《셰익스피어, 한국에 오다》(백산출판사, 1998)를 참조했다.

과 고전 열풍은 한국 젊은이들의 관심을 셰익스피어로 집중시켰고 이에 부응해 젊은 세대들이 쉽게 읽을 수 있는 현대어 셰익스피어 번역서들도 잇따라 출간되었다.

　그렇다면 왜 또다시 셰익스피어인가? 그럴 만한 특별한 이유가 있다. 이번 번역본은 'RSC 셰익스피어 판본'을 소개한다는 점에서 기존 셰익스피어 번역본과는 차별성이 있다. 셰익스피어의 작품들이 셰익스피어 사후 서지학자들과 편집자들이 정리해 출간해온 텍스트라는 점을 감안한다면(그 과정에서 부분적으로 변형을 거치기도 했다), 셰익스피어의 작품을 읽는 데 판본의 선택은 매우 중요하고 까다로운 문제라고 할 수 있다. 1960년대 이후 국내에 소개된 셰익스피어 작품들이 어떤 판본을 참고로 번역했는지 밝히지 않거나, 영국과 미국에서 발간된 유수의 셰익스피어 편집본들(리버사이드, 아든, 뉴케임브리지 등)을 참조하면서 혼합해 번역했다면, 이번에 새롭게 소개하는 셰익스피어의 5대 비극(《햄릿》, 《오셀로》, 《리어 왕》, 《맥베스》, 《로미오와 줄리엣》)은 전적으로 RSC에서 편집한 RSC 셰익스피어 판본만을 기반으로 했다. RSC 판본이 1623년 셰익스피어 전집으로 처음 출간된 '제1이절판'을 기초로 만들어진 만큼 셰익스피어의 원형에 더 가까울 것이라는 판단에서이다.

　사절판 텍스트와 이절판 텍스트*는 작품에 따라 상당한 차

---

*이절판(Folio)과 사절판(Quarto)은 종이를 등분한 횟수에 따라, 즉 이절판은 두 번, 사절판은 네 번 등분한 크기의 종이에 활자를 인쇄한 데서 유래한 용어이다.

이를 보이기도 하는데(《리어 왕》의 경우가 그렇다), 기존 편집본들은 이 두 판본 사이를 오가면서 필요한 부분을 선택적으로 고르고 혼합하여 결과적으로 셰익스피어가 쓰지 않았거나 셰익스피어 시대의 실제 공연과는 다른 판본을 만들어내기도 했다. 이에, RSC 셰익스피어 판본은 당시의 실제 극장 공연에 가장 가까운 텍스트를 제공하기 위해 수년 동안 노력을 아끼지 않았던 (셰익스피어의 친구이자 동료인) 존 헤밍스와 헨리 콘델 편집의 '제1이절판'을 토대로 'RSC 셰익스피어 전집'을 출간함으로써 가장 셰익스피어적인 판본을 제공했다는 평가를 받았다.

또한, 기존의 유수 편집본들이 공연사를 수록하긴 했지만 주로 셰익스피어 텍스트에 대한 문학적 이해의 틀을 제공하는 데 더 치중했다면, RSC 셰익스피어 판본은 문학적 이해를 바탕으로 무대 공연의 시각에서 각 작품을 이해할 수 있도록 풍부한 자료들을 제공한다. 셰익스피어의 극작품들이 애초부터 무대 공연을 목적으로 쓰였으며 거듭되는 공연을 통해 수정 과정을 거쳤음을 감안한다면, 무대적 측면에서 바라본 셰익스피어의 극작품 이해 역시 셰익스피어를 온전히 이해하는 데 필수적인 요소라 할 수 있다. RSC 판본에서는 각 작품에 대한 400년 동안의 공연 역사, RSC의 공연 역사, 그리고 RSC 출신으로 연극계에 획을 그은 주요 연출가들과의 대담을 제공함으로써 더욱 깊고 풍요로운 셰익스피어의 작품 세계를 드러내고, 상상의 가능성을 무한대로 열어둔 셰익스피어 극의 유연한 면모를 강조한다. 이러한 연극적 특징을 살리기 위해, RSC 판본은 기존의 셰익스피어 작품집에서는 볼 수 없던 상세한 지문을 추가했다. 우선, 일반적인 막과 장의 표시 외에 작은 글씨로 상단에 진행 중인 공연 장면을 '장면', '장면 계속' 등으로 구분해주었다. 또한 무대 동작과 방백, 청자의 표시 등 무대 위 인물들의 행동을 선명하게 하기 위한 상세한 지문들을 추가함으로써 무대 위의 살아 있는 공연용 텍스트를 제공하고자 노력했다.

이런 의미에서 이번에 새롭게 번역되는 다섯 편의 RSC 셰익스피어 판본은 실제 셰익스피어 극 공연에 가장 가까운 텍스트, 영국 엘리자베스 시대의 영국 대중이 감동을 얻었던 바로 그 텍스트를 처음으로 소개한다는 점에서, 또 셰익스피어 대사들을 무대에서 생동감 있게 들려줄 수 있는 공연 중심의 입체적인 셰익스피어 텍스트를 마련한다는 점에서 의의가 있다.

'RSC 셰익스피어 전집'을 출간한 RSC는 어떤 곳인가? 셰익스피어가 문학과 드라마의 대명사로 자리 잡은 것처럼, RSC는 연극 공연의 대명사로 자리 잡고 있다. 영국인들은 셰익스피어 하면 자연스럽게 RSC를 떠올린다. 국내 독자들에게 RSC가 아직 생소할 수 있겠으나, 우리가 익히 잘 알고 있는 연기파 배우들, 예를 들면 주디 덴치나 제러미 아이언스, 케네스 브래너, 존 길구드, 로렌스 올리비에 등 많은 이들이 RSC 출신이다.

'셰익스피어 공장'으로 비유되는 셰익스피어 관련 연구와 출판에서, RSC는 하나의 거대한 '사업체'이자 '학교'로서 중요한 역할을 하고 있다. RSC가 매년 공연하기로 하는 작품들은 새로이 학계의 조명을 받고 분석의 대상이 되며, RSC가 올리는 셰익스피어 공연은 셰익스피어의 개별 작품처럼 비평가들의 연구와 분석 대상으로 주목받는다. 세계적으로 저명한 셰익스피어 학술지 《셰익스피어 서베이(Shakespeare Survey)》의 상당한 논문들이 RSC의 연출과 배우들의 연기를 연구한 것임도 그 단적인 예라 하겠다.

RSC의 역사는 1875년 '셰익스피어 기념 극장'과 더불어 시작되는 것으로 알려졌지만, 오늘날의 형태로 셰익스피어 작품을 지속적으로 공연하는 상임 극장과 극단의 형태를 취한 것은 반백 년 정도 된다. '셰익스피어 기념 극장'이 현재의 이름인 '로열 셰익스피어 극장(Royal Shakespeare Theatre)'으로 그리고 극단이 '로열 셰익스피어 컴퍼니'로 공식적으로 왕가에 의해 선포되며 출범을 시작한 것은 1961년 3월이다. RSC는 셰익스피어의 고향인 스트랫퍼드어폰에이번을 활동 거점으로 삼고, 대표적 극장인 로열 셰익스피어 극장과 스완 극장, 런던의 글로브 극장 등을 중심으로 정기적으로 공연하고 있다. 최근에는 보다 많은 관객에게 다가가기 위해 옥스퍼드에서도 공연을 하는 등 영국 전역과 세계를 돌며 순회공연을 하기도 한다. 약 700명의 제작진들이 RSC에 소속되어 있으며 1년에 20편 정도의 공연을 무대에 올리고 있다. 또한 RSC는 공연만이 아니라 연극 교육을 위한 다양한 프로그램도 운영하고 있는데, 이 중에는 젊은이들에게 셰익스피어에 대한 관심을 불러일으키기 위해 일선 교사들과 작업하는 프로그램도 있다. RSC는 정통 셰익스피어 극단이라는 권위를 지닌 존재이기도 하지만, 이들의 공연은 온갖 다양한 자유로운 해석과 틀을 벗어난 예술적인 시도를 담고 있다.

"버나드 쇼의 작품을 잘못 번역하면 용서할 수 없는 일이지만, 셰익스피어 작품의 오역은 용서가 된다"는 말이 있다.[*] 이는 셰익스피어 작품을 번역한다는 일이 그만큼 난해하다는 뜻인데, 때로 번역이 난해한 정도를 넘어 아예 불가능한 경우도 있다. 이번 번역 작업을 하면서도 역자들 역시 이런 경우에 종종 봉착했고 그 대안을 찾아야만 했다. 즉 생략을 포함하여 여러 가지 수정 작업을 거쳐야만 했다. 수정 작업 중 중요한 것들을 언급하자면 아래와 같다.

먼저 셰익스피어의 다섯 박자 약강오보격 리듬의 운문은 강세와 억양이 없는 우리말과 영어의 구조적 차이로 인해 완벽하게 옮길 수 없었음을 미리 일러두고자 한다. 그러나 셰익스피어가 운문으로 쓴 대사의 경우 영어의 리듬감을 그대로 옮겨오지는 못해도, 그 대사의 의미와 한국어의 리듬을 살릴 수 있는 한도에서 영어 원문의 행수와 우리말 번역문의 행수를 일치시키고자 했다. 또 셰익스피어 언어의 광채와 울림을 우리말로 그대로 담을 수는 없을지라도 그 시적 정신만은 표현하고자 애

[*] 앞의 책, 신정옥, 95쪽.

썼다.

둘째로, 영어 문장에서는 빈번하게 사용되나 우리말에서는 의미를 갖지 못하는 구두점 '콜론(:)'과 '세미콜론(;)'은 그대로 반영하지 않는 대신, 그 의미를 살려 한국어 문법에 맞게 우리말로 풀어 옮겼다. '줄표(—)'의 사용 또한 광범위하게 쓰였는데, 이미 말한 내용을 부연 설명하거나 보충하는 줄표의 기본 쓰임 외에 한 대사 안에서 듣는 이가 바뀔 때에도 줄표를 사용했다. 그 경우, 앞 문장의 마침표 뒤에 한 칸 띄어쓰기를 한 후 줄표를 넣어 청자가 바뀌었음을 표시했다.

셋째로, 'RSC 셰익스피어 전집'이 제공하는 하단 설명 주석을 모두 다 번역하지 않았음을 밝혀두고자 한다. 한국 독자들이 작품을 깊이 있게 이해하는 데 필요하다고 판단되는 경우에만 번역을 했는데, 그중에는 내용을 간추린 것도 있고 일부만 반영하여 번역한 것도 있다. 셰익스피어 시대 고어의 뜻을 설명하는 원서의 주석은 따로 밝히는 대신 본문에 그 내용을 반영하여 우리말에 맞게 번역했다. 그 외 한국 독자들에게 따로 설명이 필요하다고 판단될 경우에는 번역자가 각주를 추가하고, 괄호 안에 '옮긴이'라고 표시했다. 또한 '제1이절판'을 기초로 한 RSC 판본은 이절판과 다른 사절판의 내용들을 별도로 정리해 각 작품의 말미에 부록으로 제시했으나, 한국어판에서는 해당 부분마다 각주 형식으로 본문에 넣어 이절판과 사절판의 차이를 밝혔다. 전문 연구가들이 아닌 일반 독자들에게는 이것이 작품을 이해하는 데 더 유용하다는 판단에서이다.

아무쪼록 이번에 번역 소개되는 RSC 셰익스피어 판본의 5대 비극이 셰익스피어 극작품에 대한 입체적 이해를 촉발시키는 데 공헌하기를 기대한다. 나아가 독서, 교육, 연구, 공연 각 분야에서 다양한 해석들 간의 즐거운 경합을 유도하게 되기를 희망한다. 끝으로 이 번역서들을 읽으면서 한국의 젊은이들이 '오늘, 여기'에서 직면하는 복합적인 문제들의 실타래를 풀고 인생을 배워나갈 수 있게 되기를 진심으로 바란다.

2012년 8월
시공 RSC 셰익스피어 선집
번역자 일동

불운한 운명의 연인 한 쌍

《로미오와 줄리엣》에서, 셰익스피어는 사랑에 빠진 10대라는 생각을 새로이 만들어냈다. 그의 많은 인물들—가냘프고 번민에 가득 찬 햄릿, 뚱뚱하고 유쾌한 폴스태프, 섹시한 클레오파트라, 연로한 리어 왕—은 그의 작품을 보거나 읽은 적이 없는 사람들에게조차도 친숙하지만, 로미오와 줄리엣보다 더 그러하지는 못하다. 짝을 이룬 이 이름은 전 세계적으로, 젊고 사랑에 빠졌다는 생각과 거의 동의어이다. "줄리엣의 발코니"는 오랫동안 베로나에서 관광지가 되어왔다. 줄리엣이 허구적 인물이고 셰익스피어의 작품에서 발코니가 나오지 않는데도 말이다(원래의 텍스트에서 그녀는 "창문"에 나타나며, 작품이 쓰인 지 한 세기 반이 지난 후에야 데이비드 개릭의 극장에서 발코니가 무대 세트의 일부로 도입되었다). 대중문화와 노래에 나오는 무수한 비유들은 젊은이들의 사랑의 원형으로서 이 연인들의 입지를 증명해준다. "나 그대를 처음 보았을 때 우리 두 사람은 모두 젊었었지. …… 난 그곳에 서 있다네. / 발코니 위 여름 공기 가운데"(테일러 스위프트의 노래 〈러브 스토리〉)에서처럼 말이다. 2008년도 컨트리 음악상에서 이 곡이 공연되었을 때, 18세기 의상을 차려입은 한 커플이 나와 연인들이 손을 마주 잡는 장면을 포함하여 《로미오와 줄리엣》의 무도회 장면을 재연하였다. 노래의 끝에 짧은 바지 차림의 잘생긴 로미오가 스위프트 옆에 나타났는데, 이는 모든 10대 소녀들의 꿈에 대한 화답이었다.

"성장 과정이나 조건. 인간의 성장 시기. 유년기에서 남성기 혹은 여성기로 확대되는 시기. 청춘기. 일반적으로 남성은 14세에서 25세까지, 여성은 12세에서 21세에 이르는 시기로 여겨지는 때." 옥스퍼드 영어사전은 "사춘기"를 이렇게 정의한다. 2차 세계대전이 시작되던 무렵에는 "10대"라는 새로운 어휘가 이 단계의 인간의 삶을 칭하며 새로이 만들어졌지만, 유년기와 성인기 사이에 뚜렷이 구분되는 시기가 있다는 생각은 오랜 역사를 가지고 있다.

고대 그리스의 아리스토텔레스는 인생을 청년, 중년, 노년으로 나누었다. 고대 로마에서 오비디우스의 《변신 이야기》에서는 만물을 집어삼켜 버리는 시간이라는 존재의 영향 아래 놓여 있는 인간의 인생 과정을 사계절에 일관되게 비유하고 있다. 초기 기독교에서 성 크리소스토모스*는 인생을 여섯 단계,

즉 유아기, 아동기, 사춘기, 청년기, 장년기, 노년기로 나누었다. 그는 각각의 연령대가 이승에서 그 자체의 특정한 불행을 지닌다고 말했다. 이후의 작가들은 셰익스피어의 《좋으실 대로》의 제이퀴즈의 유명한 대사를 미리 예견해주는 가운데 또 하나의 연령대("노쇠기"라는 극도로 연로한 시기, 혹은 "제2의 유년기")를 첨가하였다. "일곱 시기"의 정밀함은 7이라는 숫자가 갖는 준마법적 속성들과 상응한다. 하느님께서는 만물을 6일 만에 창조하셨지만, 휴식을 취하신 일곱 번째 날이 있었다. 성경에 기반을 둔 작가와 고전 작가들 모두 만물을 종종 일곱 개로 하여 질서를 부여했다. 야곱이 파라오에게 7년간의 풍년과 그다음에 올 7년간의 흉년을 예언한 것처럼 말이다. 따라서 인간의 삶이 7년 주기로 진행된다는 믿음이 널리 퍼져 있었다.

16세기 작가들은 전형적으로 다음 패턴을 제안했다. 즉 첫 연령대는 유아기(라틴어 'infans'에서 온 것으로 "말할 수 없는"이라는 뜻), 다음으로 7세까지 계속되는 아동기가 오며, 그런 다음 14세까지 계속되는 청소년기가 온다. 그다음에는 사춘기로, 14세에서부터 28세까지 지속되고 "육욕"의 지배로 특징지어지는데, 이는 신체적인, 특히 성적인 욕구를 의미했다. 그다음으로 생식기 혹은 "성년기"가 오는데, 이는 49년째 해가 끝날 때까지 계속된다. 노년기는 50세에 시작하여, 여섯 시기

---

*성 크리소스토모스(347?~407)는 콘스탄티노플의 총대사교로, 그리스 교부 중 최대의 설교가이다.(옮긴이)

를 믿는다면 죽는 시점까지, 일곱 시기를 선호한다면 노쇠기까지 계속된다.

《겨울 이야기》에서 늙은 양치기가 등장하여 "열 살에서 스물세 살 사이에는 나이가 없었으면 좋겠어, 아님 젊은이들이 전부 그 시간 내내 잠자며 보내버리든지, 왜냐하면 그때에는 계집을 얻어 자식을 낳고, 노인들한테 잘못이나 저지르고, 도둑질에 싸움박질 말고는 하는 게 없으니까 말이야"라고 하는 대사를 생각해보라. 이는 셰익스피어가 당대의 많은 사람들처럼 "청춘"과 "사춘기"를 뭉뚱그려, 14년간 계속되는, 성적 탐닉과 방탕과 혈기가 넘쳐나는 하나의 시기로 묶었음을 보여준다. 이 시기는 바로 그가 이 작품에서 다른 젊은 남성들과 더불어 로미오와 줄리엣의 나이를 설정한 시기이다. 중요하게도, 줄리엣은 열네 번째 생일의 문턱에 있다. 로미오의 나이는 구체적으로 명기되지 않지만, 젊은 남성이 "성년기"로 완전히 성숙하는 때인 20대 중반의 그 단계에 이르지 않은 것이 분명하다.

비극은 전통적으로 극도의 남성성을 지닌 영웅들의 몰락이나 혹은 운명의 수레바퀴 꼭대기까지 올라갔다가 굴러떨어져 파국을 맞는 막강한 통치자들에게 초점이 맞추어진다. 불운한 운명의 연인들에 관한 시의 오랜 전통이 있지만, 한 쌍의 사춘기 청년들을 연극 무대에서 비극적 영웅으로 만든 것은 셰익스피어로서는 대단히 새로운 혁신이었다.

죽음의 표식이 찍힌 그들 사랑의 그 두려운 행로

아일랜드의 시인 W. B. 예이츠는 한 편지에서 진지하고 열심인 사람에게는 오직 두 가지 주제만이 지속적인 관심이 될 수 있는데, 그 두 가지가 바로 섹스와 죽음이라고 했다. 그는 당시에는 《로미오와 줄리엣》을 생각하지는 않았지만, 이 작품은 그 끝이 곧 새로운 생명의 창조를 낳는 그 욕구와, 생명의 소멸로 끝나는 대립 사이의 연관성에 대해 진지하면서도 또한 장난스러운 관심을 지니고 있었다. 로미오를 줄리엣의 침대로 몰아가는 바로 그 열정적이고, 젊음 가득한 에너지가 그를 다혈질인 티볼트와 싸우도록 이끌어간다. 죽음은 남성 집단들 간의 경쟁과 줄리엣과 로미오 간의 성적 매력 양쪽 모두의 결과이다.

이 작품은 "장미라고 부르는 것은 / 다른 어떤 이름으로 불러도 여전히 달콤한 향기가 날 텐데요", "자, 조용히! 저쪽 창문으로 나오는 빛이 무엇일까? / 저긴 동쪽이고, 줄리엣은 태양이로구나"와 같이 많은 사랑을 받는 구절들을 포함하여 셰익스피어의 가장 아름다운 몇몇 시를 담고 있다. 하지만 그의 가장 귀에 거슬리고 음탕한 말장난 또한 포함하고 있기도 하다. 로미오가 줄리엣을 떠오르는 태양과 동일시하기 몇 초 전에, 머큐시오는 더 천박한 비유를 하며 "오, 그 여자가 / 벌어진 엉덩이고 자네가 그 속에 들어갈 배였으면 좋겠지!"라고 말한다. 이 이미지는 모과로 알려진 과일이 여성의 성기와 유사하고, 포퍼링게 품종의 배가 남성의 성기와 비슷한 그 유사성에 따른 것이다. 머큐시오가 로미오를 놀려대는 것 또한 "건드리다"와

"그걸 집어넣다"라는 말을 가지고 하는 말장난으로, 양쪽 모두 성관계를 갖는다는 의미이며, "오(O)"는 여성의 질에 대한 하나의 기호이다. 그와 같은 음탕한 것들과, 첫눈에 반한 사랑이 갖는 변형의 능력을 노래하는 로미오의 숭고한 아리아를 병치시키는 것은 셰익스피어가 보여주는 감상주의적이지 않은 건강함의 전형적인 예이다. 연인들이 어리지만—특히 줄리엣이 그렇지만—이 작품은 상당한 성인용 희곡이며, 사랑과 섹스가 불가분의 것임을 인정하고 있다.

2막 3장 시작 부분에서 로미오와 머큐시오 간의 말싸움은 면밀히 살펴볼 만하다. 머큐시오는 "페트라르카가 유수처럼 써내려갔던 시들", 즉 이탈리아 르네상스 거장인 페트라르카가 자신의 연인인 로라를 칭송하며 쓴 그의 소네트 창작 전통에서 궁정시 속에 나타나는, 이상화하는 언어를 조롱하는 것으로 시작한다. 농담이 펼쳐지면서 그것은 점점 더 음란해진다. 연애시는 "쓸데없는 말"이라고 표현된다. 연인은 정신적인 언어를 사용할 수도 있지만, 그의 목적은 분명히 육체적인 것으로, 즉 "구멍에다 광대의 막대기 같은 걸 숨기려"는 것이다. 로미오는 마치 성적인 언급이 너무 적나라한 데 대해 분노한 검열관의 역할을 맡은 것처럼, "거기까지, 거기까지만" 하고 대응한다. 하지만 머큐시오는 계속하며, "자네가 나더러 내 털에 거스르며 내 거시기한 이야기를 중단하라니"라고 한다. 셰익스피어의 경우에 흔히 그러하듯이, 다중적인 말장난이 작동한다. 즉 "이야기/테일(tale)"은 남성의 성기를 나타내는 속어인 "꼬리/테일(tail)"

에 대한 말장난인 한편, "내 털에 거스르며"는 "내 뜻에 반대하여"를 의미하는 구절과 음모에 대한 비유 양쪽 모두이기도 하다. 주고받는 대화는 계속해서 발기와 축 늘어진 것에 대한 말장난, "전체/호울(whole)"과 여성의 "구멍/호울(hole)", 성관계를 갖는 것에 대한 속어인 "점령하다", 성적인 장비로서의 "기구"로 이어진다.

셰익스피어는 사랑에 빠지는 것과 성관계를 갖는 것의 역설에 대해 엄밀하게도 솔직하다. 동일한 경험이 강렬하게 정신적인 것이면서도 수치심이 없을 정도로 타락하고 더러운 것이다. 작품의 언어는 종종 불경스럽지만, 마찬가지로 그만큼 자주 성스럽다. 페트라르카의 연애시는 특히 머큐시오에 의해 희화화되지만, 그것은 또한 멋지게 빠져들게 되며, 심지어는 연회에서 로미오와 줄리엣의 서로 맞물리는 대사와 손과 입술에 의해 극의 사건 속으로 얽혀 들어오기까지 한다. 뒤이어 등장하는 장면은 사랑을 유사 종교적인 현상으로 다루는 점에서 페트라르카를 모방하고 있는데, 사실상 두 등장인물 간에 공유되는 하나의 소네트로 쓰인다.

> **로미오** 제가 저의 하찮은 손으로 이 거룩한 성소를
>   만일 욕되게 한다면, 그 부드러운 죄는 이것입니다.
>   제 입술, 얼굴을 붉히는 두 순례자들이,
>   거칠게 만진 것을 부드러운 키스로 완화하고자 준비되어 있나이다.
> **줄리엣** 착하신 순례자님, 댁의 손에게 너무 가혹하게 대하시는군요.

적절하게 헌신하고 계시는데 말이에요.

성자들도 순례자들의 손이 만지는 손이 있고,

손바닥에는 손바닥을 대는 게 거룩한 순례자들의 키스지요.

로미오 성자들은 입술이 없나요, 그리고 거룩한 순례자들도?

줄리엣 아, 순례자님, 기도할 때 사용하는 입술이 있지요.

로미오 오, 그렇다면, 성자님, 손이 하는 것을 입술이 하게 해주시지요.

손이 기도하게 허락해주세요. 믿음이 절망으로 바뀌지 않게끔요.

줄리엣 성자는 움직이지 않는 법이지요. 기도를 허락한다 하더라도요.

로미오 그러면 움직이지 마세요. 제 기도의 효과는 제가 거둘 테니.

그리고 소네트가 운을 맞춘 2행 연구에서 절정에 이르렀을 때, 그는 그녀에게 키스한다.

로미오 자신은 그러는 동안 매우 급속도로 성장한다. 작품의 시작 부분에서, 그는 로잘린과 사랑에 빠져 있다. 아니, 오히려 그는 사랑에 빠져 있다는 그 생각과 사랑에 빠져 있다. 우리는 사실상 로잘린을 결코 보지 못한다. 그녀는 오로지 로미오의 이상화된 사랑의 대상으로만 존재한다. 그녀는 하나의 문학 유형, 즉 페트라르카로 거슬러 올라가는 소네트 전통에서 나오는, 아름답지만 손에 닿지 않는 연인에 지나지 않는다. 페트라르카식 연인은 기교와 역설을 즐긴다. 그의 마음속 불꽃은 여인의 얼음 같은 처녀성에 의존하는데—"납으로 된 깃털, 밝은 연기, 차가운 불, 병든 건강! / 잠은 아니지만 여전히 깨어 있는 잠!" 신부가 알아채듯이, 이것은 단순히 "빠져버리는 것" 이지 진정한 사랑은 아니다. 그리고 머큐시오가 주위에 있는 한, 그는 시적인 언어의 거품을 계속해서 찔러댄다—그것은 그저 "사랑"과 "자기랑"*의 운율을 맞추는 문제가 아닐까?

로미오는 줄리엣을 보고는 여전히 시적으로 말한다. 로잘린에 의해 불러일으켜진 진부한 모순어법 대신에 그는 풍요로운 질감을 지닌 이미저리를 사용한다. "마치 밤의 뺨에 매달려 있는 듯하도다, / 에티오피아인의 귀에 걸린 값비싼 보석처럼." 로미오와 줄리엣은 두 사람이 캐퓰렛가의 연회에서 만났을 때 자신들의 소네트를 엮지만, 다음 몇 장면에 걸쳐 그들의 언어는 보다 유려하고 보다 자연스러운 것으로 발전된다. 줄리엣과 로미오 간의 사랑이 첫눈에 반한 상태에서부터 각자가 서로의 영혼의 동반자임을 발견하는 확신으로 자라가는 것을 볼 때조차도 셰익스피어가 시인으로서 성장해가는 것을 들을 수 있다. 사랑은 신체적인 변형—로미오가 "외모의 마력에 걸려드는 것"—에서 시작되는 화학작용이지만 한 인간의 바로 그 중심을 발견하는 것이 된다. "내 심장이 여기 있거늘 내가 갈 수 있을런가? / 돌아서라, 둔탁한 몸이여, 그리고 너의 중심을 찾아라"에서처럼.

---

*원작에서는 '사랑(love)'과 '비둘기(dove)'로 운율을 맞추고 있다. '비둘기'는 사랑하는 사람을 부르는 애칭으로 쓰이기도 한다. 한국식으로 운율을 맞추기 위해 '비둘기' 대신 '사랑'과 운율이 맞으면서 연인을 가리키는 '자기랑'으로 번역했다.(옮긴이)

이러한 격렬한 기쁨은 격렬한 종말을 맞는 법

셰익스피어는 종종 짝으로 생각했다. 하나의 생각을 그에게 던져주면 그는 그것과 정반대되는 것에 똑같이 관심을 갖는다. 때로 그는 유사한 소재를 이어지는 작품들 속에서 다루는데, 어떤 경우에는 그것을 희극으로 시도해보고 다른 경우에는 비극으로 시도한다. 1593~1594년에 런던에서 역병이 심하게 발발하여 극장이 폐쇄되었다. 이 시기 동안, 셰익스피어는 에로틱한 욕망이라는 주제에 관해 한 쌍의 설화시를 썼다. 장난스러운 〈비너스와 아도니스〉와 애절한 〈루크리스의 능욕〉이 그것이다. 두 작품 모두 신속한 변화와 갑작스러운 모순의 기술이라는 면에서 셰익스피어의 주요한 선행자인 로마 시인 오비디우스의 이야기에 기반을 둔 것이었다.

극장이 다시 문을 연 지 1년 정도 내에, 그는 자신의 가장 오비디우스적인 작품인 《한여름 밤의 꿈》을 썼는데, 이 작품은 "밝은 것들이 혼돈에 이르고" "모든 것이 이중적으로 보이는" 가운데, 마침내 꿈과 환상에서부터 "대단한 불변성을 지닌 것"이 자라 나오게 되는 경이로움으로 가득 찬 사랑에 대한 해부이다. 《한여름 밤의 꿈》은 부모의 반대에도 불구하고 젊은이들이 진정한 사랑을 찾아가는 오래된 희극의 플롯이 중심이다. 마지막 막에서, 동일한 이야기의 정반대되는 결말이 취해진다. 즉, 보텀과 그의 친구들은 오비디우스의 피라무스와 티스베의 이야기를 공연하는데, 이는 타이밍을 맞추지 못한 것과 오해에서 생긴 비극으로 목숨을 잃게 되는 라이벌 가문 출신인 한 쌍의 연인의 이야기이다. 비록 패러디의 스타일로 공연되지만, 피라무스와 티스베의 "매우 비극적인 즐거움"은 사랑이라는 문제에서 만사가 반드시 좋게 끝날 필요는 없다는 점을 상기시키는 것이다.

따라서 〈비너스와 아도니스〉와 〈루크리스의 능욕〉처럼, 《한여름 밤의 꿈》과 《로미오와 줄리엣》은 짝을 이루는 작품이다. 《한여름 밤의 꿈》은 밤의 무언가에 의해 어두워진 희극이듯이, 《로미오와 줄리엣》은 희극의 섬광들로 우리를 계속 놀라게 만드는 비극이다. 줄리엣의 외관상의 죽음에 대한 충격은 결혼식 준비로 즐겁게 부산 떠는 모습 이후 얼마 안 가 벌어진다는 점과 광대와 악사들 간의 희극적인 대사들에 의해 고조된다. 마찬가지로 셰익스피어는 희극 전통에서 인물 유형들—폭군 같은 아버지, 음탕한 하인, 참견하는 신부, 재치 있고 냉소적인 친구—을 가져오고 그들을 연로한 캐퓰렛과 유모, 그리고 머큐시오와 같은 복합적이고 다층적인 존재로 변형시킨다.

작품의 정신은 근본적으로 오비디우스적이다. 비록 이야기는 다른 원전인 이탈리아 르네상스의 노벨라*에 상당히 기반을 두긴 하였지만 말이다. 그것은 〈로메우스와 줄리엣의 비극적인 역사〉라고 불리는, 음울하게 쓰인 시를 거쳐서 셰익스피어에게 영향을 주었다. 오비디우스의 《변신 이야기》에서처럼, "격렬한 기쁨은 격렬한 종말을 맞는 법"이다. 강렬한 열정은 극적인 변

*산문으로 된 짧은 이야기.(옮긴이)

형을 낳고, 젊은이의 사랑의 밝은 불꽃은 신속하고 잔인하게도 완전히 파괴되지만, 불변의 무언가가 결말부에서 지속된다. 오비디우스의 피라무스와 티스베는 도시 외곽의 오래된 무덤가에서 만난다. 그들은 죽어서 흙이 되지만, 그들의 사랑은 짙은 핏빛의 오디가 익는 것에서 상징적으로 기억된다. "자연의 어머니인 대지가 그녀의 무덤이고, / 그녀가 묻히는 무덤이, 바로 그녀의 자궁인지라"라는 로렌스 신부의 2행시는 이것과 오비디우스의 많은 다른 변신들 배후에 깔려 있는 그 감정 구조를 깔끔하게 요약해준다. 전체적으로 고려해볼 때, 신부의 독백은 셰익스피어의 이중적인 비전의 핵심을 건드린다. 그것은 모순 어법이라는 수사학적 방법, 즉 반대되는 것이 함께 오는 역설을 중심으로 구축되어 있다. 자궁과 무덤만이 아니라 낮과 밤, 독성이 있으면서 동시에 약효도 함께 있는 약초와 꽃, 미덕과 악덕, 하느님의 은총과 우리 자신의 욕망들, 즉 "그와 같은 반대되는 두 왕들이 여전히 진을 치고 있지 / 약초만이 아니라 사람 속에도" 말이다.

피터 퀸스가 연출한 피라무스와 티스베 공연에서, 스나우트는 기억할 만하게도 두 연인들의 집안을 나누고 있는 벽의 역할을 맡는다. 《로미오와 줄리엣》은 샘슨이라는 캐퓰렛 가문의 하인이 자기가 어떻게 몬테규 가문의 하녀들을 벽에다 대고 쑤셔 박을지에 대해 허풍을 떨며 들어오는 것으로 시작된다. 다시 말해, 경쟁자인 남자들을 무찌르고 나서 그들의 여자들을 가지겠다는 뜻으로, 섹스는 주는 것이 아니라 취하는 것의 문제인 것이다. 샘슨은 성경에서 벽을 무너뜨릴 수 있는 남자인 그 이름을 자랑하지만* 사실상 벌어지는 일은 로미오가 그 과수원 담벼락을 가볍게 뛰어넘고—오비디우스의 헤라클레스가 헤스페리데스의 멋진 정원으로 들어가는 것처럼—극의 사건을 새로운 방향으로 움직이게 한다. 연인들은 자신을 서로에게 내주는데, 그런 다음 그들은 죽음에 붙들리지만, 가로놓인 그 벽은 무너져 버린다. 로미오와 줄리엣에 대한 추모가 몬테규와 캐퓰렛 가문을 결속시키고, 그들의 오래된 원한에 선을 그어준다.

위대한 낭만주의 비평가이자 수필가인 윌리엄 해즐릿은 그가 사랑에 대해 묵상했던 것만큼이나 셰익스피어를 심오하게 읽었다. "로미오는 사랑에 빠진 햄릿이다"라고 그는 말했다. 해즐릿에게, 사랑에 빠지는 것은 자신의 꿈에 와 닿는 것과 같다. "이전에는 새로이 발견된 우리의 여신에 대해 견줄 만한 어떤 것도 보지 못했지만, 그녀는 우리가 평생 동안 찾아온 존재이다. 우리가 그 앞에 엎드리고 숭배해온 우상은 우리의 마음속에 낯익은 하나의 이미지이다. 그것은 우리의 깨어 있는 생각에 존재해왔고, 우리의 꿈속에서도 우리를 괴롭혀왔다"라고 그는 말한다. 하지만 연인을 또한 괴롭히는 것은—《한여름 밤의 꿈》의 짓궂은 역설들을 기억해보라—그것이 모두 꿈일지도 모른다는 의심이다. 머큐시오는 사랑이 어떻게 맵 여왕이라는 환상 속의 산파의 장난에 불과한가에 대한 이야기를 풀어

*성경에 나오는 '삼손'과 동일한 이름이다.(옮긴이)

간다. 로미오는 그 밤을 축복하지만, 그런 다음에는 "밤이라서, 이 모든 게 꿈에 불과한 건 아닌지, / 너무나도 달콤해서 실재가 아닌 것 같구나"라며 자신의 두려움을 인정한다.

줄리엣은 또 다른 두려움을 상대해야만 한다. 셰익스피어 시대의 여자들에게 순결은 값진 상품이었다. 결혼할 가망 없이 자신의 미덕을 잃는 것은 자기 자신을 잃는 것이다. "알다시피 밤의 가면이 제 얼굴에 씌워져 있으니 다행이지"로 시작하는 대사에서, 줄리엣은 꽤 놀랄 만한 자기 이해를 보여준다. 그녀는 사랑에 있어서는 위험이 남자들에게보다 여자들에게 훨씬 더 크다는 것을 절실하게 깨닫고 있다. 여기서 셰익스피어의 시적 언어는 논쟁과 감정이라는 양쪽 모두의 매개체가 된다. 운율이라는 기교는 생각 자체의 유연성과 함께 움직이는 무운시로 대체된다.

원래의 공연에서 그 대사들은 아마도 줄리엣이라는 인물과 같은 열세 살가량의 젊은 남자 배우가 읊었을 것이다. 극도의 젊음을 부각시킴으로써(원전에서는 줄리엣이 열여섯 살이다), 셰익스피어는 그의 시적 드라마에 대해 대담한 암묵적 요구를 한다. 배우와 등장인물 모두가 자기 나이를 훨씬 넘어선 성숙함을 지니고 이야기하고 있는 중인데, 극작가가 암시하듯, 그와 같은 것은 바로 사랑과 예술이라는 불과 화약이 뒤섞여 있는 것이 지닌, 변형을 가져오는 능력이다. 로미오보다 비록 어리긴 하지만, 줄리엣은 좀 더 많이 알고 있다. 그녀는 그의 우상숭배에 가까운 말에서 위험을 감지한다. 로미오가 추방되기

전, 두 사람이 함께 있는 마지막 장면인 고조되는 사랑의 이중
창에서, 줄리엣은 그 노래가 종달새가 아니라 나이팅게일의 노
래이기를 원한다. 날이 밝는다는 것은 사랑의 밤이 끝나는 것
을 뜻하고, 자신이 베로나의 막강한 가문 간의 협상에서 협상
카드의 위치로 전락하게 될 가혹한 현실의 새벽이 오는 것을
뜻하는 줄 알기 때문이다.

　당대의 사회적 코드에 따르면, 나이 든 어른들에게 순종하
는 것은 젊은이들의 의무였다. 결혼은 사랑의 문제가 아니라,
부와 지위를 공고히 하고 영속화하는 문제였다. 셰익스피어 이
전에 발표된 〈로메우스와 줄리엣의 비극적 역사〉의 작가인 아
서 브룩은, 부모의 권위와 조언을 무시하고 대신 주정뱅이들
의 소문과 미신적인 신부들의 말에 귀 기울이면서, 에로틱한
욕망에 복종한 젊은 연인들이 결국 당연히 받아야 할 고통스러
운 결말에 이르게 된다는 것이 이 이야기의 교훈이라고 독자들
에게 말했다. 이와 대조적으로, 셰익스피어의 작품은 젊은이
들의 에너지를 찬양한다. 어떤 교훈을 내놓거나 자식이 부모에
게 "순종하지 않고 반항한 죄"라고 줄리엣이 부른 것을 비난하
려 하지 않는다. 그 대신 작품은 불운한 연인들에게 생기를 불
어넣어 주는 핏속의 혈기가 바로 젊은 남성들이 길거리에서 싸
움질하고 자기 친구에 대한 충성심에서 사람을 죽이게 만드는,
그 열정과 같은 것이라는 비극적인 역설을 내놓는다. 사랑과
복수의 친족 관계, 세대 간의 영원한 전쟁—셰익스피어는《햄
릿》과《리어 왕》같은 후기 작품에서 이 영역으로 다시 되돌아

갔다.

《로미오와 줄리엣》은 그 파국이 인물들 자신의 행동이 아니라 운명에 의해 유발되기 때문에 이러한 "성숙한" 비극 작품들보다는 뒤떨어지는 작품이라는 평가를 때로는 받기도 한다. 셰익스피어는 코러스라는 장치를 통해 별들의 운명 속에 쓰인 사건을 강조해주면서 플롯에 예술적 형태를 부여한다. 그러나 참혹한 결말을 유발하는 그 작은 사고는 단순히 불운의 한 조각이 아니다. 로미오가 로렌스 신부의 중요한 편지를 못 받은 이유는 존 신부가 역병에 전염되었을지도 모른다는 우려 탓에 억류되었기 때문이다. 역병은 셰익스피어 시대의 런던에는 일상적인 현실이었다. 청교도 설교자들은 그것을 분노한 하느님이 내리신 심판이라고 주장했을지 모르지만, 셰익스피어의 원래 관객들에게는 그렇게 비치지 않았을 것이다. 극장 안의 모든 사람들은 역병으로 인해 미래를 망쳐버린 가족들을 알고 있었을 것이다.

부모들은 자식들보다 먼저 죽고, 노인들은 젊은이들보다 먼저 죽는 걸로 여겨진다. 역병이 발생하면, 늘 그런 것은 아니다. 《로미오와 줄리엣》의 비극적 아이러니는 캐퓰렛과 몬테규 양쪽 집안이 모두 역병을 피하지만, 그럼에도 그 자녀들은 먼저 죽는다는 점이다. 마지막 장면은 조상들의 무덤에서 벌어지지만, 죽어서 누워 있는 자들은 한 도시의 꽃다운 젊은이들—머큐시오, 티볼트, 파리스, 줄리엣, 그리고 그녀의 로미오이다.

셰익스피어는 역사를 거쳐서 지속된다. 그는 자신의 시대뿐 아니라 후대를 계몽한다. 그는 우리가 인간 조건을 이해하도록 돕는다. 그러나 자신의 극작품에 대한 좋은 텍스트 없이 그는 이런 일을 할 수 없다. 판본들이 없었더라면 셰익스피어도 없었을 것이다. 이것이 바로 지난 3세기에 걸쳐서 매 20여 년마다 그의 전집에 대한 주요한 새 판본이 발간되었던 이유이다. 편집의 한 측면은 텍스트를 시대에 맞도록 만드는 과정이다. 즉 철자, 구두점, 활판을 현대화하고(물론 이것은 실제 단어를 현대화하는 것은 아니다), 변화하는 교육 현장의 요구에 맞추어서 상세한 주석을 다는 것이다(한 세대 전에는 누구나 셰익스피어가 사용하는 고전과 성경에 대한 인유들을 대체로 이해하고 있다고 추정했지만 지금은 그렇지 않다).

그러나 셰익스피어가 자신의 극작품들의 출판을 직접 감독하지 않았기 때문에, 편집자들은 초기에 인쇄된 판본들이 어느 정도의 권위를 지니는지에 대해서 결정을 내려야만 한다. 셰익스피어의 전 작품 가운데 절반만이 그의 사후인 1623년, 정교하게 만들어진 제1이절판으로 출판되었다. 이 최초의 "전집"은 누구보다도 셰익스피어의 극작품을 잘 알았던 동료 배우들에 의해서 준비된 것이다. 나머지 절반은 셰익스피어 생전에 보다 더 간결하고 값이 싼 사절판으로 출판되었는데, 이 중 일부는 상태가 좋은 텍스트로 재판되었던 반면에, 다른 것들은 정도의 차이는 있지만 윤색되고 곳곳에 잘못된 부분이 산재해 있는 텍스트로 나왔다. 한편 몇몇 작품의 경우에는 사절판과 이절판 사이에 수백 가지의 차이점들이 있는데, 이 중 일부는 결코 사소한 문제가 아니다.

셰익스피어 시대 출판업자들의 안내서를 들여다본다면, 식자공들이 가능하면 필사본보다는 기존의 인쇄된 책들을 기준으로 조판하는 것이 좋다는 권고를 첫 번째 규칙 중 하나로 받았다는 사실을 바로 발견하게 될 것이다. 이 시대는 활자주식이 기계화되기 이전이어서, 식자공은 개개의 활자를 하나씩 손으로 식자통에서 집어서 식자용 스틱 위에 (위아래와 앞뒤를 거꾸로 하여) 꽂은 다음 인쇄기 위에 놓아야 했었다. 당시는 희미한 불빛 아래에서 서기가 손으로 텍스트를 쓴 시대였으며, 그 필체도 알아보기 힘든 수십 가지의 형태였다. 인쇄공들에게는 손으로 쓴 사본과 씨름하는 것보다는 현재 있는 책을 재판하는 것이 훨씬 더 편했다. 제1이절판을 가장 빨리 만드는 방법은 분명, 그냥 간단히 이미 사절판으로 나왔던 18개의 작품은 재판하고 나머지 18개의 작품은 텍스트를 보고 작업하는 길이었을 것이다.

하지만 실제로 그렇지는 않았다. 사절판이 사용될 때마다 극장용 "대본" 또한 참고하고 무대 지시문은 대본에서 베꼈다. 그리고 인쇄 상태가 상당히 양호한 사절판을 사용할 수 있는 몇몇 주요 작품들의 경우에, 이절판 인쇄업자들은 하나의 대안인 극장에서 나온 텍스트를 보고 작업하도록 지시를 받았다. 이것은 최초로 셰익스피어 전집을 출판하는 전 과정이 실제 예상보다 몇 달, 심지어 몇 년이나 더 오래 걸렸다는 것을 의미했다. 하지만 이 작업을 관장한 사람들, 즉 셰익스피어의 유언으로 유산을 받았던 친구이자 동료 배우들인 존 헤밍스와 헨리 콘델에게 이러한 추가적인 노동과 비용은 극장에서 실제 공연되었던 극에 가까운 판본을 만들어내기 위해서는 가치 있는 수고였다. 그들은 독자에게 전하는 서문에 썼던 것처럼, 사람들이 "셰익스피어를 되풀이해서 읽을" 수 있도록 모든 작품이 출판되기를 원했다. 하지만 그들은 또한 "아주 다양한 독자들이" 셰익스피어가 원래 의도했었던 극장의 현실에 가까운 텍스트로부터 작업하기를 원했다. 이러한 이유로 이 책은 가능한 한 이절판을 기본 텍스트로 사용했다. 그러나 사절판에 나오는 중요한 변형들은 작품 주석에서 표시하였다.

《로미오와 줄리엣》은 몇몇 부가적인 무대 지시를 제공하는 극장 사본을 참고했지만, 이절판 텍스트가 사절판에서 인쇄된 작품들 가운데 하나이다. 대부분의 현대 편집자들은 제2사절판을 카피 텍스트*로 이용하지만 무대 지시, 막 구분, 그리고 몇몇 정정 사항들은 이절판에서 가져온다. 이절판을 따르는 이 책의 편집 관행은 그 반대의 절차를 따른다. 이절판을 카피 텍스트로 사용하지만 이절판에 있는 식자공들의 실수들을 바로잡고 규명하는 데 도움을 주는 "컨트롤 텍스트"로 제2사절판을 효율적으로 사용한 것이다. (이 작품의 상당 부분이 이절판 식자공들 중 가장 경험 없는 자들에 의해 조판된 결과로) 이절판에는 상당히 많은 실수가 있다.

《로미오와 줄리엣》의 1622년도 제4사절판은 1609년도 제3사절판을 기반으로 한 것이었지만, 인쇄소 편집자들은 (매우 다르고, 종종 결함이 있지만, 때로는 이해를 돕는) 1597년도 제1사절판을 찾아보았고, 그 결과, 많은 수의 매우 정확한 수정과 교정을 도입할 수 있었다. 이 사실은 이전의 텍스트들이 이후의 텍스트들보다 더 선호되어야 한다는 평소 편집상의 추정에 의문을 갖게 만든다. 그것들이 "작가가 쓴 것"에 가장 가까운 텍스트를 대표해준다는 근거하에, 셰익스피어의 최초의 사절판들(혹은 최초의 양질의 사절판들)을 충실히 따른다는 전통적인 개념은, 때로는 현실이기보다는 하나의 이상이다. 초기의 사절판들 역시 실수를 포함하고 있다. 이후의 사절판들도 새로

---

*개정이나 학문적으로 편집할 때 기초로 이용되는 사본 혹은 이전에 출판된 텍스트의 버전을 뜻한다.(옮긴이)

운 실수가 추가되기도 하고 훌륭하게 수정되기도 했다.《로미오와 줄리엣》의 경우, 현대의 편집자들은 자신들이 제2사절판(최초의 질 좋은 사절판)을 편집하는 중이라고 말하지만, 제2사절판에도 많은 실수들이 있다. 제4사절판이 ("나쁜" 혹은 "짧은" 혹은 "귀로 듣고 베껴 쓴" 제1사절판을 신중하게 이용함으로써 생긴) 그런 실수들에도 불구하고 탁월한 수정과 추측에 의한 교정을 행했기에,《로미오와 줄리엣》의 현대판 편집본들은 제2사절판보다는 제4사절판에 좀 더 가깝다는 것이 현실이다. 이절판《로미오와 줄리엣》은 종종 제4사절판이 제2사절판을 수정하는 것과 유사하게 교정되면서, 제3사절판을 수정, 손질한 복사본에서 인쇄되었다. 추정컨대 제2사절판에서 나온 편집본들이 사실상 제4사절판에 좀 더 가깝고, 이절판 역시 제4사절판에 가깝다면, 그것과는 별개라 할지라도, 그 경우, 이 책이 이절판에서 시작하는 것에 대해 본질적으로 반대할 필요는 없을 것이다. 이절판이 분명히 잘못된 부분에서 제2(이따금 제1)사절판식 해석들을 복구시킨다 하더라도 말이다. 텍스트 전파의 교훈은 극장의 그것과 동일하다. 즉 셰익스피어의 텍스트는 자신의 시대에도 유동적이었고 언제나 유동적으로 남아 있다. 매번 그 작품들 중 하나가 공연되는데, "카피 텍스트"가 무엇이건 간에, 배우들의 기억술들 덕분에, 단어들은 조금씩 다를 것이다. 그래서 매번 작품이 편집될 때에도, 구두점과 교정과 해석상에 있어 수십 개의 차이가 있을 것이다. 텍스트의 유동성은 사후에도 발전하는 창의적인 셰익스피어 작품의 본질적인 부분이다.

　다음은 편집 과정의 다양한 측면을 강조하고, 본 책의 편집 원칙을 설명하는 것이다.

등장인물 이절판의 경우 오직 여섯 작품에만 나오며,《로미오와 줄리엣》은 이에 포함되지 않았다. 따라서 책에 나온 명단은 편집상 새로 넣은 것이다. 고딕체 굵은 글씨는 대본에서 대화 시작을 알리는 배역의 이름을 가리킨다.

장소 이절판의 경우 오직 두 작품에서만 제시된다. 정교하게 사실주의적인 무대장치의 시대에 작업했던 18세기 편집자들이 상세한 장소를 명기한 최초의 사람들이었다. 셰익스피어가 아무런 장치도 없는 빈 무대를 생각하며 극을 썼고, 자주 장소에 대한 부정확한 감각을 지녔다는 전제 하에 하단 주석에 장소 표시를 했다. 그리고 가상의 장소가 바로 전 장면과 다를 경우 장소를 밝혔다.《로미오와 줄리엣》은 로미오가 추방당하는, 롬바르디아 지방의 도시인 만투아*에 장소가 설정된 5막 1장을 제외하고는 작품 전체가 북부 이탈리아의 베네토 지방에 있는 도시인 베로나와 베로나 주변 장소에서 벌어진다.

막과 장의 구분 사절판들에서보다 이절판에서 훨씬 더 정교하

---

*영어식 지명으로 이탈리아에서는 만토바로 불린다.(옮긴이)

게 나타나 있다. 그러나 때때로 막과 장의 표시가 잘못되거나 누락되어 있어서 편집 관례에 의해 수정 및 추가된 부분은 꺾쇠괄호([ ]) 안에 넣어서 표시했다. 5막 구분은 고전적 모델에 기초한 것이며, 막과 막 사이의 휴식 시간은 국왕 극단(King's Men)이 1608년부터 사용해왔던 블랙프라이어스 실내극장에서 촛불을 교체하는 시간이었다. 그러나 셰익스피어는 극 구성을 반드시 5막 구조의 관점에서 생각한 것은 아니다. 이절판의 관례에 의하면 무대가 비는 경우 한 장면이 끝나는 것이다. 요즈음, 부분적으로는 영화의 영향으로, 우리는 상상 속의 장소 변화나 내러티브상의 중요한 시간 변화로 끝이 나는 장면을 하나의 극적 단위로 생각하는 경향이 있다. 셰익스피어 극의 구성의 유연성은 이러한 관례와 잘 어울린다. 그래서 막과 장의 숫자에 더해 이 책에서는 새로운 장면이 시작되는 부분마다 오른쪽 상단 여백에 '장면' 수를 표시했다. 일시적인 빈 무대로 인해 야기되는 장면 단절의 경우, 장소가 변하거나 추가적인 시간의 흐름이 없을 때에는 '장면 계속'이라는 극적 관행을 썼다. 여기에는 어느 정도 편집상의 판단이 불가피하나, 이 체제는 극이 진행되는 속도를 나타내는 데 매우 유용하다.

화자의 이름 이절판에서는 일관성이 없는 경우가 많다. 이 책에서는 대사 시작 시의 화자 이름을 규칙적으로 통일시켰다. 그러나 이절판의 느낌을 살리기 위해서 등장 지문에 나타나는 의도적인 불일치 부분은 그대로 유지했다.

등장과 퇴장 이절판에서는 꽤 철저하게 표시되었다. 따라서 가능한 한 충실하게 이 표시를 따랐다. 등장인물이 삭제되거나 수정이 필요한 곳에서는 꺾쇠괄호로 표시했다(예, [그리고 수행원들]). '**퇴장**'은 때때로 필요에 따라 '**모두 퇴장**'으로 표준화했고, "남아 있다"의 라틴어 표기는 영어로 바꾸었다.* 이 책은 다른 판본들보다 이절판에 쓰인 등장과 퇴장 위치 표시를 더 많이 따랐다.

편집상 무대 지문 무대 동작과 방백, 청자의 표시 그리고 등장인물의 이층 무대 위치 표시와 같은 것은 오직 이절판에서만 드물게 사용되었다. 다른 판본들은 이런 종류의 지문들과 원본 이절판과 원본 사절판 지문들을 혼합해서 사용하는데, 때로는 원본 이절판과 원본 사절판 지문들을 꺾쇠괄호로 표시해두기도 한다. 이 책에서는 이런 종류의 '연출상' 개입이라 일컬어지는 것을 이절판 양식의 지문(원본이건 혹은 이후에 만들어진 것이건)과 구별시키려는 의도에서, 이를 가는 고딕체로 오른쪽 가장자리에 적어 넣었다. 어떤 지문이 어떤 종류의 것인지를 알아내는 데는 어느 정도 주관이 개입된다. 하지만 이런 과정은 독자와 배우에게 셰익스피어 무대 지문이 오로지 편집자의

---

*원서에서 한 명 퇴장일 때는 'Exit'로, 두 명 이상의 퇴장을 뜻할 때는 라틴어 'Exeunt'로 표기했는데, 이를 각각 '퇴장'과 '모두 퇴장'으로 번역했다. 또한 원서에서는 'Manet'와 같은 라틴어 대신 'remains'가 사용되었는데, 이를 '남아 있다'로 번역했다.(옮긴이)

추론 자체에만 의존될 뿐 영구적으로 고정되지 않았음을 상기시키기 위해서 의도된 것이다. 이 책에서는 또한 가끔 불확실한 것을 인정한다는 점에서 기존의 편집 관례를 벗어나 다음과 같은 표현을 쓰기도 했다. 이를테면 '방백?'(한 행이 방백인지, 배우가 관객에게 직접 말하는 대사인지 결정하기 어려울 정도로 양쪽 모두가 타당해 보이는 경우가 자주 있는데, 이를 판단하는 일은 각각의 공연이나 독해에 달려 있다), 또는 '퇴장일 수도 있다', 또는 화살표 사이에 넣는 지문(한 사건이 한 장면의 여러 지점에서 발생할 수 있음을 나타내기 위하여 화살표 사이에 지문을 넣었다) 등이 그것이다.

주요 배역 (대사 행의 백분율/무대 등장 횟수) 로미오(20%/14), 줄리엣(18%/11), 로렌스 신부(11%/7), 유모(9%/11), 캐퓰 렛(9%/9), 머큐시오(8%/4), 벤볼리오(5%/7), 캐퓰렛 부인 (4%/10), 에스칼루스(3%/3), 파리스(2%/5), 몬테규(1%/3).

언어 형식 90% 운문, 10% 산문.

연대 1595~1596년. 1594년 로드 체임벌린 극단에 합세한 윌 켐프를 위한 배역을 포함한다. 1597년 "로드 헌스던 극단" (1596년 7월에서 1597년 4월까지 셰익스피어의 극단의 이름) 에 배정되어 출판되었다. 점성학적 비유들과 지진에 대한 언급 은 1595~1596년에 극작되었음을 제시해줄 수도 있다.《한여 름 밤의 꿈》과 밀접한 연관이 있다.

원전 아서 브룩의 장시 〈로메우스와 줄리엣의 비극적 역사〉(1562)에 기반을 두었으며, 이 시 자체는 마테오 반델로가 쓴 이탈리아의 노벨라에 기반을 둔 것이었다(1554년, 아마도 윌리엄 페인터가 영어로 번역한 《쾌락의 궁전》(1567)을 통해 셰익스피어에게 알려졌을 것이다). 셰익스피어는 브룩의 작품을 변형하여 유모와 머큐시오의 역할을 상당히 확장시켰다.

텍스트 제1사절판(1597)은 인쇄 상태가 형편없어서, 전통적으로 구두로 다시 만들어졌거나 "보고된" 텍스트로 여겨져 왔다. 이런 생각은 20세기 말에 와서 도전받았는데, 극장에서 비롯된 것으로 보인다. 제2사절판(1599)은 좀 더 길고 인쇄 상태도 좀 더 좋으며, 속표지에서 주장하듯 "새로이 수정되었으며, 강화되었고, 개선되었다." 일반적으로 이것은 셰익스피어의 사본에서 나온 것으로 여겨진다. 제3사절판(1609)은 제2사절판을 재인쇄한 것이고, 제4사절판(1622)은 제3사절판을 재인쇄한 것이지만, 똑똑하게도 수정을 가했는데, 그 가운데 몇몇은 제1사절판을 참조한 데서 나온 것이다. 1623년의 제1이절판 텍스트는 제3사절판에서 인쇄되었다. 이것은 정확한 수정과 부가적인 무대 지시문을 도입하고 있지만, 거의 전적으로 "식자공 E"에 의해, 즉 이절판을 조판한 가장 능력 없는 직공에 의해 인쇄된 탓에 새로운 실수들 또한 많이 포함하고 있다. 현대 편집본들은 전통적으로 제2사절판에 기초하고 있지만, 이 책은 이절판의 의도를 존중하여, 제2사절판(그리고 때로 다른 사절판들)

에서 교정한 사항을 참고해 식자상의 실수들로 판단되는 것은 없애는 한편, 원래의 편집자가 쇄신해놓은 것들은 그대로 두고 자 하였다. 이절판은 프롤로그가 없으나, 이 책에서는 누락된 부분을 되살려 책 속에 포함시켰다. 이절판은 반복되는 많은 행들(이를테면, 2막 1장의 끝과 2막 2장의 시작 부분에서 새벽에 대한 묘사)을 포함하는 데서 제2사절판을 따르고 있다. 이런 일이 생기는 세 가지 경우 각각에 대해 가장 그럴듯한 설명은, 중복된 동일한 구절들 중 처음 것이 삭제하려 했던 작가의 "최초의 생각들"을 대표해준다는 것이다. 이런 행들은 이 책에서는 그대로 유지하되, 이중으로 된 빗금(//) 속에 넣어서 표시하였다.

로미오와 줄리엣의 비극

등장인물

코러스

로미오

몬테규 로미오의 부친

몬테규 부인 로미오의 모친

벤볼리오 몬테규의 조카

아브라함 몬테규의 하인

발타자 로미오의 하인

줄리엣

캐퓰렛 줄리엣의 부친

캐퓰렛 부인 줄리엣의 모친

유모 줄리엣의 유모

티볼트 캐퓰렛의 조카

두 번째 캐퓰렛 페트루키오

피터
샘슨   캐퓰렛 가문의 하인들
그레고리

악사들

하인들

영주 베로나의 에스칼루스

머큐시오
파리스   영주의 친족

파리스의 시동

머큐시오의 시동

로렌스 신부

존 신부

약재상

장교

시민들

순경

보초들

프롤로그

[코러스 등장]

코러스* 우리 연극의 배경이 될 아름다운 베로나에서,

    똑같이 지체 높은 두 집안이,

    오래된 원한으로 새로운 싸움을 시작하나니,

    이로 인해 시민들의 피로 시민들의 손을 더럽히게 만들도다.

5   이 두 원수의 운명적인 아랫도리에서부터 태어난

    불운한 운명의 연인 한 쌍이 그들의 목숨을 잃나니,

    이 불운하고 측은한 몰락은 그들의 죽음으로

    제 부모들의 싸움을 땅에 묻는도다.

    죽음의 표식이 찍힌 그들의 사랑과,

10   자식들의 죽음이 아니고서는 그 어떤 것으로도 없앨 수 없는,

    그 부모들의 계속되는 분노의 그 두려운 행로가

    이제 저희 무대에서 두 시간 동안 펼쳐지나니,

    끈기 있게 귀 기울여주신다면,

    여기서 부족한 부분은, 저희의 노력으로 고치고자 애쓰겠나이다. [퇴장]

---

*코러스의 이 대사는 제1이절판에는 없고 사절판 편집본에서 가져온 것으로, 소네트의 형태로 쓰여 있다.

1막 1장*

1막 1장*

캐퓰렛 집안의 하인인 샘슨과 그레고리가 칼과 둥근 방패를 들고 등장

샘슨 그레고리, 그런데 우리가 석탄을 나르지는** 않겠지.

그레고리 그래. 그래야 한다면 우린 광부라야지.

샘슨 내 말은, 우리가 화가 나면, 칼을 뽑자는 거지.

그레고리 그래. 네가 살아 있다면야, 그 목을 옷깃에서 칼로 베어버려.

5 **샘슨** 난 동하면*** 재빨리 가격하지.

*장소: 베로나의 공적 장소.
**석탄을 나른다는 것은 모욕을 참는다는 뜻. 광부가 석탄을 나르는 것을 천하게 여긴 데서 유래한다.(옮긴이)
***여기서 '동하다'는 'move'를 번역한 것으로, 신체적으로 움직인다는 의미와 함께 성적으로 자극받거나 감정적으로 자극받는 것을 모두 포함한다. 이 장면에서 하인들이 주고받는 말장난에 등장하는 '동하다', '가격하다', '서 있다'는 표현은 모두 남성 성기와 관련된 성적인 의미를 함축하고 있다.(옮긴이)

52

그레고리 하지만 너는 가격할 만큼 재빨리 동하지 못하잖아.

샘슨 몬테규 집안의 개자식이 날 동하게 해.

그레고리 동한다는 건 움직인다는 것이고, 용감하다는 건 서 있는 거야. 그러니 네가 동한다면, 넌 도망가는 거지.

10 **샘슨** 그 집안의 개 한 마리라도 날 동하게 해서 서 있게 만들걸. 난 몬테규 집안의 어떤 연놈이건 벽으로 삼을 거야.

그레고리 그게 바로 네가 약해빠진 놈이라는 걸 보여주는 거지. 제일 약해빠진 놈이 벽으로 가는 법이니까.

샘슨 그렇지. 그러니 여자들은 더 약해빠진 몸이니 벽 쪽으로

15 쑤셔 박히지. 난 몬테규 집안의 사내놈들은 벽에서 떼어내고 계집년들은 벽으로 쑤셔 박을 거야.

그레고리 싸움은 주인은 주인들끼리, 그 하인인 우리는 우리끼리 하지.

샘슨 전부 똑같은 거지. 난 내가 폭군이라는 걸 보여줄 거야.

20 사내놈들하고 싸우고 나면, 처녀들한테도 잔인하게 굴 테고, 그 머리를 잘라버릴 거야.

그레고리 처녀들의 머리를?

샘슨 그래, 처녀들 머리, 아니면 그 거시기 머리*를 말이야, 네가 좋을 대로 이해해.

25 **그레고리** 그년들은 느낌 오는 대로 받아들여야만 하겠구먼.

---

*처녀막을 뜻하는 'maidenhead'라는 단어를 '처녀(maid)'와 '머리(head)'라는 단어를 쓰며 말장난을 벌이는 것이다.(옮긴이)

샘슨 내가 서 있을 수 있는 동안엔 날 느끼겠지. 그리고 난 꽤나 나가는 살덩어리*로 알려져 있거든.

그레고리 네가 생선이 아니라 천만다행이야. 넌 이를테면 말라 빠진 대구꼴이었는데. 그 연장을 뽑아! 몬테규 집안 놈이 이리로 오고 있으니.

30

다른 하인 두 명[아브라함과 발타자] 등장   샘슨 칼을 뽑는다

샘슨 내 속살을 드러낸 무기를 뽑지.** 시비 걸어봐, 내가 뒤를 봐줄 테니.

그레고리 뭐, 등 돌리고 도망가려고?

샘슨 두려워 마.

그레고리 아니, 정말, 네가 두려워!

35 **샘슨** 자, 법이 우리 편에 서게 하자고. 저놈들이 시작하게 놔둬.

그레고리 지나가면서 내가 얼굴에 인상을 쓸 테니, 저놈들이 알아서 받아들이겠지.   찡그린다

샘슨 그래, 그럴 수 있으면. 저놈들에게 내 엄지를 깨물어 보이겠어.***   그의 손가락을 깨문다

그게 저놈들에게 모욕이거든, 그걸 참고 있다면 말이야.

40 **아브라함** 우리한테 엄지를 깨문 거요?

샘슨 내 엄지를 깨문 거요.

아브라함 댁의 엄지를 우리한테 대고 깨문 거요?

---

*자신의 성기가 크다는 의미이다.(옮긴이)
**칼을 칼집에서 뺀다는 뜻으로, 성적인 함축을 계속 이용하고 있다.(옮긴이)
***엄지를 깨무는 것은 위협이나 반항을 담은 공격적인 몸짓을 뜻한다.

샘슨 법이 우리 편인 건가, 내가 그렇다고 대답하면?   방백

그레고리 아니.

45 **샘슨** 아닌데요. 댁한테 내 엄지를 깨문 게 아니라, 그냥 내 엄지
를 깨물었는데요.

그레고리 시비 거는 거요?

아브라함 시비라니? 아니오.

샘슨 그런 거라면, 내가 상대해주지. 난 그쪽만큼 상당한 분을

50 모시고 있으니.

아브라함 더 낫지는 않고?

샘슨 글쎄요.

벤볼리오 등장

그레고리 '더 낫다'고 말하게. 주인님 친척 한 분이   방백
이리로 오고 계시니.

55 **샘슨** 물론. 더 낫지요.

아브라함 거짓말하기는.

샘슨 칼을 뽑으시지, 사내라면. 그레고리, 너의 그 일격을 기억
해.   그들은 싸운다

벤볼리오 그만둬, 바보들같이! 칼을 거두어라. 무슨 짓을

60 하는지 모르는 것 같으니.   칼을 빼서 그들을 떼어놓는다

티볼트 등장

티볼트 뭐야, 무지막지한 하인 놈들 사이에서 네놈도 칼을 뽑은
거냐?
돌아서라, 벤볼리오, 네놈의 죽음을 보아라.   칼을 뽑는다

벤볼리오 난 평화를 지키려고 하는 거요. 칼을 거두시게.

아니면 나와 함께 이자들을 떼어놓으시든지.

65 **티볼트** 뭐, 칼을 뽑아 들고는, 평화 운운하다니? 난 그 단어를

증오하거든.

내가 지옥을 증오하고, 온갖 몬테규 자식들, 그리고 네놈을

증오하듯.

받아라, 겁쟁이 놈아!　　　　　　　　　　　　**싸운다**

서너 명의 시민들이 몽둥이를 든 채 등장

장교 몽둥이 들고, 창과 꼬챙이 들고 나오시오! 쳐부숩시다! 놈

들을 반쯤 죽여놓읍시다! 캐퓰렛 자식들 죽어버려라! 몬테규

70 놈들 죽어버려라!

가운을 입은 연로한 캐퓰렛과 그의 부인 등장

캐퓰렛 이게 웬 소란인가? 자, 내 장검을 주시오!

캐퓰렛 부인 목발, 목발을! 칼은 왜 찾으시나요?

캐퓰렛 내 검을 달라고 하잖소! 늙은 몬테규 놈이 왔소.

그리고 내가 있는데도 자기 칼날을 휘두르고 있소.

연로한 몬테규와 그의 부인 등장

75 **몬테규** 악당 캐퓰렛 네 이놈! ―붙잡지 마시오, 놓으시오.

몬테규 부인 원수를 찾으러 한 발자국도 못 움직이실 거예요.

영주 에스칼루스가 수행원들과 함께 등장

영주 폭동을 일삼는 작자들아, 평화의 적들아,

이 이웃들의 피로 칼을 더럽히는 자들아.

저놈들이 듣지도 않는 건가? ―아니, 여봐라! 네 이놈들, 짐승

56

같은 놈들,

80 네놈 혈관에서 나오는 자줏빛 샘으로

네놈들의 그 사악한 분노의 불을 끄려고 드는 놈들.

고문이 무섭거든, 그 피 묻은 손에서

네놈들의 흉악한 무기들을 땅에 내던져라,

그리고 너희들의 노한 영주의 선고를 들어라.

85 그대들, 연로한 캐퓰렛과 몬테규는,

하찮은 말에서 비롯된 세 건의 소동으로

조용한 거리를 세 차례나 교란시켰고,

베로나의 연로한 시민들이

근엄하고 점잖게 보이도록 해주는 장신구들을 던져놓고

90 자신들의 늙은 손만큼이나 평화로 녹슬어 있던,

오래된 창을 휘둘러, 너희들의 그 사악한 증오를 끝장내려 나

서게 만들다니.

다시 한 번 네놈들이 거리를 교란시키려 든다면,

그 평화를 빼앗아간 데 대해 네놈들의 목숨으로 값을 치르게

될 것이다.

이번에는, 나머지 사람들은 모두 물러가도록 하라.

95 캐퓰렛, 그대는 나와 함께 가야겠다.

그리고 몬테규, 그댄 오늘 오후에 오도록 하라.

이 문제와 관련하여, 앞으로 내가 어찌 처리할지 알고 싶다면,

우리의 재판정인, 오래된 프리타운으로 오라.

다시 한 번 말하노니, 죽음이 두렵거든, 모두 물러가라.

100 **몬테규** 이 오래 묵은 싸움을 누가 새로이 끄집어내었느냐?

　　　　　말해보아라, 조카야. 싸움이 시작될 때 옆에 있었던 게냐?

　　　벤볼리오 숙부님 원수의 하인들과 숙부님 하인들이

　　　　　제가 가까이 가기 전에 막 싸우려던 참이었습니다.

　　　　　그들을 떼어놓으려고 제가 칼을 뽑았는데, 곧

105　　　자기 칼을 빼어 든 채, 불같은 성미의 티볼트가 나타났지요.

　　　　　그는 제 귀에다 대고 욕설을 퍼부으면서

　　　　　자기 머리 위로 칼을 휘두르며 바람을 갈라놓더니,

　　　　　아무런 해도 못 미치고 조롱하듯이 쉬잇 소리만 냈습니다.

　　　　　우리가 서로 치고받는 동안

110　　　점점 더 많은 사람들이 몰려와 끼리끼리 싸웠는데,

　　　　　그때 영주님이 오셔서, 양쪽을 떼어놓으셨습니다.

　　　몬테규 부인 오, 로미오는 어디 있느냐? 오늘 그 아이를 보았느냐?

　　　　　이 싸움에 말려들지 않아서 얼마나 다행인지.

　　　벤볼리오 숙모님, 숭배를 받는 태양이

115　　　동쪽의 금빛 창으로 희미하게 나타나기 한 시간 전에,

　　　　　심란한 마음 때문에 바깥으로 산책을 나가게 되었는데,

　　　　　그곳에서, 이 도시 옆에서 서쪽으로 뻗어 있는

　　　　　단풍나무 숲 아래에서,

　　　　　그토록 일찍부터 걷고 있는 아드님을 만났습니다.

120　　　저는 그쪽을 향해 갔지만, 저를 보고는

　　　　　숲의 으슥한 곳으로 슬그머니 가버리더군요.

저는 혼자서 그 심정을 가늠해보고,

그럴 땐 대부분의 사람들이 눈에 띄지 않는 곳을 찾기 마련이니,

저 자신이 지쳐 있는 그런 많은 이들 가운데 하나인지라,

125 그를 쫓아가지 않고, 제 기분을 쫓아갔고,

제게서 흔쾌히 달아나는 사람을 저도 흔쾌히 피해주었답니다.

몬테규 여러 날 아침에 걸쳐 그 아이가 거기서 눈에 띄더구나.

신선한 아침의 이슬에 눈물까지 보태가면서,

구름이 있는 날이면 깊은 한숨들로 더 많은 구름을 더해가며,

130 하지만 얼마 안 가 만물에게 힘을 주는 태양이

저 멀리 동쪽 끝에서 오로라*의 침대로부터

그늘진 커튼을 걷어내기 시작할 때면,

무거운 마음의 내 아들이 빛을 피해서 슬그머니 집으로 돌아오더구나.

그러고는 제 방에서 혼자서 무언가 끄적대고,

135 창문은 닫아버리고, 아름다운 햇빛은 차단해버린 채

인위적으로 밤으로 만들어버리더구나.

이야기를 잘 나누어 그 원인을 없애버리지 않는다면

이런 기질은 암담하고도 불길한 전조인 게 분명하지.

벤볼리오 숙부님, 그 원인을 아시는지요?

140 **몬테규** 난 모르는 데다 그 아이한테서 알아낼 수도 없단다.

벤볼리오 어떻게 해서든지 집요하게 물어보셨는지요?

*새벽의 여신.

몬테규 나 혼자서도 그랬고 다른 여러 친구들도 해보았지,

그런데 그 녀석은, 제 감정의 말만 듣고,

혼자서 그러고 있더구나—얼마나 진실한지는 내 말할 수 없
다만—

145   소리를 내거나 발견되지 않게,

혼자서만 비밀로 하고 꼭 닫고 있으니,

마치 향기로운 잎들을 공기 중에 펼쳐 보일 수 있기도 전에,

아니면 자신의 아름다움을 그것에 바치기도 전에

시기하는 벌레에게 베어 물린 꽃봉오리처럼 말이다.

150   그 녀석의 슬픔이 어디서부터 온 건지 알 수만 있다면,

기꺼이 알려진 처방을 줄 수 있으련만.

로미오 등장

벤볼리오 보세요, 저기 오네요. 잠깐 비켜 계시지요.

제가 그 불만을 알아보겠습니다. 아니면, 제대로 거절당하겠
지요.

몬테규 네가 여기 남아 진정한 고백을 듣게 되는

155   그렇게 기쁜 일이 있다면 얼마나 좋겠느냐. —자, 부인, 갑시다.

모두 퇴장 [몬테규와 몬테규 부인]

벤볼리오 이보게 사촌, 좋은 아침이로군.

로미오 낮이 아직 그렇게 이른가?

벤볼리오 막 아홉 시를 쳤다네.

로미오 아, 슬픈 시간들은 길게만 보이는군.

160   저리도 빨리 저쪽으로 가버리는 분이 내 아버지신가?

벤볼리오 그렇다네. 어떤 슬픔이 로미오의 시간을 늘어뜨려 놓았을까?

로미오 갖고 있으면, 그걸 짧게 해줄 수 있는 걸 못 가진 때문이지.

벤볼리오 사랑에 빠져?

로미오 못 얻어서…….

165 **벤볼리오** 사랑을?

로미오 내가 사랑에 빠진 그 여자의 애정을 못 얻어서.

벤볼리오 이런, 그 사랑이, 보기에는 너무도 점잖은데,
　실상은 그토록 포악하고 가혹하다니!

로미오 아, 그 사랑은, 시야는 여전히 가려져 있어도,*

170 　눈이 없이도, 원하는 대로 가는 길은 잘 보아내다니!
　어디서 우리 식사할까? 오, 이런! 여기 무슨 소동이 있었나?
　하지만 아무 말 말게, 전부 들었으니까.
　여긴 증오와 상관이 많지, 하지만 사랑과는 더욱 많아.
　그렇다면, 왜, 오 싸움하는 사랑이여, 오 사랑하는 증오여,

175 　오, 최초로 창조된 무에서 나온 유!
　오, 무거운 가벼움, 진지한 허영심!
　좋아 보이는 외양의 일그러진 혼돈,
　납으로 된 깃털, 밝은 연기, 차가운 불, 병든 건강!
　잠은 아니지만 여전히 깨어 있는 잠!

*큐피드가 눈먼 상태를 가리킨다.

180   이런 사랑을 내가 느끼건만, 이런 상황에는 난 아무런 사랑도
       못 느끼지.
         우습지 않나?
벤볼리오 아니, 사촌, 난 차라리 울겠네.
로미오 아니, 뭐 때문에?
벤볼리오 자네 그 착한 마음이 억눌려 있는 데 대해.
185 **로미오** 뭐, 그와 같은 게 사랑이 범하는 죄라네.
       나 자신의 슬픔들은 내 가슴속에 무겁게 놓여 있어,
       자네가 번식시킬 걸세, 자네의 슬픔으로 보태면서
       그걸 누르기만 한다면 말이야. 자네가 보여준 이 사랑이
       너무도 많은 나 자신의 사랑에다 더 많은 슬픔을 보태주네.
190   사랑은 한숨들이 내뿜는 증기로 만들어내는 연기인지라,
       정화가 되면, 연인들의 눈에서 반짝거리는 불이요,
       애타게 되면, 연인들의 눈물로 더 불어나는 바다인 법이지.
       그것 말고 무엇이겠는가? 가장 분별력 있는 광기요,
       숨 막히게 만드는 고민거리이자 오래도록 보존되는 달콤한
       사탕 같지.
195   잘 가게, 사촌.
벤볼리오 잠깐! 같이 가세.
       그렇게 날 두고 가버린다면, 나한테 잘못하는 거네.
로미오 쳇, 난 나 자신을 잃어버렸다네, 난 여기 있는 게 아니야.
       이 몸은 로미오가 아닐세. 그 작자는 어딘가 다른 곳에 있네.
200 **벤볼리오** 슬픔에 빠진 가운데 말해주게나. 자네가 사랑하는 이

가 누구인지.

로미오 뭐, 신음하면서 자네에게 말하라고?

벤볼리오 신음한다고? 아니, 아니네. 하지만 슬프게 누구인지
말해주게.

로미오 슬픔에 처해 병이 난 사람은 유언을 남기는 법.
너무도 아픈 사람에게는 잘못 재촉하는 말이라네.

205 슬픔 속에서, 사촌, 어떤 여자를 사랑하고 있다네.

벤볼리오 그 정도는 예측했다네, 자네가 사랑에 빠졌다고 생각
했을 때는.

로미오 과녁을 참 잘도 맞히는 명사수로군! 내가 사랑하는 그
여자는 아름답다네.

벤볼리오 이보게 사촌, 맞히기 좋은 과녁이 제일 빨리 맞는 법
이라네.

로미오 이런, 지금은 자네가 잘못 쏘았네. 그녀는

210 큐피드의 화살로는 맞힐 수가 없거든, 디아나 여신의 지혜를
지니고,
게다가 정절이라는 막강한 방패로 잘 무장하고 있기에,
사랑의 나약하고 유치한 활로는 마법에 걸려들지 않은 채 산
다네.
그녀는 사랑 가득한 말들의 포위공격을 참아내지도 못할 테고,
공격하는 눈과 마주치게 두지도 않을 테고,

215 성자를 유혹하는 금을 가지고도 그 무릎을 열지 못할 걸세.
오, 그녀는 미모에 있어서는 대단하지만, 불쌍할 뿐이지

그 미모를 지닌 채 죽을 때면, 그녀가 지닌 것도 죽는다는 점에서는.

벤볼리오 그렇다면 계속 순결한 채로 살겠노라고 맹세한 건가?

로미오 그랬지, 게다가 그렇게 아껴두는 것은 엄청난 낭비야,

220 그녀의 가혹함으로 굶주린 미모는

그 미모가 전해지지 못하도록 모든 후손들에게서 잘라내 버리니 말일세.

그녀는 너무도 아름답고, 너무도 현명하고, 현명하게도 너무 아름다워,

나를 절망시키고는 축복받지 못할 거네.

그녀는 사랑을 맹세코 부인해왔고, 그 맹세 가운데

225 살아남아 지금 그 이야기를 하고 있는 난 살아 있으나 죽은 상태라네.

벤볼리오 내 말 듣게나, 그 여자 생각은 잊어버리게.

로미오 오, 생각하는 걸 어떻게 잊어야 하는지 가르쳐주게나.

벤볼리오 자네 눈에 자유를 주어서지.

다른 미인들도 살펴보게.

230 **로미오** 그건 그 여자의 미모가 탁월하다고,

더 이상 의문의 여지가 없다고 말하게 될 길일 뿐이라네.

아름다운 여인들의 이마에 입 맞추는 이런 행복한 가면들은

시커멓기에 그것들이 미인을 감추고 있다고 여기게 해주지.

갑자기 눈이 멀게 된 자는 잊을 수가 없다네.

235 그가 잃어버린 시력의 그 소중한 보물을 말일세.

아름답다고 알려진 미인을 보여주게나,

그녀의 미모가 무슨 소용이 있겠는가, 그저

그 아름다운 미인도 능가한다고 읽게 될 주석에 불과하지 않

겠는가?

잘 가게나. 자넨 내가 잊어버리도록 가르치지는 못하네.

240 **벤볼리오** 내가 그 가르침을 주지, 아니면 빚진 채 죽는 거고.

모두 퇴장

캐퓰렛, 파리스 백작, 그리고 광대[하인] 등장

캐퓰렛 몬테규 놈도 나만큼이나

  똑같이 처벌받았는데, 어려운 일도 아니지요. 제 생각으로는,

  우리같이 이리 연로한 사내들이 평화를 지키는 건 말입니다.

파리스 두 분 모두 명망 있는 분들이신데,

5 그토록 오랫동안 서로 불화하며 지내시다니 유감천만입니다.

  그나저나 어르신, 제가 청한 일은 어떻게 되는 건지요?

캐퓰렛 일전에 말씀드린 걸 되풀이할 수밖에 없군요.

  제 자식이 아직은 세상에 낯선 터라.

  그 아인 아직 열네 번째 해가 바뀌는 것도 보지 못했으니까요.

*장소: 베로나의 공적 장소.

66

10   두 차례 더 여름이 저물고 나서야,

신부감이 될 만큼 성숙할 거라 생각됩니다.

파리스   그보다 더 어린 사람도 행복한 어머니들이 되어 있지요.

캐퓰렛   너무 일찍 된 자들은 너무 빨리 손상을 입는 법이랍니다.

그 아이 말고는 내 자식들 전부 땅에 묻었지요.

15   그 아이가 장차 제 땅의 희망이랍니다.

하지만, 점잖은 파리스 백작, 구애하여 마음을 얻어보시지요.

딸아이가 동의하면 제 뜻은 그저 일부일 뿐이랍니다.

제 여식이 동의하면, 그 아이의 선택 범위 안에

제 동의와 합의의 목소리가 있지요.

20   오늘 밤 오랫동안 열어온 연회를 개최하는데

거기에 많은 손님들을 초대하였습니다.

제가 아끼는 분들로, 당신도 그 가운데 한 분이시니,

오시면 가장 환영받으실 것이고, 제 손님 숫자도 늘려주시는 겁

니다.

제 누추한 집에서 오늘 밤 보도록 하십시오.

25   어두운 밤하늘을 빛나게 해줄, 흙을 밟고 있는 별들을 말입니다.

절뚝거리는 겨울의 발뒤꿈치에서 잘 차려입은 4월이

바짝 붙어 왔을 때 한창 혈기왕성한 젊은이들이 느끼는

그와 같은 위안을, 심지어 그와 같은 즐거움을

신선한 회향 봉오리들 가운데 오늘 밤 저희 집에서

30   누리게 되실 겁니다. 모두의 이야기를 들으시고, 모두 보시고,

그런 다음 가장 훌륭한 여성 분을 좋아하십시오.

다시금 눈여겨보시면, 많은 여인들 가운데 제 여식도 하나로

비록 고려 대상에는 못 들겠지만, 그 숫자 가운데 있을 겁니다.

자, 저와 같이 가시지요. —자, 어서,

하인에게

35 아름다운 베로나를 뛰어다녀라.

명단을 준다

그리고 거기 이름이 적힌 분들을 찾아내서,

그분들께 일러드려라, 우리 집에 오셔서 마음껏 즐기시도록.

모두 퇴장 [캐퓰렛과 파리스]

하인　그 이름이 적힌 사람들을 찾아내라고 하셨건만. 여기 적
혀 있는 건 구두장이가 야드 자를 가지고 수선해야 하고, 양
40 복장이는 발을 재는 나무판을 가지고, 어부는 연필로, 그리고
화가는 그물로 만져야만 할 판이로군. 하지만 여기 적힌 이름
을 가진 사람들을 찾으라고 보내졌는데, 여기다 적어놓은 사
람들 이름이 무엇인지 도대체 알 수가 없으니 유식한 사람에
게 가봐야만 하겠군. 딱 맞게 오시는구나.

벤볼리오와 로미오 등장

45 **벤볼리오**　자, 이보게, 불 하나는 또 다른 불이 타는 걸 태워버리지,
하나의 고통도 또 다른 번민으로 줄어드는 법.
빙빙 돌아보게, 그러다가 거꾸로 돌면 도움이 되지.
한 가지 절망적인 슬픔도 또 다른 슬픔에서 오는 무기력함으
로 치료되는 법.
자네 그 눈을 새로운 걸로 감염시켜보게나
50 그러면 옛것의 그 고약한 독은 죽어버릴 테니.

로미오　그것에는 자네의 그 질경이 잎*이 특효구먼.

68

벤볼리오 괜찮다면, 뭐에 대해 말인가?

로미오 자네 그 깨진 정강이에.

벤볼리오 뭐, 로미오, 자네 미쳤는가?

55 **로미오** 미친 게 아니라, 미친 사람보다도 더 속박되어 있다네.

감옥에 갇힌 채, 먹을 것도 없이,

회초리로 얻어맞고 고문당하면서. ─잘 가게나, 친구.

하인 안녕하신가요. 나리, 혹시, 읽을 줄 아시나요?

로미오 물론, 내 불행 가운데 나 자신의 운명은 읽을 수 있지.

60 **하인** 아마 책 없이도 그걸 배우셨나 봅니다요. 하지만, 보이는

어떤 걸 읽을 수 있으신지요?

로미오 물론, 내가 글자와 말을 안다면야.

하인 솔직하게도 말씀하시는군요. 그럼 안녕히!

로미오 잠깐, 이보게, 내가 읽을 수 있네.

그는 편지를 읽는다

65 "마르티노 님과 그 부인과 따님들, 안셀름 백작님과 그의 아

름다운 누이분들, 우트루비오 미망인, 플라센티오 님과 그의

사랑스러운 질녀 분들, 머큐시오와 그의 형 발렌타인, 내 숙

부님이신 캐퓰렛, 그의 부인과 따님들, 내 아름다운 질녀 로

잘린. 리비아. 그리고 발렌티오 님과 그의 사촌 티볼트, 루치

70 오와 활달한 헬레나." 굉장한 모임이로군. 어디로 모이는가?

하인 위쪽으로요.

---

*민간요법에서 베이거나 멍든 작은 상처가 나면 발랐다.

로미오 어디로? 저녁 먹으러?

하인 저희 댁으로요.

로미오 누구 댁인데?

75 **하인** 저희 주인님요.

로미오 그렇지, 그전에 그걸 물었어야 했는데.

하인 이제 안 물어보셔도 말씀드릴게요. 제 주인님은 바로 굉
장한 부자이신 캐퓰렛 님이시랍니다. 댁이 몬테규 가문 사람
만 아니라면, 부디 오셔서 와인 한잔 들이켜시지요. 그럼, 안
80 녕히 계십시오.   **퇴장**

벤볼리오 오랫동안 캐퓰렛 집안에서 열어온 바로 이 연회에
자네가 그토록 사랑하는 아름다운 로잘린이 참석한다니,
그것도 베로나의 칭송받는 온갖 미인들과 더불어 말일세.
거기 가서, 편견 없는 눈으로,
85 그녀의 얼굴과 내가 보여줄 몇몇 얼굴을 비교해보게나,
그러면 자네의 백조를 까마귀로 여기게 만들어줄 테니.

로미오 내 눈의 신실한 종교가
그와 같은 거짓을 주장할 때면, 그때엔 눈물을 불로 바꾸어버
리게,
그리고 종종 빠져버리면서도 결코 죽을 수 없는,
90 이 투명한 이단자들을, 거짓말쟁이라고 화형시켜버리게.
내 사랑보다도 더 아름다운 여인이라니! 만물을 전부 보는 태
양도
세상이 처음 시작된 이래로 그녀와 겨룰 여인을 결코 보지

못했거늘.

벤볼리오 쳇, 자네는 그 여인을 아름답다고 보았지만, 그 여인
말고는 곁에 아무도 없고
　　어느 쪽 눈에건 그 여인 혼자서 자기하고 겨루고 있으니 그렇지.
95　하지만 그 수정 같은 저울*로 그 숙녀분의 사랑과
　　내가 자네에게 이 연회에서 보여줄
　　빛나는 다른 몇몇 여인들을 저울질해보게나.
　　그러면 지금은 최고로 보이는 그 여인이 그다지 좋게 보이지
는 않을 테니.

로미오 내가 따라가지, 그런 광경을 보기 위해서가 아니라,
100　내 여인의 광채를 즐기기 위해서 말이네.　　　　　[모두 퇴장]

*두 눈을 무게를 재는 천칭에 올려놓는 두 개의 접시에 비유한 것이다.(옮긴이)

캐퓰렛 부인과 유모 등장

캐퓰렛 부인 유모, 내 딸이 어디 있지? 내게 좀 데려오게.

유모 열두 살 때의 제 처녀성에 맹세코 지금,

　이리 오시라고 일렀지요. 이봐요, 아기 양! 이봐요, 무당벌레!

　이런, 이 아가씨가 어디 있담? 이봐요, 줄리엣 아가씨!

줄리엣 등장

5 **줄리엣** 왜? 누가 불러?

유모 어머님께서요.

줄리엣 어머니, 여기 대령했어요. 무슨 일이신지요?

캐퓰렛 부인 무슨 일인고 하면 —유모, 잠시 자리 좀 비켜주게,

*장소: 베로나에 있는 캐퓰렛 가문의 집.

은밀히 이야기를 나누어야겠으니. ―유모, 이리 돌아오게나.

10 내가 기억해냈는데, 자네도 내가 충고하는 걸 들어보게나.

자네도 알다시피 내 딸이 적당한 나이가 되었잖나.

유모 그럼요, 아가씨 나이를 시간까지도 말할 수 있지요.

캐퓰렛 부인 열네 살은 아니야.

유모 제 이빨 중 열네 개를 내놓을게요. 그런데, 제 이빨에 대고

15 맹세하려니, 네 개뿐이구먼요. 아가씨는 열네 살이 아니에요.

라마스 시기*까지는 이제 얼마나 남았나요?

캐퓰렛 부인 두 주하고도 며칠 남았지.

유모 홀수일이건 짝수일이건, 연중 모든 날 중에, 라마스 전날

밤이 오면 열네 살이 된답니다. 수잔하고 아가씨가―하느님,

20 그리스도를 믿는 모든 이들의 영혼이 평안하길!―같은 나이였

지요. 뭐, 수잔은 하느님과 있으니. 그 아인 제게 너무 과분했

지요. 하지만 말씀드렸다시피, 라마스 전날 밤에 아가씬 열네

살이 되지요. 그럴 거예요, 그럼요. 너무도 잘 기억하고 있답

니다. 지진이 있었던 지 이제 십일 년이 되는데, 아가씨가 젖

25 을 뗀 게―절대 잊어버릴 수가 없어요―일 년 중 많고 많은 날

중에, 하필 그날이었어요. 제 젖꼭지에다 쓴 쑥즙을 발라놓고

서, 비둘기집 벽 아래 햇볕 속에 앉아 있었지요. 주인님과 마

님은 그때 만투아에 가셨지요―정말, 잘 기억하고 있답니다―

말씀드렸듯이, 아가씨가 제 젖꼭지에 바른 쓴 쑥즙을 맛보고

---

*8월 1일로 추수 페스티벌을 말한다.

³⁰ 그게 쓴 걸 알고는, 그 예쁜 것이, 성질내며 젖꼭지를 갖고 씨

름하고 있는 걸 보노라니! "움직여"라고 하더군요, 비둘기집

이. 정말, 저더러 걸어가라고 시킬 필요가 없었지요.* 그때 이

후로 십일 년이 되었네요. 그때 아가씬 혼자서 설 수 있었어

요. 아니, 맹세코, 아가씬 뛸 수도 있었고, 여기저기 비틀비틀

³⁵ 하며 걸을 수도 있었는데, 심지어 그 전날엔, 이마를 깼지요.

그때 제 남편이—하느님, 그이와 함께하소서! 유쾌한 사람이

었죠—아기를 들어 안고는, "그래", 그이가 말하길, "앞으로

넘어졌나요? 좀 더 지혜가 생길 때면 뒤로 넘어질 거예요. 안

그래요, 줄리?"** 그랬지요. 그러니까 세상에, 그 예쁜 것이

⁴⁰ 우는 걸 멈추고는 "네"라고 하잖아요. 이제, 농담이 진짜가 되

는 걸 보게 되다니! 장담하는데, 수천 년을 살게 된다 하더라

도, 절대 잊을 수 없을 거예요. "안 그래요, 줄리?" 하고 그이

가 말했더니, 그 예쁜 것이, 뚝 그치고 "네"라고 했다니까요.

캐퓰렛 부인 그걸로 충분하네. 부탁이니, 조용히 하게나.

⁴⁵ **유모** 네, 마님. 하지만 안 웃을 수가 없네요, 아가씨가 울던 걸

멈추고 "네"라고 한 걸 생각하면. 하지만, 장담하는데, 이마에

숫병아리의 불알만 한 크기의 혹이 생겼지요. 위험천만하게 넘

어진 거였어요. 그래서 몹시도 울었지요. "그래", 제 남편이 말

---

*지진이 일어나 땅이 흔들리므로 움직이거나 걷지 않고 있어도 움직이고 걷게 된다
는 의미이다.(옮긴이)
**성인이 된 후 남녀의 잠자리에서의 자세를 뜻하는 성적 의미가 함축되어 있다.
(옮긴이)

하길, "앞으로 넘어졌나요? 나중에 크면 뒤로 넘어질 거예요.
50   안 그래요, 줄리?" 그랬더니 뚝 그치고는 "네"라고 말했지요.

줄리엣 유모도 뚝 그쳐. 부디, 유모, 내 부탁하는데.

유모 잠깐만요, 다 했어요. 하느님께서 아가씰 점찍어 은총을
      내려주시길! 아가씬 제가 돌봐준 아기들 중에서 제일 예뻤지
      요. 살아생전 아가씨가 결혼하는 걸 한 번이라도 보게 된다면
55   전 소원이 없어요.

캐퓰렛 부인 결혼, 그래, '결혼'이 바로 내가 이야기하려는 그 주
      제야.

      자, 내 딸 줄리엣, 말해보렴,

      결혼하는 걸 너는 어떻게 생각하니?

줄리엣 제가 꿈도 꾸지 못한 영예예요.

60 **유모** 영예라니! 내가 아가씨의 단 한 명뿐인 유모만 아니라면,
      아가씨가 그런 지혜를 젖꼭지에서 빨아먹었노라고 할 텐데.

캐퓰렛 부인 자, 이제 결혼에 대해 생각해보렴. 너보다도 더 어
      린 경우에도,

      여기 베로나에서 명망 있는 여인들은,

      이미 어머니가 되었단다. 내 계산으로는,

65   네가 처녀인 지금 이 무렵에

      난 네 엄마가 되어 있었단다. 그러니 간단히 말하마.

      용감한 파리스 백작이 네게 구애를 하시는구나.

유모 사나이지요, 아가씨! 아가씨, 온 세상과 견줄 수 있는 대
      단한 사내지요. 세상에, 그분은 밀랍으로 빚은 것처럼 완벽한

남자예요.

캐퓰렛 부인 베로나의 여름도 그와 같은 꽃송이를 가져본 적이
없지.

유모 그래요, 그분은 꽃송이예요. 정말로, 진짜 꽃송이시지요.

캐퓰렛 부인 어떠니? 그분을 사랑할 수 있겠니?

오늘 밤 우리 연회에서 그분을 보게 될 거야.

75   젊은 파리스 백작의 얼굴이라는 책 너머로 읽어보렴,

그리고 미의 여신이 붓으로 거기 적어둔 기쁨을 찾아보렴.

온갖 얼굴 특징들을 살펴보고,

서로서로가 어떻게 만족을 주는지 보고

그리고 이 아름다운 책에서 어떤 것이 불분명하게 있는지

80   그의 눈 가장자리에 쓰인 걸 발견해보렴.

이 소중한 사랑의 책은, 이 제본되지 않은 연인은,

그를 아름답게 만들어주기 위해서는, 단지 표지만 부족할 뿐
이란다.

물고기가 바다 속에서 살듯이, 외모가 아름다운 이가

그 외모 속에 아름다움을 감추고 있다면 그건 상당한 자랑이
지.*

85   많은 이들의 눈에 그 책은 그 영광을 공유하고 있으니,

금으로 된 걸쇠로 금과 같은 이야기를 그 속에 담고 있단다.

그러니 그분을 얻음으로써, 그분이 지니고 있는 걸

*물고기는 바다라는 그의 외모 속에 감추어진 아름다움을 뜻한다.

넌 전부 공유하게 될 거야, 너 자신을 부족하지 않게 하면서.

유모 부족하지 않다니요? 아니, 더 크는 법이지요. 여자들은 남
자들로 인해 자라니까요.*

캐퓰렛 부인 간단히 말해보렴, 파리스 백작의 사랑을 좋아할 수
있겠니?

줄리엣 좋아할지 한번 볼게요. 보는 게 좋아하게끔 만들 수 있
다면요.

하지만 어머니께서 제 눈의 화살이 날도록 허락하신 것보다
제 눈을 더 깊이 쏘지는 않을게요

하인 등장

하인 마님, 손님들이 오십니다. 저녁도 준비되었고, 찾으십니
다. 아가씨도 찾으시고, 유모는 주방에서 욕먹고 있고, 전부
엉망입니다. 전 가서 시중들어야만 합니다. 부탁드리니, 바로
따라오십시오. **퇴장**

캐퓰렛 부인 바로 뒤따라갈게. 줄리엣, 백작님이 기다리신다.

유모 어서요, 아가씨, 가서 행복한 밤과 행복한 낮을 찾으시구려.

모두 퇴장

*여자들이 임신하게 되어 몸이 불어나는 것을 뜻한다.

1막 4장*

로미오, 머큐시오, 벤볼리오가 대여섯 명의 다른 가면무도회 참가자들, 횃불

을 든 사람들과 함께 등장

로미오 이봐, 이렇게 말하면 우리의 변명이 될까?

  아니면 사과 없이 그냥 밀어붙일까?**

벤볼리오 그렇게 장황하게 주절대는 건 이제 한물갔네.

  타타르인의 나뭇가지로 만든 색칠한 활을 든 채

5 허수아비처럼 여인네들을 겁주면서

  스카프로 눈을 가리고 있는 큐피드 행세는 우린 안 할 걸세.

---

*장소: 캐퓰렛의 집 근처, 그런 다음 액션이 집 안으로 옮겨간다.
**전통적으로 가면무도회 참가자 중 한 명이 그 무리가 방해한 데 대해 양해를 구하
고 경의를 표하며 치하하는 말을 하는 것이 관례였다.

그냥 자기들 원하는 대로 생각하게 두세.

우리는 춤이나 추고, 그리고 사라지자고.

로미오 횃불을 주게. 난 이런 춤추는 걸음과는 안 맞아.

10　마음이 무거우니, 난 횃불이나 들겠네.

머큐시오 아닐세, 로미오, 자네를 춤추게 만들어야만 하겠어.

로미오 난 아니네. 믿어주게. 자넨 민첩한 구두창이 달린

무도화를 신고 있지만, 난 납으로 된 영혼을 가진지라

날 바닥에다 박아둬서 움직일 수가 없다네.

15　**머큐시오** 자넨 사랑에 빠진 사람이잖나. 큐피드의 날개를 빌려,

그걸로 보통 튀어 오르는 한도보다 더 높이 날아올라 보게.

로미오 난 그의 화살에 너무 심하게 박힌 나머지

그의 가벼운 깃털로도 날아오를 수가 없고, 너무 묶여 있어서

이 침울한 비통함 위로 한 단 높이도 튀어 오를 수 없다네.

20　사랑의 무거운 짐 아래로 가라앉아 버리지.

머큐시오 그럼, 그 속에 가라앉아 있으면, 자네가 사랑에 짐을

지우는 거네.

그런 부드러운 존재에겐 너무도 심한 압박이지.

로미오 사랑이 부드러운 존재라고? 그건 너무 거칠고,

너무 무례하고, 너무 난폭한 데다, 또 가시처럼 찔러댄다네.

25　**머큐시오** 사랑이 자네한테 거칠게 굴었다면, 자네도 거칠게 대

하게나.

찌르거든 사랑을 찔러버리게, 그리고 뻗어버리게 만들어.

내 얼굴을 가릴 가면을 주게나.

가면에 가면이라! 무슨 상관이야.   가면을 쓴다

어떤 호기심 어린 눈이 일그러진 것을 신경 쓰겠나?

30   여기 이 가면의 덥수룩한 눈썹이 나 대신 얼굴을 붉혀줄 테지.

벤볼리오 자, 문을 두드리고 들어가세. 그리고 들어가자마자,

모두들 다리 좀 놀려보세나.

로미오 내겐 횃불을 주게. 마음 가벼운 바람둥이들이나

발뒤꿈치로 감각도 없는 골풀이나 간질이라고 해.

35   난 옛 속담에 나오는 말 그대로 따라,

촛불이나 들고 구경이나 하겠네.

놀이판은 결코 그리 공평하지 않았고, 난 끝났네.

머큐시오 쳇, 끝난 건 쥐새끼야, 순경나리 말로는.

자네가 끝난 거라면, 우리가 자넬 그 수렁에서 끌어내 주겠네.

40   아니면—내 말을 양해해준다면—귀밑까지 자네가 빠져 있는

그 사랑에서 말이야. 자, 대낮에 불만 켜두고 있군, 가세나!

로미오 아니지, 그건 아니지.

머큐시오 이보게, 내 말은, 지체해서

대낮에 불을 켜둔 것처럼, 우리 불만 헛되이 낭비한단 뜻일세.

45   좋은 뜻을 받아들이게나, 우리의 분별력은 다섯 번은 더

거기 앉아 있으니까. 우리의 오감에 한 번 그러기도 전에.

로미오 우리는 좋은 뜻으로 이 가면무도회에 가는데,

가는 게 지혜로운 것은 아니지.

머큐시오 왜 그런지 물어도 된다면?

50 **로미오** 간밤에 꿈을 하나 꾸었어.

머큐시오 나도 꾸었네.

로미오 그래, 자네 꿈은 무엇이었나?

머큐시오 꿈꾸는 자들은 종종 거짓말한다는 꿈.

로미오 침대에서 잠든 채, 꿈을 꾸는 동안 진짜 벌어진다며.

55 **머큐시오** 오, 그렇다면, 내가 보기엔 맵 여왕이 자네와 함께 있
었나 보군.

그녀는 요정들의 산파인데, 그렇게 오거든.

시의원의 검지에 있는

반지의 보석 알보다도 더 크지 않은 모습으로,

한 무리의 조그만 분자만 한 존재들에 이끌려

60 사람들이 잠들어 누워 있을 때 그들의 코 위를 지나가지.

기다란 거미 다리로 만든 마차 바퀴살에,

메뚜기들의 날개로 만든 덮개에,

제일 작은 거미의 거미줄로 만든 마차 끄는 줄에,

달빛의 물을 머금은 빛으로 된 마구에,

65 귀뚜라미의 뼈로 만든 채찍과, 엷은 막으로 만든 채찍 끈에,

조그만 회색 외투를 입은 모기가 그녀의 마부인데,

게으른 아가씨의 손가락에서 끄집어낸

통통한 작은 벌레의 절반도 안 되는 크기라네,

그녀의 마차는 텅 빈 개암 열매인데,

70 아득한 옛날부터 요정들의 마차를 만드는

솜씨 좋은 다람쥐나 나이 든 굼벵이에 의해 만들어졌지.

이런 모습으로 그녀는 밤이면 밤마다 달려

연인들의 머릿속을 통과하는데, 그러면 그들은 사랑의 꿈을
꾼다네.
궁정 신하들의 무릎 위로 달리면, 바로 예의를 갖춰 절하는
꿈을 꾸고,
75 변호사들의 손가락 위를 달리면, 바로 보수를 받는 꿈을 꾸
며,
귀부인들의 입술 위를 달리면, 바로 키스하는 꿈을 꾸지,
그들의 숨결에 과자 냄새가 나면
화가 난 맵은 종종 물집이 생기게 만들어버린다네.
때로는 궁정 신하들의 코 위를 달리는데,
80 그러면 그는 탄원의 낌새를 맡는 꿈을 꾸지.
때로는 십일조로 바쳐진 돼지 꼬리를 가지고 오는데
잠들어 누워 있을 때 사제의 코를 간질이고,
그러면 그는 또 다른 성직록을 받는 꿈을 꾸게 되지.
때로는 병사의 목 위로 달리는데,
85 그러면 그는 외국인 적병의 목을 베는 꿈을 꾸고,
돌격하고, 매복하는 꿈, 스페인의 검을 꿈꾼다네,
또 깊은 잔으로 거나하게 축배를 드는 꿈을 꾼 다음에는 곧
자기 귓전에서 북소리를 듣고는, 화들짝 놀라서 잠을 깨지,
이렇게 놀라서 한두 가지 기도를 하고는
90 다시 잠들어버린다네. 이게 바로 그 맵 여왕이 하는 일이지.
밤에 말의 갈기를 땋아놓고,
더럽게 떡 진 머리는 묶어서 뻣뻣하게 만들어버리는데,

이게 풀리게 되면, 굉장한 불행이 올 전조라더군.

이자가 바로, 아가씨들이 등을 대고 누워 있을 때,

95 그들을 누르고 남자를 감당하는 법을 먼저 배우게 해서

꽤 아이 잘 낳는 여자로 만들어주는 마녀라네.

또한 맵은…….

로미오 그만, 그만, 머큐시오, 그만해!

쓰잘데없는 이야기를 하는군.

100 **머큐시오** 맞아, 난 꿈 이야기를 하고 있네,

꿈은 게으른 머리에서 생겨나는 자식들로,

바로 헛된 환상에서 생겨나는 거라네,

공기만큼 가녀린 물질이고

바람보다도 더 변덕스럽지,

105 심지어 지금도 북쪽의 얼어붙은 가슴에 구애를 해대다가,

그러고는 화가 나서 거기서 휙 뒤돌아서서

이슬 떨어지는 남쪽으로 방향을 바꾸는 바람보다도 말일세.

벤볼리오 자네가 이야기하는 그 바람이 불어와 우리가 자신에

게서 빠져나가게 하는군.

만찬도 끝났고, 우리가 너무 늦을 것 같은데.

110 **로미오** 난 너무 이르지나 않은지 우려되네.

아직은 운명적인 별에 매달려 있는 어떤 결과가

오늘 밤의 연회를 계기로 그의 두려운 날을 쓸쓸하게 시작하고

내 가슴속에 숨겨진 경멸하는 인생의 그 기간을

때 이른 갑작스러운 죽음 같은 어떤 사악한 형태로 앗아가

115 끝장내버릴 것 같아 내 마음이 불안해서 말일세.

하지만 나의 인생 행로의 키를 잡고 계신 그분께서

내 길을 이끄시길. 자, 혈기왕성한 신사 분들, 가보세나!

벤볼리오 쳐라, 북을.

그들은 무대를 행진하고 하인들이 냅킨을 들고 들어온다

하인[장] 등장

하인장 포트팬은 어디 있지? 그릇 치우는 걸 돕지도 않고? 그
120 러고도 자기가 접시를 나른다고? 자기가 접시를 닦는다고?

하인 1 예의범절이 온통 한두 사람의 손에 있는데 그 손을 씻지
않았을 때는, 그건 더러운 일이지.

하인장 접이식 의자는 치워버리고, 찬장도 치우고, 접시들 관리
좀 해. 이봐, 과자 한 조각은 내 몫으로 남겨놓게나, 그리고 내
125 생각을 한다면 제발, 문지기한테 수잔 그린스톤과 넬 좀 들여
보내라고 하게. ─안토니, 그리고 포트팬!

하인 2 아. 네. 준비되었습니다.

하인장 연회장에서 자네를 찾고, 부르고, 묻고, 뒤지고 다니고
있네.

130 **하인 1** 여기도 있고 저기도 있을 수는 없지요. 자, 기운 내지요.
잠시만 힘차게 합시다. 그러면 오래 살아남는 자가 모두 차지
하는 법이지요. **모두 퇴장 [몇몇 하인들]**

가면무도회 참가자들에 더하여 손님들과 귀부인들이 모두 등장

캐퓰렛 환영합니다. 신사 분들! 발가락에 물집이 안 생긴 숙녀
분들이

여러분들과 한바탕 춤을 춰주실 겁니다.

135 아하, 아가씨들! 여러분 모두들 가운데 누가

춤을 거절할 건지요? 수줍어하며 내켜하지 않는 분은,

제가 장담컨대, 물집이 생긴 경우일 겁니다. 거의 맞혔지요?

자, 어서 오시지요, 신사 분들! 저도 가면을 쓰고서

아름다운 숙녀 분의 귀에 대고 기분 좋아질 이야기를

140 속삭이던 그런 시절도 있었지요.

다 지나가 버렸지만요, 다 가버렸어요, 다 가버렸어.

자, 환영합니다, 신사 분들! 자, 악사들, 연주하시게나.

음악이 연주되고 사람들은 춤을 춘다

홀을 치웁시다, 홀을! 자리를 좀 만들고! 아가씨들은 춤을.

여봐라, 불을 더 밝히고, 탁자들은 한쪽으로 치워라,

145 화로는 꺼라, 방이 너무 더워졌구나.

아, 이보게, 예상치 못했던 이 놀이가 잘되는군.

아뇨, 앉으시지, 앉게나, 내 사촌 캐퓰렛.

자네와 나는 춤추는 시절을 지나버렸으니 말이야.

자네와 내가 마지막으로 가면무도회에 있었던 게

150 얼마나 오래되었지?

두 번째 캐퓰렛 아마도, 삼십 년은 되었을 겁니다.

캐퓰렛 뭐라고, 세상에! 그렇게까지는 아니지, 그렇게까지는

아니야.

루첸티오의 혼례 이후니까

성신강림일이 아무리 빨리 오더라도,

이십 하고 오 년 정도 되었어. 그때 우리는 가면을 썼지.

두 번째 캐퓰렛 더 되었어요, 더 되었어. 그 아들놈이 더 나이 먹었으니.

그 아들이 서른입니다.

캐퓰렛 정말 그런가?

그 아들놈이 2년 전만 해도 미성년이었는데.

160 **로미오** 저기 저 숙녀 분이 누구신가, 하인에게

저쪽에 계신 기사의 손을 빛내주고 계신 분?

하인 모릅니다요.

로미오 오, 횃불들에게 밝게 타는 법을 가르치는구나!

마치 밤의 뺨에 매달려 있는 듯하도다.

165 에티오피아인의 귀에 걸린 값비싼 보석처럼 말이다.

그 아름다움은 쓰기에는 너무도 비싸고, 세상에 있기에는 너무도 값지도다!

까마귀 떼와 함께 있는 한 마리 흰 눈 같은 비둘기가 저렇게 보이겠지,

저쪽에 있는 여인이 그녀의 친구들과 함께 있는 그 모습은.

춤이 끝나면, 서 있는 곳을 잘 보아두었다가,

170 그녀의 손을 만져보고, 나의 무례한 손을 복되게 해야겠다.

지금까지 내 심장이 사랑을 했었던가? 눈이여, 부인하여라!

오늘 밤에서야 진정한 아름다움을 내가 보게 되었으니.

티볼트 목소리로 미루어, 이건 몬테규 자식이 분명한데.

이봐, 내 칼을 가져와라. —저 불한당 같은 놈이 [하인 퇴장]

175   감히 이곳으로 와서, 희괴한 얼굴로 가린 채,

우리의 축하연을 비웃고 조롱하려 드는 건가?

자, 우리 가문의 혈통과 명예에 걸고,

저놈을 쳐서 죽이더라도, 그건 죄가 아니지.

캐퓰렛 왜, 이것 봐, 왜 그러느냐? 어디다 대고 그렇게 퍼붓고

있는 거냐?

180 **티볼트** 숙부님, 저 자식은 몬테규, 우리 원수 놈으로,

원한을 품고 이리로 와서

오늘 밤 우리의 축하연을 조롱하려 드는 악당입니다.

캐퓰렛 로미오 청년인 거냐?

티볼트 네, 바로 그잡니다. 그 악당 로미오 놈입니다.

185 **캐퓰렛** 그냥 둬라, 얘야. 그냥 내버려둬.

그 아인 처신을 아는 신사처럼 행동하더구나.

그리고 사실을 말하자면, 베로나도 그를 자랑하더구나,

덕 있고 품행이 바른 젊은이라고.

이 마을 전체의 재산을 전부 준다고 해도

190   여기 내 집에서 그에게 오명을 줄 수는 없다.

그러니 참아라, 그에게 신경 쓰지 마라,

그게 내 뜻이니, 네가 존중한다면,

좋은 표정으로 있고 찡그린 상을 펴도록 해라,

잔치와는 어울리지 않는 모습이니.

195 **티볼트** 저런 불한당 같은 놈이 손님일 때는 그게 어울리지요.

전 저놈을 못 참아내겠습니다.

캐퓰렛 참아야 될 거다.

이것 봐, 애야? 내가 분명히 일렀잖느냐, 그러라고. 자, 가봐.

내가 이곳의 주인이지 네가 주인이더냐? 가보거라.

200 저자를 참지 못하겠다니? 하느님 세상에,

내 손님들 계신 데서 소동을 피우겠다는 거냐!

무모하게 행동할 참이더냐? 사내처럼 굴 테지?

티볼트 숙부님, 왜요, 그건 수치입니다.

캐퓰렛 그만둬, 그만.

205 버릇없는 놈이구먼. 정말, 그렇지 않느냐?

이런 책략은 너를 다치게 할 것이야, 내 장담하지.

나한테 대들겠다는 거냐? 자, 시간 됐다.

—말씀 잘하셨군요, 여러분! —교만한 놈 같으니라고. 가봐.

춤추는 사람들에게 / 티볼트에게

입 다물어, 아니면 —불 더 가져오너라, 불 더 가져와! 하인들에게

—부끄럽지만, 티볼트에게

210 널 입 다물게 만들 테니. —자, 활기차게, 여러분들!

춤추는 사람들에게

티볼트 사악하고 분노케 하는 만남을 부득불 참아야 한다니

서로 적대적인 것이 마주하니 내 살이 다 떨리는구나.

물러가 있겠지만, 허나 이렇게 잠입해 들어온 것은

지금은 달콤하게 보이겠지만 쓰라린 원한으로 바뀌게 될 것이다.

퇴장

215 **로미오** 제가 저의 하찮은 손으로 이 거룩한 성소를 줄리엣에게

88

만일 욕되게 한다면, 그 부드러운 죄는 이것입니다.

제 입술, 얼굴을 붉히는 두 순례자들이,

거칠게 만진 것을 부드러운 키스로 완화하고자 준비되어 있나이다.

줄리엣 착하신 순례자님, 댁의 손에게 너무 가혹하게 대하시는군요.

220 적절하게 헌신하고 계시는데 말이에요.

성자들도 순례자들의 손이 만지는 손이 있고,

손바닥에는 손바닥을 대는 게 거룩한 순례자들의 키스지요.

로미오 성자들은 입술이 없나요, 그리고 거룩한 순례자들도?

줄리엣 아, 순례자님, 기도할 때 사용하는 입술이 있지요.

225 **로미오** 오, 그렇다면, 성자님, 손이 하는 것을 입술이 하게 해주시지요.

손이 기도하게 허락해주세요. 믿음이 절망으로 바뀌지 않게끔요.

줄리엣 성자는 움직이지 않는 법이지요. 기도를 허락한다 하더라도요.

로미오 그러면 움직이지 마세요, 제 기도의 효과는 제가 거둘 테니.

이렇게 제 입술에서부터 당신의 입술로, 제 죄가 씻기어졌나이다.   키스한다

230 **줄리엣** 그러면 제 입술이 그 죄를 갖겠군요.

로미오 당신 입술에 죄라니요? 오, 달콤하게도 꾸짖으시는군요!

제 죄를 다시 돌려주시지요.   또다시 키스한다

줄리엣 교과서대로 키스하시네요.

유모 아가씨, 어머니께서 하실 말씀이 있으시답니다.

줄리엣은 비켜서 있다

235 **로미오** 어머니라니요?

유모 이런, 총각 양반,

저분 어머니가 이 댁의 안주인이라오.

훌륭한 부인이신데, 현명하고 덕망 있는 분이시지.

전 그분의 따님, 댁이 이야기 나누었던 바로 그분을 키웠다오.

240 장담하는데, 아가씨를 붙들 수 있는 남자는

돈 보따리를 얻는 거라우.

로미오 그녀가 캐퓰렛이라니?   방백?

오, 값비싼 거래로구나! 내 목숨이 내 원수의 빚이라니.*

벤볼리오 자, 가세나. 놀이가 최고조에 이르렀군.**   앞으로 온다

245 **로미오** 아, 그래서 두렵구나. 나의 불안은 더 크니.

캐퓰렛 자, 여러분, 가시려고 채비하지 마십시오.   손님들이

앞으로도 약간의 후식이 준비되어 있습니다.   떠나야만 한다는

아, 그러신가요? 뭐, 그렇다면, 모두들 감사합니다.   표시를 한다

와주셔서 감사합니다. 신사 여러분들, 안녕히 가시지요.

250 —여기 횃불을 더 가져오너라! —자, 그럼, 침소에 듭시다.

---

*이제 자신이 죽고 사는 것은 줄리엣의 손에 달려 있으니 자신이 빚을 지게 된 꼴이라는 뜻이다.(옮긴이)
**놀이가 최고조에 이르렀을 때는 떠날 시간이 되었다는 뜻이다.

아, 이런, 정말, 늦었구나.

나는 쉬러 가겠다. [줄리엣과 유모만 남고 모두 퇴장]

줄리엣 유모, 이리 와봐. 저기 저 신사분은 누구시지?

유모 연로하신 티베리오 님의 아드님이자 상속자이시지요.

255 **줄리엣** 지금 문밖으로 나가고 있는 사람은 누구지?

유모 아, 제 생각으로는 페트루키오 청년 같은데요.

줄리엣 그 뒤를 따라가는 사람은, 춤추지 않았던 저 사람은 누구지?

유모 모르겠는데요.

줄리엣 가서 그 사람 이름을 물어봐 줘. —만일 결혼했다면,

유모가 간다

260 내 무덤이 내 결혼 침상이 될 터이니.

유모 그분 이름이 로미오랍니다. 몬테규 가문의 사람 돌아오며
이에요.

아가씨의 대원수의 외아들이지요.

줄리엣 나의 유일한 사랑이 나의 유일한 증오에서 비롯되다니!
알지도 못한 채 너무 일찍이 보았고, 너무 늦어서야 알게 되었어!

265 내겐 불길한 사랑의 탄생이로구나,
혐오스러운 원수를 내가 사랑해야만 하다니.

유모 이 무슨 소리지요? 이게 무슨 소리람?

줄리엣 방금 내가 배운 시 한 소절이야,

함께 춤을 추었던 사람한테서 배운.

누가 안에서 "줄리엣" 하고 부른다

270 **유모** 갑니다, 가요!

자, 갑시다. 손님들은 모두 가셨으니.　　　　　　　　　　　　**모두 퇴장**

2막

코러스 [등장]

코러스 이제 옛 욕망은 그의 죽음의 침상에 누워 있고,

새로이 피어난 애정이 그 상속인이 되고자 기다리고 있도다.

그녀에 대한 사랑으로 신음하고 죽고자 했던 그 아름다운 여인은

상냥한 줄리엣과 견주어보니, 이제 아름다운 것이 아니더라.

5 똑같이 외모의 마력에 걸려 매혹당한 채,

이제 로미오는 사랑받고 다시 사랑하게 되었나니,

하지만 추정컨대 그의 원수에게 불평해야 되게 생겼으니,

또한 그녀는 두려운 갈고리에서 사랑의 감미로운 미끼를 훔쳐와야 하는도다.

원수로 여겨지기에, 연인들이 맹세하는 그와 같은 서약을

10 그는 내놓을 수 없을지도 모르고,

그녀는 똑같이 사랑에 빠졌으나, 어디서도

그녀가 새로 사랑하게 된 이를 만날 길이 훨씬 적도다.

그러나 열정이 그들에게 만날 힘을 주고, 시간은 그 수단을 주나니,

가혹한 역경을 극도의 달콤함으로 완화해주는도다.   [퇴장]

2막 1장*

로미오 혼자서 등장

로미오 내 심장이 여기 있거늘 내가 갈 수 있을런가?

돌아서라, 둔탁한 몸이여, 그리고 너의 중심을   옆으로 서 있는다

찾아라.

머큐시오와 함께 벤볼리오 등장

벤볼리오 로미오! 내 사촌 로미오, 로미오!

머큐시오 그 친구 현명하구먼.

5   분명 잠자리에 들려고 슬그머니 집으로 가버린 거로군.

벤볼리오 이쪽으로 달아났고 이 과수원 담벼락을 뛰어넘었네.

불러보게, 머큐시오.

---

*장소: 캐퓰렛의 담벼락이 쳐진 과수원, 그다음에는 액션이 과수원 자체로 옮겨간다.

94

머큐시오 아니, 마법으로 불러낼 거네.

　　로미오! 우울한 놈아! 미친놈아! 열정아! 연인아!

10　한숨과 같은 모습으로 나타나라.

　　운 하나만 떼어보게나, 그러면 만족할 테니.

　　그저 '아 이런!'이라 외치고, 그냥 '사랑'과 '자기랑'을 발음해

보게나.

　　뒷담화하기 좋아하는 비너스에게 한마디 말해보게나,

　　눈을 가린 그녀의 아들이자 상속자에 대해 별명 하나라도 대

보게나,

15　어린 아브라함 큐피드* 말이야, 너무도 정확하게 맞혀

　　코페투아 왕이 거지 아가씨를 사랑하게 만든 자 말이야.**

　　—이 친구가 듣지도 않고, 움직이지도 않고, 꼼짝하지도 않는

군.　　　　　　　　　　　　　　　　　　　　　　　　　방백

　　이 원숭이 놈이 죽었구나. 정말 주문을 외워 불러내야겠구

면.***

　　—내가 너를 불러내나니, 로잘린의 반짝이는 눈에 대고,

20　그녀의 높은 이마와 진홍빛 입술에 대고,

　　그녀의 훌륭한 발과, 쭉 뻗은 다리와 떨고 있는 넓적다리에

*젊으면서도 동시에 나이 든 자로 성경의 아브라함과 같은 가부장을 뜻한다.
**거지를 사랑하게 된 아프리카의 왕 코페투아의 이야기는 발라드에서 대중화되었
다.
***거리 공연에서 원숭이가 죽은 척하고 있다가 마법사가 주문을 외우면 깨어나 살
아나는 척 공연하는 데서 나온 것이다.

걸고

그리고 그곳 가까이에 있는 그 땅에 걸고,

너와 비슷한 모습으로 우리 앞에 나타나라.

벤볼리오 자네 말을 듣기라도 한다면, 화나게 만드는 걸세.

25 **머큐시오** 이 말로 그 친구를 화나게 만들 수는 없네.

자기 애인의 좀 희한한 동그라미 안에서 혼령을 불러일으킨다

면야*

분노하게 하겠지만, 거기 서 있게 세워놓고는

그 여자가 그걸 두고 넘어뜨리도록 불러냈다면야,

그건 좀 원한 살 만하겠지. 내 주문은

30 정당하고 정직하네, 그리고 자기 애인의 이름으로

난 그저 그 친구를 일으켜 세우려고 불러내는 거잖나.

벤볼리오 이봐, 이 나무들 사이에 몸을 숨겼겠군.

이 침울한 밤과 어울리려고 말이야.

그의 사랑은 눈멀었으니 어둠이 제일 적합하겠지.

35 **머큐시오** 사랑이 눈이 멀었다면, 사랑은 과녁을 맞힐 수가 없지.

이제 모과나무 아래 앉아 있을걸,

그리고 자기 애인이 그런 종류의 과일이었으면 하고 바라고

있겠지.

아가씨들은 모과를 부르면서, 자기들 혼자서 웃지.

---

*혼령을 불러일으킨다는 것은 성적인 의미를 지닌 것으로 남자의 성기를 서게 만든
다는 뜻이다. 그리고 동그라미는 마법사가 영혼을 불러내는 원을 뜻하는 동시에 여
성의 성기를 의미하기도 한다.(옮긴이)

—오 로미오, 그 여자가 그랬으면 좋겠지. 오, 그 여자가

40 벌어진 엉덩이고 자네가 그 속에 들어갈 배였으면 좋겠지!*

로미오, 잘 자게나. 나도 내 오두막 침대로 갈 테니.

이 들판이라는 침대는 나한테는 잠들기에 너무 춥거든.

—자, 가볼까?

벤볼리오 그럼, 가세나. 헛된 짓이니까.

45 발견되지 않으려고 숨어버린 작자를 여기서 찾는 일은 말이야.

모두 퇴장 [벤볼리오와 머큐시오]

로미오 상처를 입어본 적도 없는 작자가 흉터를 두고 농담해대
는 법이지.앞으로 나온다

[줄리엣이 위쪽에서 등장]

자, 조용히! 저쪽 창문으로 나오는 빛이 무엇일까?

저긴 동쪽이고, 줄리엣은 태양이로구나.

떠올라라, 아름다운 태양이여, 그리고 시기하는 달을 죽여버
려라,

50 이미 슬픔으로 병들고 창백한 달을,

그 달의 여종인 그대가 달보다도 훨씬 더 아름다우니.

그 여종으로 있지 마시구려, 그 달이 시기할 테니까.

달의 순결한 옷은 그저 병들고 핏기 없고

바보들만이 그걸 두를 테지. 그걸 벗어버리시오.

---

*모과는 여성의 성기와 유사하고, 여기서 이야기하는 배는 길다랗게 생긴 품종의 배
로 남성의 성기를 의미한다.(옮긴이)

55 나의 여인이여, 오, 나의 사랑이여!

오, 자신이 그렇다는 걸 알기라도 했으면!

그녀가 말을 하는데 아무것도 말하지 않는구나. 뭐라고 하는 걸까?

그녀의 눈이 말을 하는구나. 내가 거기에 대답하리라.

내가 너무 용감하구나, 나한테 말하는 게 아닌데.

60 온 하늘 가운데 가장 아름다운 별 두 개가,

무슨 볼일이 있어, 그녀의 두 눈에게 자기들이 돌아올 때까지

자기들 처소에서 반짝여달라고 간청했나 보다.

그녀의 눈이 그곳에 있고, 그 별들이 그 얼굴에 있다면 어떨까?

그녀의 볼의 빛이 그 별들을 부끄럽게 만들어버리겠지,

65 마치 햇빛이 램프를 그렇게 만들어버리듯이. 하늘에서 그녀의 두 눈은

창공을 가로지르며 너무도 밝게 흘러가

새들도 노래 부르고 밤이 아니라고 생각하겠지.

저것 봐, 그녀가 자기 뺨을 자기 손에다 올려놓고 있는 걸!

오, 내가 저 손의 장갑이라면 좋으련만,

70 그래서 내가 그 뺨을 만져볼 수 있다면!

줄리엣 아, 어쩌나!

로미오 그녀가 말하는구나.   방백

오, 다시 말해보오, 빛나는 천사여, 그대는

이 밤에는 너무 찬란한 존재라, 내 머리 너머로

75 날개를 단 하늘의 전령이

한가로이 흘러가는 구름 위로 거닐고

허공의 가슴 위를 항해할 때

그를 보고 놀란 나머지 뒤로 나자빠진 인간의

놀라 뒤집혀 흰자를 드러낸 눈에 그러하구려.

80 **줄리엣** 오, 로미오, 로미오, 왜 당신은 로미오인가요?

당신의 아버지를 부인하시고 그 이름을 거절하세요.

혹, 그러지 않으실 거면, 제 사랑만이라도 맹세해주세요.

그러면 전 더 이상 캐퓰렛으로 있지 않을게요.

로미오 더 듣고 있을까, 아니면 이 말에 대답해야 할까?　　　방백

85 **줄리엣** 제 원수는 그저 당신 이름이잖아요.

당신은 당신 자신이고요, 몬테규가 아니라 하더라도요.

몬테규가 뭔데요? 손도 아니고, 발도 아니고,

팔도 아니고, 얼굴도 아니고, 사람한테 속해 있는

어떤 다른 부위도 아니잖아요. 오, 그냥 다른 이름을 가지세요.

90 이름에 뭐가 있나요? 우리가 장미라고 부르는 것은

다른 어떤 이름으로 불러도 여전히 달콤한 향기가 날 텐데요.

그러니 로미오는, 로미오라고 불리지 않는다 하더라도,

그 이름 없이도 그이가 지니고 있는 귀하고 완벽한 것을

그대로 가지고 있을 텐데. 로미오, 당신 이름을 던져버리세요.

95 그 이름은 당신의 일부도 아니니까요.

그리고 절 전부 가지세요.

로미오 그대 말대로 그대를 가지리다.　　　그녀에게

날 그냥 사랑이라고 부르시오, 그러면 새로이 세례받을 테니.

그러면 난 결코 로미오가 아닐 것이오.

100 **줄리엣** 도대체 댁은 누구신가요? 이렇게 밤의 장막에 가려진 채
저의 감추어진 생각들을 엿듣다니.

로미오 이름으로는
내가 누구인지 그대에게 어떻게 말해야 할지 모르겠소.
내 이름은, 성자여, 그대에게는 증오스러운 것이오,

105 그것이 그대에게는 원수니까요.
그것이 종이에 적혀 있다면, 내가 그 단어를 찢어버리겠건만.

줄리엣 제 귀가 아직은 당신의 혀가 말하는 것의
백 마디도 들이마시지 않았지만, 그 음성을 알겠어요.
로미오 님 아닌가요, 몬테규 가문의?

110 **로미오** 아름다운 아가씨, 어느 쪽도 아니라오, 그대가 어느 쪽
도 싫다면.

줄리엣 어떻게 이리로 오셨나요, 말씀해보세요, 무엇 때문에요?
과수원 담벼락은 높고 넘어오기가 어려운데,
그리고 당신이 누구인지 생각해보신다면, 이곳은 죽음의 장
소인데,
우리 가문의 어느 누구라도 여기서 당신을 발견하게 된다면
요.

115 **로미오** 사랑의 가벼운 날개로 이 담벼락을 뛰어넘었지요,
돌로 된 한계가 사랑을 내쫓을 수는 없으니,
사랑이 할 수 있는 것을 사랑은 감히 시도하지요.
그러니 당신 가문 사람들이 나를 멈추게 할 수는 없소.

줄리엣 그들이 당신을 보게 된다면, 당신을 죽일 거예요.

120 **로미오** 이런, 당신의 눈에 더 많은 위험이 있구려.

그자들의 칼 스무 자루보다도. 다정한 눈으로 바라봐주시오,

그러면 난 그자들의 증오에는 끄떡없으니.

줄리엣 세상을 다 주더라도 여기서 그들이 당신을 보게 두지 않

을 거예요.

로미오 난 그자들의 눈에서 나를 숨길 밤의 외투를 두르고 있소.

125   그리고 그대가 나를 사랑하니, 그자들이 여기서 날 발견하게

두시구려.

내 목숨이 그자들의 증오로 인해 끝나는 게 더 낫겠소.

당신의 사랑이 부족하여, 미루어지는 죽음보다는.

줄리엣 누구의 인도를 받아 이곳을 찾아내셨나요?

로미오 사랑이지요. 제일 먼저 찾아보라고 권고한 자.

130   그가 내게 조언을 빌려주었고, 난 그에게 눈을 빌려주었다오.

난 항해사는 아니지만, 그대가 가장 머나먼 바다에서 씻기는

광대한 해안같이 멀리 있다 하더라도,

그와 같은 상품을 찾으러 모험을 떠날 것이오.

줄리엣 알다시피 밤의 가면이 제 얼굴에 씌워져 있으니 다행이지

135   그렇지 않으면 처녀의 부끄러움이 제 뺨을 물들였을 거예요.

오늘 밤 제가 하는 이야기를 당신이 모두 들었으니,

기꺼이 제가 형식을 고려하고, 기꺼이 기꺼이 제가 했던 말을

부인하고 싶어요. 하지만 체면치레는 안녕!

절 사랑하시나요? '네'라고 하실 줄 알아요,

140 　그러면 당신의 그 말을 받아들일게요. 하지만 당신이 맹세하더라도,

　　거짓으로 증명될지도 몰라요. 연인들의 위증에는

　　조브 신도 웃는다는 말이 있잖아요. 오 다정하신 로미오 님,

　　당신이 사랑하신다면, 그걸 충실하게 선언하세요.

　　아님 제가 너무 쉽게 얻어진다고 생각하신다면

145 　전 얼굴 찡그리고 심술궂게 굴며 싫다고 말할게요,

　　그러면 당신이 구애하시겠지요. 안 그러신다면 저도 절대 안 할 테고요.

　　사실, 아름다운 몬테규 님, 제가 너무 사랑에 빠진 나머지

　　제 행동이 가볍다고 생각하실지도 모르겠어요.

　　하지만, 이봐요, 절 믿으세요. 낯설게 굴면서 더 내숭 떠는 사람들보다

150 　제가 더 진실하다는 걸 증명해 보이겠어요.

　　고백하건대, 좀 더 낯설게 굴었어야 했어요.

　　하지만 제가 알기도 전에, 제 진실한 사랑의 열정을

　　당신이 엿들어버렸답니다. 그러니 용서하세요.

　　그리고 이렇게 굴복하는 걸 가벼운 사랑 탓으로 돌리지는 마세요.

155 　어두운 밤 때문에 그렇게 발각된 것이니까요.

로미오 아가씨, 저기 저쪽에 있는 축복받은 달에다 두고 맹세하리다.

　　이 온갖 과일 나무 위에서 은빛으로 그 끝을 물들이고 있는

102

그 달에…….

줄리엣 오, 달에 두고 맹세하지 마세요, 저 변하는 달에 두고는,

하늘에 있는 자기 자리에서 매달 변화하는 그 달에는요.

160 당신의 사랑이 그와 같이 변화무쌍하지 않도록요.

로미오 어디다 두고 맹세할까요?

줄리엣 어디에 두고도 맹세하지 마세요.

아니면, 괜찮다면, 품위 있는 당신 자신에 두고 맹세하세요.

제 우상이 된 신이신 당신께요,

165 그러면 당신을 믿을게요.

로미오 만일 내 심장의 소중한 사랑이…….

줄리엣 아니, 맹세하지 마세요. 당신에게서 기쁨을 얻을지라도,

오늘 밤 이 계약에서는 전 기쁨이 없어요.

너무 성급하고, 너무 조언도 구하지 않고, 너무 급작스러워,

170 마치 너무도 번개 같아, '번개가 치네'라고 말할 수 있기도 전에

멈추어버리는 그런 거요. 내 사랑, 잘 가요!

이 사랑의 꽃봉오리는, 무르익게 해주는 여름의 숨결로,

이다음에 우리가 만날 때엔 아름다운 꽃송이를 보여줄 거예요.

안녕, 안녕히! 달콤한 휴식과 안식이

175 내 가슴속만큼이나 당신 가슴에도 찾아오길!

로미오 오, 이토록 만족스럽지 못한 채로 남겨두고 가시겠다니?

줄리엣 오늘 밤 어떠한 만족을 얻을 수 있겠어요?

로미오 그대 사랑의 충실한 맹세와 제 맹세를 교환하는 거요.

줄리엣 당신이 청하시기도 전에 이미 당신에게 드린걸요.

그렇지만 또다시 드리고 싶어요.

로미오 그걸 무르겠다는 거요? 무엇하려고요, 내 사랑?

줄리엣 솔직히 말씀드리자면, 다시 당신에게 드리려고요.

　하지만 제가 이미 가진 것을 놓고 소망하고 있나 봐요.

　제 관대함은 바다와 같이 한량없고,

185　제 사랑도 그 바다만큼이나 깊어요. 당신에게 드리면 드릴수록

　전 더욱더 많이 갖게 되어, 양쪽이 모두 무한하니까요.

　안에서 무슨 소리가 나네요. 소중한 내 사랑, 안녕!

[유모가] 안에서 부른다

　─갈게, 유모! ─사랑하는 몬테규 님, 진실하세요.

　잠깐만 계시면, 다시 올게요.　　　　　　**퇴장 [위쪽으로]**

190 **로미오** 오, 축복받고도 축복받은 밤이로다! 두렵구나.

　밤이라서, 이 모든 게 꿈에 불과한 건 아닌지,

　너무나도 달콤해서 실재가 아닌 것만 같구나.

[줄리엣이 위쪽에서 등장]

줄리엣 로미오 님, 세 마디만 하고 정말 작별할게요.

　당신의 사랑이 명예로운 거라면,

195　당신의 목적이 결혼이라면, 내일 제게 전갈을 주시고,

　제가 당신에게 보내는 사람 편으로,

　어디서 그리고 몇 시에 결혼식을 올릴지 알려주시면,

　그럼 제 모든 운명을 당신 발밑에 던져놓고,

　그리고 온 세상 어디나 제 낭군이신 당신을 따라갈게요.

[유모가 안쪽에서 부른다] "아가씨!"

200 　—금방 갈게. —하지만 그러실 의도가 없다면,

　　　당신께 간구드리니

　　[유모가 안쪽에서 부른다] "아가씨!"

　　　—그래, 곧 갈게, 간다고.

　　　—당신의 노력을 그만두고, 절 그냥 슬픔 속에 내버려두세요.

　　　내일, 사람을 보낼게요.

205 **로미오**　그럼 잘 지내시길, 내 영혼이여.

　　줄리엣　천 번이고 안녕히!　　　　　　　　　　　　퇴장 [위쪽으로]

　　로미오　그대의 빛이 사라지고 없으니, 천 배나 나빠졌구려.

　　　사랑은 사랑을 향해 간다지, 학교를 마친 아이들이 그러듯이,

　　　하지만 사랑을 떠나가는 사랑은, 무거운 표정으로 학교를 향

　　해 가는 것 같구나.　　　　　　　　　　　　　로미오가 가려 한다

　　줄리엣이 다시 등장 [위쪽에서]

210 **줄리엣**　이봐요! 로미오 님, 이봐요! 오, 매사냥꾼의 목소리로,

　　　이 수컷 매를 되돌아오게 불러들였으면!

　　　가두어져 있으니 속삭일 수밖에 없고, 큰 소리로 말할 수가 없

　　구나.

　　　그렇지 않다면 나의 '로미오' 이름을 되풀이해 부르면서

　　　메아리*가 누워 있는 동굴을 다 찢어놓고

215 　내 목소리보다도 메아리의 소리를 더 쉬어버리게 만들 텐데.

　　로미오　바로 내 영혼이 내 이름을 부르는구나.

　　*그리스 신화에서 메아리인 에코는 나르키소스에게 거절당하고 그녀의 목소리만 남
　　을 때까지 상심하여 시들어가다 죽는다.

밤에는 연인들의 목소리가 은방울처럼 얼마나 감미로운지,

귀 기울여 듣는 귀에 들려오는 부드러운 음악 같도다!

줄리엣 로미오 님!

220 **로미오** 나의 어린 매여?

줄리엣 내일 몇 시에 사람을 보낼까요?

로미오 아홉 시경.

줄리엣 꼭 그럴게요. 그때까지 이십 년이나 되는 것 같아요.

왜 당신을 불렀는지 잊어버렸네요.

225 **로미오** 기억해낼 때까지 이곳에 서 있으리다.

줄리엣 그럼 전 잊을래요, 계속 그곳에 서 계시게 하려면요.

당신과 함께 있는 걸 제가 얼마나 좋아하는지 기억하면서요.

로미오 그럼 난 여전히 머물 테요, 당신이 계속 잊어버리도록,

이곳 말고는 다른 어떤 집도 모두 잊은 채 말이오.

230 **줄리엣** 아침이 거의 다 되었네요. 당신을 보내드리는 게 좋겠어

요.

하지만 장난꾸러기 아이의 새보다는 더 멀리 가지 마세요.

꼬여 있는 사슬에 묶여 있는 불쌍한 죄수처럼,

제 손에서 약간 날게 해주고는,

그 새의 자유를 시샘하여

235 비단실로 다시 잡아당겨 되돌아오게 만드는 장난꾸러기처럼요.

로미오 내가 당신의 새라면 좋겠구려.

줄리엣 내 사랑, 저도 그래요.

하지만 너무 아끼는 마음에 당신을 죽일지도 모르겠어요.

106

안녕, 안녕히! 이별은 너무나도 달콤한 슬픔이네요,
240   아침이 될 때까지 안녕이란 말을 할래요.   **퇴장 [위쪽으로]**

로미오 당신의 눈에는 잠이, 가슴에는 평화가 거하기를!

내가 그 잠이고 평화라면 좋겠건만, 그래서 달콤하게 안식하게!

//회색 눈의 아침이 얼굴 찡그리고 있는 밤에 미소를 보내는
구나.//

//동쪽의 구름을 빛줄기들로 바둑판무늬를 만들면서//

245   //어둠은 주정뱅이가 비틀대듯이 얼룩져 있도다.//

//타이탄의 수레바퀴*가 만들어놓은, 낮의 길을 벗어나,//**

이제 나는 신부님의 처소로 가서,

그분의 도움을 구하고, 나의 이 행운을 말씀드려야겠다.   **퇴장**

---

*타이탄은 태양신으로, 그는 불타는 마차를 끌고 다닌다. 여기서 말하는 수레바퀴는
그 마차의 수레바퀴이다.
**45쪽 참조.(옮긴이)

2막 2장*

로렌스 신부가 바구니를 들고 혼자서 등장

로렌스 신부 회색 눈의 아침이 얼굴 찡그리고 있는 밤에 미소를
보내는구나.
　동쪽의 구름을 빛줄기들로 바둑판무늬를 만들면서
　어둠은 주정뱅이가 비틀대듯이 얼룩져 있도다.
　타이탄의 수레바퀴가 만들어놓은, 낮의 길을 벗어나,
5　이제, 태양이 그의 불타는 눈을 들어 올려
　낮의 기운을 북돋아주고 밤의 축축한 이슬을 말려버리기 전에,
　해로운 독초들과 귀한 약즙이 든 꽃들로
　이 버드나무 바구니를 가득 채워야겠다.

*장소: 베로나에 있는 로렌스 신부의 처소.

자연의 어머니인 대지가 그녀의 무덤이고,

10 그녀가 묻히는 무덤이, 바로 그녀의 자궁인지라,

그녀의 자궁에서 여러 다양한 종류의 자식들이 나와

자연의 가슴에서 젖을 빨아먹는 것을 발견하게 되지.

많은 것들이 많은 덕목들로 탁월하고,

어디에든 사용되지 않을 것들이란 하나도 없으나 모두가 다
르지.

15 약초와 식물과 돌 속에 그리고 그들의 진정한 특질들 속에

들어 있는 강력한 신의 은총은 막대하지.

대지 위에 살고 있는 그 어떤 것도 그렇게 나쁜 게 없고

대지에다 어떤 특별한 유익이든 주는 법이라,

또 어떤 것도 너무 좋은 것은 없어서 합당하게 사용하는 데서
벗어나면,

20 그 타고난 태생에 위배되어, 남용하다 고꾸라지게 마련이지.

잘못 사용하게 되면, 미덕 자체가 악덕이 되고,

그리고 악덕은 때로 행동에 의해 위엄을 얻게 되는 법.

로미오 등장

이 나약한 꽃의 어린 껍질 속에는

독도 자리 잡고 있고 약효도 있단 말이야.

25 이건 냄새를 맡으면 신체 각 부분에 활기를 주지만,

맛을 보게 되면, 심장과 함께 모든 감각을 죽여버리거든.

그와 같은 반대되는 두 왕들이 여전히 진을 치고 있지.

약초만이 아니라 사람 속에도 말이야, 은총과 무례한 의지가.

그리고 더 나쁜 것이 압도적인 곳에서는,

30 곧 해충 같은 죽음이 그 식물을 먹어치워 버리거든.

로미오 안녕하세요, 신부님.

로렌스 신부 축복이 거하길!

이른 시간에 이토록 감미롭게 내게 인사하는 사람이 누구신고?

젊은 청년이로군, 그토록 일찍 침대에 아침 인사를 하는 건

35 심란한 고민거리가 있다는 소린데.

근심이 모든 노인네들의 눈에 보초 서고 있고,

근심이 머무는 곳에서는, 잠은 결코 누울 수가 없지,

하지만 근심 없는 머리를 가진 상처 입지도 않은 젊은이가

그의 다리를 뻗는 곳에서는, 황금의 잠이 지배하기 마련인 법.

40 그러니 내게는 분명 자네가 이렇게 일찍 일어난 것은

뭔가 걱정이 있다는 거지.

혹, 그렇지 않다면, 내가 한번 맞혀보지,

우리 로미오가 간밤에 잠자리에 들지 않았구먼.

로미오 네, 맞습니다. 더 달콤한 안식을 가졌지요.

45 **로렌스 신부** 하느님, 죄를 용서하소서! 자네 로잘린하고 같이 있

었던가?

로미오 로잘린하고라니요, 신부님? 아닙니다.

그 이름은 잊어버렸고, 또 그 이름으로 인한 비탄도 잊었어요.

로렌스 신부 그래, 잘했구나. 그럼, 어디 있었던 게야?

로미오 제게 다시 물으시기 전에 말씀드릴게요.

50 제 원수와 함께 연회장에 있었어요.

거기서 갑자기 한 사람이 저에게 상처를 입혔는데,

그 사람도 저로 인해 상처 입었지요. 우리 두 사람의 치료는

신부님의 도움과 의술에 달려 있어요.

전 증오는 없습니다, 신부님, 보세요.

55 제가 간청하는 것은 제 원수에게도 마찬가지로 도움이 됩니다.

로렌스 신부 분명하게 말해보게나, 하려는 말을 알아듣기 쉽게

하게.

수수께끼 같은 고백은 수수께끼 같은 용서밖에 얻지 못하는

법이야.

로미오 그러면 간단히 말씀드릴게요. 제 심장의 소중한 사랑이

부유한 캐퓰렛 가문의 아름다운 딸에게 박혔답니다.

60 그녀에게 박힌 제 사랑만큼, 그녀의 사랑도 제게 있어요.

그리고 신부님께서 신성한 결혼으로 결합시켜주시는

일을 제외하고는 전부 결합되어 있답니다. 언제 어디서 어떻게

우리가 만났는지, 어떻게 구애했고 맹세를 교환하였는지,

가면서 말씀드릴게요. 하지만 이 점만은 부탁드리오니,

65 저희 두 사람이 오늘 결혼식을 올리는 것에 동의해주세요.

로렌스 신부 거룩한 성 프란체스코 님, 이게 무슨 변화인지!

자네가 그토록 사랑했던 로잘린은

그렇게 일찌감치 버린 건가? 그렇다면 젊은이의 사랑은

그들의 가슴에 진정으로 있는 게 아니라, 그들의 눈에 있구나.

70 예수님, 마리아 님, 세상에, 얼마나 많은 소금기 어린 물로

자네의 그 창백한 뺨을 적셨더냐, 로잘린 때문에!

얼마나 많은 눈물이 낭비로 버려졌단 말이냐,

맛도 안 볼 사랑에다가 양념을 뿌리기 위해!

태양이 아직 하늘에서 자네 한숨을 거두어가지도 않았는데,

75 　내 나이 든 귀에 자네의 그 신음이 아직도 울려 퍼지고 있는
데 말이다.

이것 봐, 자네 뺨에 얼룩이 아직도 남아 있잖나.

아직 씻기지도 않은 옛 눈물 자국 말이다.

자네가 자네 자신이었고, 그 비탄들이 자네 것이었다면

자네와 그 비탄들은 모두 로잘린에 대한 것이었네.

80 　그런데 바뀌었다고? 그럼 이 말을 선포하게나,

여자들은 넘어져도 좋다고, 남자들에게 강인함이 없을 때에는.

로미오　로잘린을 사랑한다고 저를 꾸짖으셨잖아요.

로렌스 신부　사랑한다고 그런 게 아니라, 폭 빠져버리는 것에
대해 그랬지, 이 사람아.

로미오　그리고 저더러 사랑을 묻어버리라고 하셨잖아요.

85 **로렌스 신부**　무덤에다 그리하란 게 아니야,

하나는 묻고, 다른 하나는 꺼내듯이 말이다.

로미오　부디, 신부님, 야단치지 마세요. 지금 제가 사랑하는

그녀는 호의에는 호의를, 사랑에는 사랑을 허락해주거든요.

다른 쪽은 그러지 않았답니다.

90 **로렌스 신부**　그 여자가 잘 알았나 보군.

자네 사랑이 철자를 쓰지도 못하면서 암기식으로 외워 읽은
것인 줄.

112

하지만 자, 이 줏대 없는 젊은이야, 어서 나와 함께 가세나,

한 가지 점에서는 자네를 도울 수도 있겠네.

이렇게 연합하면 행복한 일이 될지도 모르겠으니,

95 두 집안 간의 원한을 순수한 사랑으로 바꾸어주면서 말이야.

로미오 오, 당장 가시지요! 전 갑작스레 어서 서둘러야 하니까요.

로렌스 신부 현명하게 그리고 천천히. 너무 빨리 뛰는 자는 넘어지기 마련이야.

모두 퇴장

2막 3장*

벤볼리오와 머큐시오 등장

머큐시오 도대체 이 빌어먹을 로미오 자식이 어디 있는 건가?
간밤에 집에 안 왔지?

벤볼리오 부친 댁에 안 갔네. 그의 시종과 이야기 나누었다네.

머큐시오 아, 그 창백하고 냉혹한 여자가, 그 로잘린이

5   그 친구를 너무 괴롭혀서, 분명 미쳐서 돌아다니겠지.

벤볼리오 연로한 캐퓰렛의 친족인 티볼트가
그의 부친 댁으로 편지를 보냈다네.

머큐시오 필시, 도전장이겠지.

벤볼리오 로미오가 답을 줘야 할 걸세.

---

*장소: 베로나의 공적인 장소.

10 **머큐시오** 글을 쓸 수 있는 자라면 누구든 편지에 답을 해야지.

벤볼리오 아니, 그 편지의 주인에게 답해야 할 테지, 도전받았
으니, 어떻게 도전을 받아들일지.

머큐시오 아, 불쌍한 로미오, 그 친구는 이미 죽은 몸이네. 하얀
계집의 검은 눈에 찔린 채, 사랑 노래로 귓전을 울리며, 심장
15 의 바로 그 중심 핀*은 활을 든 눈먼 사내아이의 강력한 화살
에 쪼개진 채 말이야. 티볼트에 맞서 상대할 수나 있으려나?

벤볼리오 왜, 티볼트가 어떤데?

머큐시오 고양이 왕자**보다야 더한 놈인데, 오, 그 작자는 결
투하면서 예의 운운하는 용감무쌍한 대장이라네. 그 작자는
20 자네가 악보를 부르듯이 싸우고, 박자와 거리와 리듬도 맞춘
다네. 그놈은 잠깐 쉬고는, 하나, 둘, 그리고 세 번째는 자네
가슴팍을 겨누고—비단 단추를 바로 날려버리는—결투자 중
의 결투자로, 제일가는 검술 학교의 신사이자, 첫째 둘째 하
고 명분을 따지고 드는 놈이라네. 아, 그 불후의 파사도! 판토
25 리베르소!*** 그리고 급소 찌르기!

벤볼리오 그 뭐라고?

머큐시오 그런 케케묵은 혀 짧은 소리에 겉치레나 해대는 허무

---

*과녁 중앙에 있는 나무로 된 못을 가리키는데, 또한 페니스를 뜻하는 의미로 말장난
하고 있다. 눈은 여성의 성기를 뜻한다.
**티볼트라는 이름은 중세의 서사시 〈여우 레이너드〉에 나오는 고양이들의 왕자 이
름이다.
***'파사도'는 한 발을 앞으로 내놓고 앞으로 찌르기 동작을 의미하며, '판토 리베르
소'는 거꾸로 찌르기 동작을 말한다.

맹랑한 자식, 괴상한 새로운 악센트나 쓰며 나불대는 작자들
은 뒈져버려라! "세상에, 정말 훌륭한 칼놀림이군요, 정말 훤
30 칠한 분이로군요, 정말 굉장한 창녀로군요!" 허 참, 정말 한탄
할 일 아닌가요, 어르신. 이런 괴상한 똥파리 같은 놈들, 겉멋
들어 유행이나 좇는 놈들, "실례합니다"라고 지껄이는 놈들
때문에 이딴 식으로 고통받아야 하다니. 새로운 허세나 좇아
다니고, 옛날 의자에는 못 앉겠다나? 오, 뭐, 자기네들 뼈*가
35 쑤신다나, 뼈가 쑤셔!

로미오 등장

벤볼리오 저기 로미오가 오네, 로미오가 와.

머큐시오 자기 암사슴도 없이, 마치 말라 쪼그라진 청어 같구
면.** 오, 살덩어리, 살덩어리, 자네가 얼마나 생선같은 꼴이
되어버렸는지! 이제 이 친구가 페트라르카가 유수처럼 써 내
40 려갔던 시들을 한 수 읊어대겠군. 자기 마님에 비하면 로라는
부엌데기였는데—세상에, 그 여잔 자기를 시에 나오는 주인공
으로 만들어준 더 훌륭한 애인이 있었네만—디도도, 너덜너
덜해 보이는 여자고, 클레오파트라도 집시에 불과하고, 헬레
네와 헤로도 창녀와 갈보에 지나지 않았지. 회색빛 눈인가 뭔
45 가 하는 티스베는 아무짝에도 쓸모없는 존재라나. 여보시게,

---

*프랑스어로 'bon(좋다는 뜻)'을 남발하는 사람들을 조롱하며 영어의 'bone(뼈)'으로
말장난하고 있다. 또한 성병에 걸려 뼈가 아프다는 의미도 포함되어 있다.
**영어의 'roe'는 암사슴을 뜻하며 동시에 정자도 뜻한다. 로미오가 간밤에 사랑을 나
누어 정액을 다 없어서 시들어버린 성기가 말린 청어처럼 보인다는 의미이다.

로미오, 봉주르! 자네의 그 프랑스식 헐렁한 바지에는 프랑스식 인사가 제격이겠지. 자네 어젯밤 우리를 물먹였더군.

로미오 둘 다 안녕하신가. 내가 무슨 물을 먹었단 말인가?

머큐시오 은근슬쩍 사라졌잖나, 은근슬쩍. 모르겠나?

50 **로미오** 미안하네, 머큐시오. 내 일이 너무 중요하다 보니, 그리고 그런 경우에는 남자라면 결례를 할 수도 있을 거네.

머큐시오 그 말은, 자네 같은 상황이라면 허리까지 숙여 인사해야 한다고 말하는 꼴이로군.

로미오 그건, 예의를 갖춰 인사한다는 뜻인데.

55 **머큐시오** 제대로 맞혔군.

로미오 정말 예의를 차린 설명이로군.

머큐시오 그럼, 난 바로 예의의 분홍빛 극치잖나.

로미오 꽃의 분홍빛 말인가.

머큐시오 그렇지.

60 **로미오** 저런, 그렇다면, 내 신발도 꽃들이 만발하구먼.

머큐시오 그렇군, 이제 이 농담을 쫓아와 보게나. 자네 그 신발을 다 닳게 만들 때까지. 그래서 그 신발 구멍 하나가 다 해졌을 때, 그 닳아빠진 구멍 하나 뒤에도 농담은 남아 있을 테니.

로미오 오 구멍 하나 난 농담, 하나만 구멍 나서 홀로 혼자로구먼.*

*구멍 하나 난 농담이란 빈약한 농담이라는 뜻이며, 구멍 뚫린 바보 상태로 완전히 고유한 존재라는 의미이다.

머큐시오 벤볼리오, 끼어들어 보게. 내 머리가 안 돌아가는군.

로미오 채찍질하고 박차를 가하게, 채찍질하고 박차를 가해. 아니면 내가 이겼다고 고함지를 테니.

머큐시오 아니, 우리 머리로 멍청한 야생 거위 사냥놀이*를 한다면, 난 그만두겠네. 자네 그 기지 하나에 야생거위 놈이 더 많을 테니. 내 것 다섯 개를 통틀어 내가 가졌다고 확신하는 것보다도 말이야. 거위 놈 이야기는 피장파장 아닌가?

로미오 그 거위를 쫓아다닐 때** 말고는 자넨 어떤 것에도 나랑은 절대 상대가 안 되지.

머큐시오 그 농담에 대해 자네 귀를 물어뜯어 버릴 테다.

로미오 오, 안 되지, 착한 거위, 물면 안 되지.

머큐시오 자네 기지가 정말 씁쓸하면서도 달콤한데그래. 가장 톡 쏘는 소스구먼.

로미오 단맛의 거위에는 제일 좋은 소스 아니겠나?

머큐시오 오, 여기 쉽게 늘어나는 새끼 염소 가죽 같은 기지가 있구먼. 1인치짜리를 45인치나 되게 넓게도 늘여놓다니!

로미오 그 '넓게도'라는 단어에 맞게 늘여봐야겠군. 거위한테다 갖다 붙이면, 자네가 한참 널따란 바보 거위로 늘어나겠군.

머큐시오 뭐, 사랑으로 신음하는 것보다야 이게 더 낫지 않겠나? 이제야 자네가 사교적이고, 이제야 로미오답군. 태생만이

---

*선두로 이끄는 기수가 코스를 선택하고 나머지 사람들은 어디든지 그를 따라가야만 하는 경주로, 무모하게 쫓아다니는 것을 뜻한다.
**여기서 '거위'는 창녀를 뜻한다.

85 아니라 기교로도 이제야 원래 자네 모습이로군. 이 지겨운 사
랑은 구멍에다 광대의 막대기* 같은 걸 숨기려고 올라갔다 내
려갔다 계속 늘어져 있는 지독한 바보 놈과 같으니 말이야.

벤볼리오 거기까지, 거기까지만.

머큐시오 자네가 나더러 내 털에 거스르며** 내 거시기한 이야
기***를 중단하라니.

90 **벤볼리오** 안 그러면 자네 그 거시기가 너무 불어버릴 테니까.

머큐시오 오, 잘못 보았네. 그걸 짧게 만들었을 걸세, 왜냐하면
내 거시기한 이야기의 그 밑바닥에 이르렀고, 사실 더 이상
그 주제를 점령할 의사도 없으니.

유모와 하인 [피터] 등장

로미오 이리로 한 덩치가 오는군! 배다, 배야!

95 **머큐시오** 두 척이군, 두 척. 셔츠 하나하고 여자 속옷 하나로군.

유모 피터?

피터 갑니다요!

유모 피터, 내 부채.

머큐시오 그렇지 피터, 얼굴을 가려줘야지. 그 부채가 그 얼굴
100 보다는 더 예쁜 얼굴이니.

---

*전통적으로 광대들이 들고 다니던, 한쪽 끝에 곡선으로 된 지휘봉이다.
**'내 뜻과는 달리'라는 의미이다.
***이야기를 뜻하는 영어의 'tale'은 꼬리를 뜻하는 'tail'과 발음이 유사하며 'tail'은
또 페니스를 뜻하기에 이 단어를 가지고 말장난을 하는 것이다. 이를 표현해주기 위
해 여기서는 '거시기한 이야기'로 의역하였다. (옮긴이)

로미오와 줄리엣의 비극 _ 2막 3장 119

유모 신사 양반들, 안녕들 하시우. 좋은 아침.

머큐시오 좋은 저녁이구면요. 부인.

유모 벌써 저녁땐가요?

머큐시오 그럼요. 시곗바늘의 음탕한 손이 정오의 거시기에 갖
105 다 대고 있으니까요.

유모 세상에나, 관둬요! 뭐 이런 사내가 다 있담?

로미오 부인, 하느님께서 자신을 훼손하라고 만든 놈이지요.

유모 참말로, 말씀을 잘하시네요. "자신을 훼손하라고"라고 하
셨나요? 신사 양반들, 댁들 중 아무나 좀 알려주시구려. 어디
110 가면 로미오 청년을 찾을 수 있을지?

로미오 제가 알려드릴 수 있겠네요. 하지만 청년 로미오는 부인
이 찾았을 무렵에는 찾고 있었을 때보다 좀 더 나이 먹었겠는
데요. 그 이름을 가진 사람 중에는 제가 제일 청년이지요. 더
나쁜 자식은 없으니까요.

115 **유모** 말씀을 잘하시는군요.

머큐시오 그런가요, 가장 나쁜 게 좋은 건가요? 정말, 잘 받아
들이시는군요. 지혜롭게, 지혜롭게도.

유모 댁이 그분이라면, 둘이서만 이야기 좀 나눴으면 하는데요.

벤볼리오 저녁에 오라고 초대할 모양이로군.

120 **머큐시오** 포주로군, 포주. 포주! 여기다!*

로미오 뭘 발견했는데?

---

*사냥감이 발견되었을 때 지르는 고함 소리이다.

머큐시오 토끼는 아니고요. 사순절 파이로 만들 토끼가 아니라, 뭔가 사용되기도 전에 상하고 곰팡내 나는 어떤 겁니다요.

곰팡내 나는 늙은 토끼 노래 부른다

125 곰팡내 나는 늙은 토끼 한 마리는

사순절 날에는 괜찮은 고깃감이지.

하지만 곰팡내 나는 토끼는

돈을 주고 사기에는 너무하지,

쓰기도 전에 곰팡내가 나거든.

130 로미오, 자네 부친 댁으로 올 건가?

거기서 저녁을 먹세.

로미오 뒤따라가겠네.

머큐시오 안녕히, 나이 든 부인, 안녕히, '부인, 노래 부른다

부인, 부인.' **머큐시오와 벤볼리오 퇴장**

135 **유모** 대체, 뭐 저런 음탕해빠진 못된 놈이 다 있담?

로미오 유모, 자기가 말하는 걸 듣기 좋아하는 사람이라오. 한 달에 자기가 하는 일보다도 일 분에 더 많은 말을 해댈 수 있지요.

유모 나에 대해 못된 말을 하기만 해봐, 뻗어버리게 만들어줄

140 테니. 그 작자보다 혈기왕성한 놈이 스무 명이라 하더라도 말이야. 내가 할 수 없으면 그렇게 만들어놓을 사람이라도 찾을 테니. 못된 불한당 같은 놈! 난 그치가 농이나 해대는 계집들 중 하나가 아니야. 그치가 갖고 노는 여자가 아니라고. 피터에게

—그리고 네놈은 옆에 서서, 제 마음대로 날 갖고 노는 그런

145 불한당을 그대로 두고 보고만 있다니?

피터 유모를 제 마음대로 갖고 노는 사내를 못 봤는데요. 그랬
다면, 제 무기가 바로 뽑혔겠지요. 장담합니다만, 전 다른 사
내만큼 빨리 뽑거든요. 좋은 시빗거리가 있고 법이 제 편에
서는 그런 경우라면요.

150 **유모** 아, 하느님 앞에 맹세코, 정말 분해서 온몸이 구석구석 떨
려. 못 돼먹은 불한당 같은 놈! ─자, 이봐요. 한마디 로미오에게
할게요. 말씀드렸듯이, 저희 아가씨가 댁한테 물어보고 오라
고 시켰어요. 아가씨가 나더러 하라고 시킨 말은, 혼자만 간
직할래요. 하지만 먼저 댁에게 말할게요, 아가씨를 사람들 말
155 대로, 바보들의 낙원에 끌어들이려고 한다면, 정말 추잡한 행
동이고, 사람들 말대로, 그 숙녀 분은 어리기 때문에, 그래서,
아가씨를 속여먹는다면, 어떤 숙녀 분에게 저지를 몹쓸 짓인
데다, 또한 정말 비열한 짓이지요.

로미오 유모, 댁의 아가씨에게 전해주오. 내가 맹세코……

160 **유모** 착하기도 해라, 정말로, 아가씨에게 그렇게 말할게요. 세
상에, 세상에나, 아가씨는 정말 행복한 여자가 될 거예요.

로미오 무슨 말을 할 거요, 유모? 내 말을 듣지도 않는구먼.

유모 아가씨에게 이렇게 말씀드릴게요. 댁이 맹세하셨다고. 제
가 받아들였듯이, 신사 분처럼 제안하셨다고요.

165 **로미오** 오늘 오후에

고해성사 하러 갈 일을 만들라고 해주시게.

그러면 그곳 로렌스 신부님의 처소에서

죄를 사함 받고 결혼하게 될 거라고. 자, 여기 수고비.

돈을 주려고 한다

유모 아니에요. 한 푼도 받을 수 없어요.

170 **로미오** 자, 어서요. 받으시구려.

유모 오늘 오후라고 하셨지요? 네, 그곳에 가 계실 거예요.

로미오 유모, 수도원 담벼락 뒤쪽에 계시라고 하시오.

한 시간 안에 내 하인이 거기 갈 텐데

계단처럼 만든 줄을 가져갈 것이오.

175 은밀한 밤에 즐거움의 최고 절정으로

날 데려다 줄 수단이라오.

안녕히 가시길. 잘 처리해주시면 그 수고에 보답하겠소.

안녕히, 아가씨께 안부 전해주시구려.

유모 하느님의 축복이 함께하시길! 그런데요, 저.

180 **로미오** 자, 유모, 무어라 하셨는지?

유모 댁의 하인도 비밀을 지킬까요? 이런 말 들어본 적 없으신

가요,

"두 사람은 비밀을 지킬 수 있다네, 제삼자가 없을 때에는"이

라는 말?

로미오 내 장담하는데, 내 하인은 강철처럼 입이 무겁다오.

유모 그래요, 우리 아가씨는 정말 좋은 분이랍니다. 세상에! 세

185 상에! 아가씨가 말을 재잘재잘대던 어렸을 때는—오 참, 시내

에 파리스라는 귀족이 한 분 계신데, 그분이 아가씨를 차지하

려 하시지만, 세상에나, 아가씨는 차라리 두꺼비를 보겠다고,

그분을 보느니 정말 두꺼비를 보겠노라고 하잖아요. 때로는
내가 아가씨를 화나게 만들면서 파리스가 너 적합한 사내라
190 고 말을 하는데, 하지만, 장담하는데, 그렇게 말할 때면, 아가
씨는 온 세상의 어느 천조각보다도 창백하게 되어버리지요.
로즈메리*와 로미오는 둘 다 같은 글자로 시작되지 않나요?

로미오 그렇소, 유모, 그렇소만. 둘 다 '로' 하고 시작하지요.

유모 아, 그런 소리를 내다니! 그건 개의 이름인데.** '로'는 바
195 로—아니, 다른 글자로 시작하는 걸 아는데—그리고 아가씨는
그걸 가지고, 댁과 로즈메리에 대해서 제일 예쁜 글귀를 만들
지요, 그걸 들려드리면 좋을 텐데.

로미오 아가씨께 안부 전해주시오.   [로미오 퇴장]

유모 그럴게요, 수천 번이라도. —피터?

200 **피터** 갑니다요!

유모 앞장서라, 그리고 빨리 가자.   유모와 피터 모두 퇴장

---

*로즈메리는 충실함과 기억을 상징하여, 결혼식과 장례식에 사용된다.
**'로'는 영어에서 개의 으르렁거리는 소리를 표현하는 말과 같은 소리로 시작된다.

124

2막 4장*

줄리엣 등장

줄리엣 유모를 보냈을 때 시계가 아홉 시를 쳤는데,

반 시간 내로 돌아오겠노라 약속했었건만.

어쩌면 그분을 못 만났을지도 모르겠구나. 그러면 안 되는데.

오, 유모는 절름발이로군! 사랑의 전령은 생각이라야만 하겠어,

5 어두워진 언덕 위로 그림자를 몰아내는

햇빛보다도 열 배는 더 빨리 미끄러지듯 갈 수 있을 테니.

그래서 민첩한 날개를 지닌 비둘기들이 사랑의 수레를 끌

고,**

*장소: 캐퓰렛의 집 혹은 정원.
**사랑의 여신인 비너스의 수레는 빨리 나는 날개를 가진 비둘기들이 끈다.

바람같이 빠른 큐피드도 그래서 날개가 있잖아.

이제 태양이 오늘 하루의 여행 중에

10 가장 높은 언덕 위로 떠 있으니, 아홉 시부터 열두 시까지는

세 시간이나 되는 긴 시간인데, 아직도 유모는 오지도 않다니.

유모가 사랑에 빠지고 젊은이의 끓는 피가 있다면,

공처럼이나 빨리 움직일 텐데.

내가 하고 싶은 말들이 유모를 내 사랑에게로 던져주고,

15 그리고 그이의 말은 내게로 그녀를 던져줄 텐데.

하지만 나이 든 늙은이들은, 마치 죽은 사람처럼 굴거든.

다루기 힘들고, 느린 데다가, 몸도 무겁고, 납처럼 창백하지.

유모 [그리고 피터] 등장

오 하느님, 유모가 오네! 오, 사랑하는 유모, 무슨 소식을 가

져왔지?

그이를 만났어? 하인은 보내버려.

20 **유모** 피터, 문에서 기다려.   [피터 퇴장]

줄리엣 자, 착한 우리 유모—오, 이런, 왜 그리 슬퍼 보이지?

아무리 슬픈 소식이라 하더라도, 즐겁게 이야기해줘.

좋은 소식이라면, 달콤한 소식의 그 음악을

그렇게 씁쓸한 얼굴로 연주하다니 부끄러워해야 할 거고.

25 **유모** 피곤해요, 잠시만 기다리시구려.

이런, 내 뼈가 다 쑤시는구먼! 아, 이 관절은 또 왜 이 모양이람!

줄리엣 유모가 내 뼈를 가졌고, 내가 유모의 소식을 가지고 있

다면 좋으련만.

자, 어서, 부탁하니, 말해봐. 착하디착한 유모, 말해봐.

유모 세상에나, 왜 이리 서두시나? 잠깐 기다릴 수 없우?

30 숨이 차서 헐떡거리고 있는 게 안 보여요?

줄리엣 헐떡거린다고 말할 숨은 있으면서,

어떻게 숨이 차서 헐떡거릴 수 있담?

이렇게 질질 끌면서 하는 변명이

유모가 변명하는 그 이야기보다도 더 길구면.

35 가지고 온 소식이 좋은 거야, 나쁜 거야? 대답해봐.

어느 쪽이건 말해봐, 그러면 자세한 내용은 기다릴 테니.

궁금해 죽겠어, 좋은 거야, 나쁜 거야?

유모 참, 아가씨는 바보같이도 선택했던데, 사내를 어찌 골라

야 하는지 모르더군요. 로미오라니! 아니, 그 사람은 아니에

40 요. 얼굴은 다른 사내들보다는 좀 낫긴 하지만, 또 다리도 다

른 사내들 다리보다 더 탁월하긴 하지만요. 뭐 손도, 발도, 몸

도, 말할 필요 없이, 비교할 바가 없긴 하지만요. 그 양반은 예

의범절의 꽃이라고 할 수는 없지만, 뭐, 장담컨대, 양처럼 점

잖긴 하더군요. 아가씨, 선택한 길을 가시고, 하느님을 섬기

45 러 가시구려. 아니, 집에서 식사를 하셨나요?

줄리엣 아니, 아니. 그런 건 나도 그전에 알고 있었던 거고.

우리 결혼에 관해서는 그이가 뭐라 그래? 뭐라고 했지?

유모 오, 주님. 내 머리가 왜 이리 지끈거리지! 웬 머리가 이렇

게 쑤셔!

스무 조각으로 쪼개지는 것처럼 쿵쿵거리네.

50 오, 다른 쪽 내 등골도—오, 아이고, 등골이야, 등골이야!

인정도 없으시지, 나를 이리저리 심부름 시키다니

이리 뛰고 저리 뛰어다니느라 죽을 지경으로 만들다니!

줄리엣 몸이 성치 않다니, 정말 미안해.

아, 착하고도, 착하고도, 착한 유모, 말해줘, 어서. 내 사랑이

무어라 그래?

55 **유모** 아가씨 사랑이 말하시더군요. 점잖은 신사같이, 그리고

예의 바르고, 친절하고, 또 미남에다, 또 내가 장담하는데, 덕

도 있겠더구먼. 그런데 아가씨 어머님은 어디 계시우?

줄리엣 어머니가 어디 계시냐니! 왜, 안에 계시지,

어디 계시겠어? 어찌나 희한하게도 대답하는지!

60 "아가씨 사랑이 말하시더군요, 점잖은 신사같이,

아가씨 어머님은 어디 계시우?"라니.

유모 오, 성모 마리아님!

그렇게 몸이 달았우? 원 참, 세상에, 나 참.

난 뼈골이 쑤시는데 이게 찜질약이우?

65 이제부터는 아가씨가 직접 가서 전하시구려.

줄리엣 왜 이리 야단이람! 자, 로미오 님이 뭐라고 그랬어?

유모 오늘 고해성사 하러 갈 허락은 받았우?

줄리엣 그래.

유모 그럼 어서 로렌스 신부님 처소로 달려가 보시우.

70 거기서 아가씨를 아내로 삼아줄 남편이 기다리고 있으니.

이제야 아가씨 볼에 발그레 피가 도는구먼,

이젠 어떤 소식에도 바로 빨개져 버리겠구먼.

자, 성당으로 달려가요. 나는 다른 쪽으로 가야겠으니,

사다리 구하러요. 아가씨 사랑이 어두워지자마자

75　새 둥지 위로 기어 올라올 수 있게 해줄 사다리요.

난 아가씨를 기쁘게 해주려고 이렇게 힘들게 수고를 마다하
지 않는데,

하지만 아가씬 오늘 밤이 되면 짐 좀 감당해야 할 거라우.

자, 어서 가요. 난 뭐 좀 먹으러 갈 테니, 아가씨는 신부님 처
소로 가보시구려.

줄리엣　최고의 운명을 맞으러 달려가자! 착한 유모, 안녕.

모두 **퇴장**

로렌스 신부와 로미오 등장

로렌스 신부 이 성스러운 일에 하늘이 미소로 축복해주시고,

　나중에 슬픔으로 우리를 꾸짖지 마소서.

로미오 아멘, 아멘. 하지만 어떤 슬픔이 닥치더라도,

　짧은 일 분만이라도 그녀를 볼 수 있게 해주는

5　그 즐거움과 맞바꾼 것에 필적할 수 없답니다.

　그저 거룩하신 말씀으로 저희 두 사람의 손을 맺어만 주시면,

　그러면 사랑을 삼켜버리는 죽음이 무슨 짓을 하건,

　전 그녀를 내 것이라 부를 수 있는 것만으로 충분합니다.

로렌스 신부 이러한 격렬한 기쁨은 격렬한 종말을 맞는 법,

*장소: 로렌스 신부의 처소.

130

10   불과 화약이 서로 입맞춤으로 소멸되어버리듯이
      승리하는 데서 죽기 마련인 법. 가장 달콤한 꿀도
      바로 그 달콤한 맛으로 구역질 나는 법이니,
      그걸 맛보면 식욕을 망쳐버리게 마련이거든.
      그러니 사랑도 적당하게 하여라. 오래가는 사랑은 그러하단다.
15   너무 빠른 것은 너무 느린 것만큼이나 더디게 도달하게 되는
      법이다.

      줄리엣 등장

      여기 아가씨가 오는구나. 오, 저토록 가벼운 발걸음은
      영원한 돌바닥도 닳게 하지 않겠구나.
      사랑에 빠진 연인은 장난기 있는 여름날의 바람에
      한가로이 흔들리는 거미줄 위로 걸어 다니면서도
20   떨어지지 않지. 세속적인 헛된 기쁨 역시 그렇게 가벼운 법이
      나니.

      줄리엣 신부님, 안녕하세요.

      로렌스 신부 로미오가 우리 둘 다를 대신해서 감사할 거네.*

      줄리엣 그럼·저도 그이에게 그만큼은 해야지요. 아니면 그의 감
      사가 너무 많으니까요.

      로미오 아, 줄리엣, 그대의 기쁨이
25   내 기쁨만큼 쌓여 있고, 그걸 묘사하는 데
      그대의 솜씨가 더 낫다면, 그대의 숨결로

      *입맞춤을 해준다는 뜻이다.

이곳의 공기를 달콤하게 해주오. 그리고 풍요로운 음악의 혀처럼

이 귀한 만남으로 두 사람 모두가 서로에게서 받는

아직은 표현되지 않은 그 행복을 펼쳐주오.

30 **줄리엣** 상상력은, 말보다는 내용에 있어 더욱 부유하여,

장식품이 아니라 자신의 실체를 자랑하지요.

자신들의 가치를 헤아릴 수 있는 자들은 바로 한 푼 없는 거지들이겠지만,

제 진정한 사랑은 너무나도 커져버려

제가 가진 재산의 그 절반도 얼마인지 헤아릴 수가 없답니다.

35 **로렌스 신부** 자, 어서 가서, 빨리 일을 마치세나,

거룩한 교회가 두 사람을 하나로 결합시켜주기 전에는

둘만 있게 그냥 둬서는 안 되겠으니.   [모두 퇴장]

머큐시오, 벤볼리오 그리고 하인들 등장

벤볼리오 자, 머큐시오, 이보게, 부디 돌아가세.

  날은 덥고, 캐퓰렛 놈들이 돌아다니고 있으니,

  우리가 마주치게 되면, 싸움을 피할 수는 없을 걸세.

  자, 지금은 너무 더운 날씨라, 피도 미친 듯이 끓고 있잖나.

5 **머큐시오** 자네는 그런 자식들 중 한 놈 같군. 선술집에 들어오

  자마자, 탁자 위에다 제 칼을 던져놓고 '너 같은 건 필요 없

  어!'라고 말하고는 두 번째 잔이 효과를 보일 때쯤이면, 전혀

  필요 없는 때인데도 술집 주인한테 칼을 빼어 드는 그런 작자

  들 말이야.

*장소: 베로나의 공적인 장소.

10 **벤볼리오** 내가 그런 작자 같다고?

　머큐시오 자, 자, 자넨 이탈리아의 그 어느 누구보다도 열이 올
　라 있는 놈인지라, 건드리기만 하면 터질 거고, 터지게 되면
　곧장 폭발해버릴 테지.

　벤볼리오 뭐가 어째?

15 **머큐시오** 뭐, 자네 같은 작자가 둘만 있다면, 곧 한 놈은 없어
　질걸. 그놈이 다른 놈을 죽여버릴 테니까. 자네? 글쎄, 수염
　이 자네보다 한 올 많다고, 아니면 한 올 적다고 싸움을 벌일
　작자지. 어떤 작자가 호두를 깨고 있으면 그걸 가지고 싸움이
　붙겠지. 자네가 호두 빛깔 눈을 가졌다는 것 외에는 아무 이
20 유도 없이. 그런 눈 말고 어떤 눈이 그런 시빗거리를 찾겠는
　가만은? 자네 머리는 마치 계란이 먹을 걸로 꽉 차 있는 것처
　럼 시빗거리로 꽉 차 있지만, 자네 머리는 싸움질하다가 계란
　처럼 곯아 썩을 만큼 얻어터지지. 자넨 한 사내가 길거리에서
　기침한다고 시비를 걸었잖나. 그 사내가 햇볕을 받으며 잠들
25 어 누워 있던 자네 개를 깨웠다는 그 이유만으로 말이야. 양
　복장이하고도 붙었잖나? 부활절 전에 새 윗도리를 만들어 입
　었다고 말이야. 또 한번은, 어떤 사람이 새 신발에 낡은 리본
　을 묶었다고 싸움이 붙었다며. 그래 놓고도 자네가 시비 붙는
　걸 갖고 나한테 가르치려 들다니!

30 **벤볼리오** 내가 자네만큼 시비 붙는 걸 좋아한다면야, 어느 작자
　든 한 시간하고 십오 분 동안에 내 목숨에 대한 절대 소유권
　을 사야겠구먼.

머큐시오 절대 소유권이라? 오, 단순하기는!

티볼트, 페트루키오와 사람들 등장

벤볼리오 내 머리에 걸고 말하는데, 여기 캐퓰렛 자식들이 오고 있네.

35 **머큐시오** 내 발꿈치에 걸고 말하는데, 난 신경 안 쓰네.

티볼트 자, 가까이 붙어 따라오게. 내가 저놈들에게 말을 붙일 테니.

같이 온 사람들에게

　—여보시오들, 안녕하시오. 댁들 가운데 한 사람하고 한마디 해야겠소.

머큐시오 우리들 중 한 사람하고 한마디라? 다른 걸로 짝을 맞추시지, 한마디하고 한 대라고.

40 **티볼트** 뭐, 기회만 주신다면야, 충분히 그럴 기분이긴 하네만.

머큐시오 안 주더라도 그런 기회를 만들 수는 없으신가?

티볼트 머큐시오, 너는 로미오 자식하고 붙어 다니지.

머큐시오 붙어 다닌다니! 뭐, 우리를 길거리 딴따라로 만들어? 우리를 딴따라로 만든다면 불협화음밖에 못 들을걸. 자 여기

45 　내 깽깽이 활이 있다, 네놈을 춤추게 만들어주지. 자, 덤벼라, 붙어 다닌다니!

칼을 겨눈다

벤볼리오 이곳은 사람들이 나다니는 한길일세.

　좀 한적한 곳으로 물러가거나,

　아니면 댁의 불만을 좀 냉정하게 따져보든지,

50 　그렇지 않으면 떠나시게. 여기엔 온갖 눈들이 우릴 보고 있네.

머큐시오 사람들 눈이란 보라고 만들어진 것이니, 볼 테면 보라

고 하게.

　난 어느 놈의 즐거움을 위해서 꼼짝하지는 않을 테니.

로미오 등장

티볼트　자, 댁과는 그냥 그만하지, 여기 내가 찾는 놈이 있으니.

머큐시오　내가 목이라도 매달겠다, 저 친구가 댁의 하인 복장이

라도 하고 있으면.

55　자, 싸우러 앞으로 나오시지, 저 친구는 따라갈 테니.

　그런 의미에서는 댁같이 귀하신 분께서 저 친구를 '놈'이라고

부를 수도 있겠군.

티볼트　로미오, 너한테 줄 수 있는 사랑이란

　이렇게 말해주는 것 이상은 아니겠구나. 네놈은 악당이다.

로미오　티볼트, 내가 자넬 사랑해야만 하는 이유로

60　그런 인사에 대해 적절할 분노를 이 정도로만 하겠네,

　나는 악당이 아니네 하고 말하는 것으로.

　그러니, 안녕히 가시게. 내가 누구인지 모르는 것 같으니.

티볼트　이 자식, 네놈이 나한테 한 모욕들이 이걸로 용서되지

않을걸.

　그러니 돌아서서 칼을 뽑아라.

65　**로미오**　내 분명 일러두는데, 난 자네를 모욕한 적 없네,

　자네가 생각할 수 있는 그 이상으로 자네를 사랑한다네,

　자네가 내 사랑의 이유를 알게 될 때까지는.

　그러니, 착한 캐퓰렛—내 이름만큼이나

　소중히 여기는 그 이름이니—그만 가시게.

머큐시오 오, 이런 바보같이, 치욕스럽고, 비굴하게 굴종하다니!

70
일격으로 다 갚고 끝장내주마.

티볼트, 이 쥐새끼나 잡는 놈아, 좀 걸어나 볼래? 자신의 칼을 뽑는다

티볼트 날 가지고 어쩔 셈인데?

머큐시오 이 고양이 족속의 왕 같은 놈아, 네놈의 아홉 개의 목

75
숨 가운데 하나를 가져가려고 하는데, 앞으로 네놈이 나한테

하는 걸 봐서, 나머지 여덟 개도 두들겨 패서 씨를 말려주마.

그 칼자루에서 칼 좀 뽑아보지그래? 어서, 아니면 뽑기도 전

에 내 칼이 네놈 귀를 날려버릴 테니.

티볼트 자, 상대해주지.   칼을 뽑는다

80
로미오 이보게 머큐시오, 칼을 치우게.

머큐시오 자, 덤벼봐. 파사도를 날려보시지.   그들은 싸운다

로미오 벤볼리오, 칼을 뽑게나. 저들의 무기를 쳐서 떨어뜨리

게.

─이것 보게들, 부끄럽게 여기시게, 이런 분노는 참으시게들!

티볼트, 머큐시오, 영주님께서   두 사람을 떼놓으려고 애쓴다

85
베로나의 길거리에서 서로 싸우는 것을 금하셨지 않나.

그만두게, 티볼트! 어서, 착한 머큐시오!   티볼트가 머큐시오를 찌른다

티볼트 퇴장

머큐시오 찔렸어.

네놈들 두 집안 다 뒈져버려라! 난 끝장이니.

그 자식이 사라져버렸어? 한 대도 안 맞고?

90
벤볼리오 뭐야, 자네 다쳤나?

머큐시오 그래, 그래, 그냥 긁혔어, 긁혔어. 이런, 이걸로 충분하군.

　내 시종은 어디 있지? 이봐, 이놈아, 어서 가서 의사 데려와.

[시종 퇴장]

로미오 이보게, 용기를 내게. 상처는 크지 않을 걸세.

머큐시오 그래, 우물만큼 깊지는 않겠지, 또 성당 문만큼 넓지
95　도 않겠지. 하지만 이걸로 충분해. 이걸로 될 걸세. 내일 나를
　찾아보게, 그러면 죽어버린 나를 보게 될 테니. 난 끝장났네,
　장담하는데, 이 세상하고는 마지막이야. 네놈들 두 집안 다
　뒈져버려라! 뭐? 개자식이, 쥐새끼 한 놈이, 쥐새끼 한 마리
　가, 고양이 한 놈이 사람을 할퀴어 죽게 만들다니! 산수책에
100　나오는 대로 싸우는 허풍쟁이에, 악당 놈에, 불한당 같은 놈!
　─도대체 왜 우리 사이에 끼어들었나? 내가 자네 팔 　_{로미오에게}
　아래서 다쳤어.

로미오 다 잘되라고 그랬네.

머큐시오 아무 집이건 안으로 좀 데려다주게, 벤볼리오.
105　아니면 혼절할 것 같아. 네놈들 두 집안 다 뒈져버려라!
　그 자식들이 날 구더기 밥으로 만들어버렸어. 난 찔렸어,
　게다가 치명적으로. 네놈의 집안들! 　_{벤볼리오가 머큐시오를 부축하면서}

모두 퇴장

로미오 영주님의 가까운 친척이자,
　내 동무인 이 친구가
110　나 때문에 치명적인 상처를 입다니. 내 명예는

138

티볼트의 비방으로 더럽혀졌고—티볼트는, 한 시간 전부터

내 사촌이 되어버렸는데. 오 사랑하는 줄리엣,

그대의 아름다움이 날 무력하게 만들어버렸구려,

그리고 내 기질 속의 강철 같은 용맹함을 물러터지게 만들어

버렸으니!

벤볼리오 등장

115 **벤볼리오** 오 로미오, 로미오, 용감한 머큐시오가 죽었다네!

그 용감한 기운이 구름 위까지 올라가 버렸다네,

너무도 예기치 않게 여기서 지상을 경멸하면서 말일세.

로미오 이날의 시커먼 운명은 앞으로 더 많은 날들을 좌우하리

니,

이는 재앙의 시작에 불과하며 다른 날들이 끝내게 되리라.

티볼트 등장

120 **벤볼리오** 여기 격분한 티볼트가 다시 오는군.

로미오 그자는 승리에 차 있는데 머큐시오는 찔려 죽다니!

사려 깊은 자비심이여, 하늘로나 꺼져버려라,

불과 분노여, 이제 내 행동이 되어다오!

자, 티볼트, 악당이라고 한 말 취소해라.

125 네놈이 나한테 했던 그 말 말이다. 머큐시오의 영혼이

우리 머리 바로 위에 있구나,

자기하고 같이 가려고 네놈을 기다리면서 말이다.

네놈이건, 나건, 아니면 둘 다 그 친구와 함께 가야 할 거다.

티볼트 빌어먹을 자식, 그놈하고 여기서 붙어 다니던 놈이니,

130   네놈이 그놈하고 같이 가야 할 거다.

로미오 이걸로 결정짓게 되겠지.

로미오와 티볼트 싸우고 티볼트 쓰러진다

벤볼리오 로미오, 달아나게, 어서 가게!

  시민들이 들고 일어났네, 티볼트는 죽었어.

  넋이 나간 채 서 있지 말게나. 영주님이 자네에게 사형을 명하실 걸세,

135   붙들린다면 말일세. 그러니, 자, 어서 달아나게, 어서!

로미오 오, 난 운명의 노리개로구나!

벤볼리오 왜 머뭇거리고 있는 건가?   로미오 퇴장

시민들 등장

시민 머큐시오를 죽인 놈이 어디로 달아났어?

  티볼트, 이 살인자 자식, 어디로 그놈이 달아났지?

140 **벤볼리오** 저기 그 티볼트가 누워 있습니다.

시민 일어나라, 나와 같이 가자.

  영주님의 이름으로 네놈한테 명하노니, 복종해라.

영주, 연로한 몬테규, 캐퓰렛이 그들의 아내와 함께 모두 등장

영주 이 소동을 시작한 사악한 자가 어디 있느냐?

벤볼리오 오, 고귀하신 영주님, 제가 전부 말씀드릴 수 있습니다.

145   이 치명적인 싸움의 불운한 자초지종을요.

  저기 누워 있는 저 사람은 로미오 청년에게 찔려 죽었고,

  영주님의 친족인, 용감한 머큐시오를 찔러 죽였습니다.

캐퓰렛 부인 티볼트, 내 조카가? 오, 우리 오라버니의 아들이!

오, 영주님! 오, 조카야! 오, 여보! 오, 피를 보다니,

150   오, 내 친족이! 영주님, 공평하시다면,

우리 가문의 피에 대해, 몬테규의 피도 보게 하소서.

오, 조카야, 조카야!

영주 벤볼리오, 이 유혈 낭자한 싸움을 누가 시작하였느냐?

벤볼리오 여기 찔려 죽은 티볼트입니다. 로미오의 손이 찔렀지요.

155   로미오는 그에게 점잖게 말했고, 싸움이 뭐 좋겠느냐며

다시 생각하라고 타일렀고, 영주님께서

화내실 거라고도 했지요. 이 모든 이야기를

점잖게 이야기했고, 차분한 표정으로, 무릎을 겸손하게 굽혀

가며 말했지만,

평화에는 귀를 막은 티볼트의 다스릴 길 없는

160   불같은 성질 앞에서는 어쩔 수 없었습니다. 오히려 그는

예리한 칼을 용감한 머큐시오의 가슴에다 찔렀고,

온통 흥분한 그도, 치명적인 칼끝을 겨누고,

용감하게 비웃으며, 한 손으로는 차가운 죽음을

옆으로 쳐서 비키게 하고, 다른 손으로는 죽음을

165   티볼트에게로 보냈는데, 티볼트는 솜씨 좋게

그것에 응수했습니다. 로미오는 큰 소리로 고함질렀지요.

"그만두게나, 여보게들! 여보게들, 떨어지게!" 그리고, 그의

말보다도 더 재빠르게,

그의 날랜 팔이 그들의 치명적인 칼끝을 쳐서 떨어뜨렸는데,

그것들 사이에서 돌진하면서, 그 팔 아래로

170　티볼트가 찌른 사악한 일격이 용감한 머큐시오의 목숨을 쳤고,

그리고 나서 티볼트는 달아났습니다.

그런데 조금 지나 로미오에게로 되돌아왔지요.

로미오는 새로이 복수심에 가득 차

그들은 번개처럼 맞붙었습니다. 그러고는, 제가

175　두 사람을 떼어놓을 수 있기도 전에, 용감한 티볼트가 찔려

죽었습니다.

그리고 그가 쓰러졌을 때, 로미오는 뒤돌아서 달아났습니다.

이게 바로 진실입니다. 아니라면, 벤볼리오를 죽여주십시오.

캐퓰렛 부인　그자는 몬테규 가문의 사람입니다.

애정 때문에 거짓으로 고하고 있고, 사실대로 말하지 않습니다.

180　대략 스무 명이 이 참혹한 싸움에 개입했습니다.

그리고 그 스무 명 전부가 한 명의 목숨을 죽일 수 있었습니다.

정의를 간구드립니다. 영주님께서는 그러실 수 있으시니.

로미오가 티볼트를 죽였으니, 로미오는 살아서는 안 됩니다.

영주　로미오는 그를 죽였지만, 그자는 머큐시오를 죽였소.

185　그럼 그의 귀한 피의 대가는 이제 누가 치러야 하오?

몬테규　영주님, 로미오는 아닙니다. 그는 머큐시오의 친구였습니다.

그의 잘못은 법이 끝을 봐줘야 했던 것,

즉, 티볼트의 목숨을 끝장낸 겁니다.

영주　그 잘못에 대해

190　나는 즉각 그에게 추방을 명한다.

너희들의 일에 나까지 개입되어

너희들의 그 무례한 싸움 탓에 내 가문의 피를 흘리고 말았다.

허나 내 친족을 잃은 데 대해

나는 너희들 모두가 후회하도록 강력하게 처벌할 것이다.

195 어떤 간구와 변명에도 귀를 닫아버릴 것이요,

눈물도 기도도 이 잘못에서 구해주지 못할 것이다.

그러니 아무 짓도 하지 마라. 로미오는 서둘러 떠나게 하라,

그렇지 않고, 그가 발견되면, 그 시간이 그의 마지막이 되리라.

이 시신은 들고 가고 내 처분을 기다려라.

200 살인한 자를 용서하는 자비는 살인만 조장할 뿐이다.   **모두 퇴장**

3막 2장*

줄리엣 등장

줄리엣 어서 달리럼, 너 불타는 발을 가진 종마들이여,**
　　태양신 포에부스의 거처를 향하여. 파에톤과 같은 마부가
　　너희들을 채찍질해서 서쪽으로 내달리게 하고
　　구름 낀 밤을 즉각 가져다줄 테니.
5　사랑을 행하는 밤이여, 그대의 은밀한 커튼을 펼쳐주오.
　　그 방랑자의 눈들이 눈감아주고 로미오 님이
　　남에게 거론되지도 눈에 띄지도 않은 채, 내 품으로 뛰어 들
　　어오게끔.

---

*장소: 캐퓰렛의 집.
**태양신인 아폴로의 수레를 끄는 말들을 뜻한다. 다음 행의 포에부스 역시 태양신이
며 파에톤은 태양신의 아들이다.

연인들은 본인들의 아름다움만으로도 사랑의 의식을

행하도록 볼 수가 있지, 그렇지 않고 사랑이 눈이 멀었다면,

10 밤하고 가장 잘 어울리는 법. 오너라, 점잖은 밤이여,

온통 검은 옷을 두른 채 점잖게 차려입은 부인 같은 그대여,

그리고 때 묻지 않은 숫처녀 총각 한 쌍이 벌이는 그 시합에서

어떻게 이기는 시합을 지는지 내게 가르쳐다오.

그대의 검은 옷으로, 내 두 뺨에서 퍼드덕거리는,

15 내 용기 없는 피를 가려다오, 수줍어하는 사랑이 대담해질 때

까지.

진정한 사랑이 단순히 수줍음을 행하는 것으로 생각할 때까지.

오너라, 밤이여, 오세요, 로미오 님, 밤의 낮과도 같은 존재인

그대,

밤의 날개 위에 까마귀의 등 위로 새로이 떨어진 눈보다도

더 하얀 상태로 누워 계실 테니.

20 오너라, 부드러운 밤이여, 오너라, 사랑스러운, 검은 눈썹을

한 밤이여,

나의 로미오 님을 내게 데려다다오, 그리고 내가 죽게 될 때,

그분을 데리고 가서 작은 별들로 조각내렴,

그러면 그분이 하늘의 얼굴을 너무나도 멋지게 만들어

온 세상이 밤과 사랑에 빠질 테고,

25 그러면 번쩍거리는 태양한테는 아무도 경배하지 않을 테지.

오, 난 사랑의 대저택을 샀으나,

그걸 소유하지 못하고 있구나. 그리고 나도 이미 팔렸건만,

아직도 누리지를 못하고 있다니. 이 낮은 너무도 지겹구나.

마치 새 옷이 있어도 입어보지도 못하는

30 초조한 아이가 축제를 기다리는

축제 전야 같아. 오, 유모가 오고 있네,

유모가 줄을 들고 등장

소식을 가져오는구나. 로미오 님의 이름만 말하더라도

그 혀들은 모두 천상의 말을 하는 듯하지.

자, 유모, 무슨 소식이지? 거기 뭘 가지고 있어?

35 로미오 님이 유모에게 가져가라고 한 줄?

유모 네, 네, 줄이에요.   줄을 떨어뜨린다

줄리엣 자, 어서, 무슨 소식이지? 왜 손은 비트는 거야?

유모 아, 어찌하나! 그분이 죽었어요. 그분이 죽었어, 그분이
죽다니!

우리는 망했어요, 아가씨, 우리는 망했다고요.

40 오, 세상에, 그분이 죽었어요, 살해되었어요, 그분이 죽었다
고요!

줄리엣 하늘이 그토록이나 질투를 할 수 있는 건가?

유모 로미오 님은 그럴 수 있지요,

하늘은 그럴 수 없다 하더라도요. 오, 로미오, 로미오!

어느 누가 그런 생각을 했겠어요? 로미오 님이!

45 **줄리엣** 대체, 왜 이러는 거야, 이런 식으로 나를 고문하려 들다니?

이런 고문은 끔찍한 지옥에서 고함질러져야 되는 법.

로미오 님이 자결했어? '네'라고 하기만 해봐,

146

그럼 그 '네'라는 소리가 노려보기만 해도 죽음을 쏘아댄다는

독사의 눈보다도 더 많은 독을 뿜어줄 테니.

50 　그런 '네'라는 소리가 있다면, 난 내가 아니야.

만일 그이가 자결했다면, '네'라고 말해.

그렇지 않다면, '아니'라고 하고.

그 짧은 소리가 나의 행복 아니면 비탄을 결정지을 테니.

유모　그 상처를 보았어요. 내 두 눈으로 그걸 보았어요.

55 　—오, 하느님, 이런 말을 용서하소서!—바로 여기 그분의 사내

다운 가슴 위에 난 것을.　　　　　　　　　　　　　　　가리킨다

아 불쌍한 시신, 피 흘리는 불쌍한 시신,

창백해져, 잿빛처럼 창백해져서, 온통 피로 뒤범벅이 된 채,

사방에서 피가 엉겨 붙은 채로. 난 그걸 보고 기절했어요.

줄리엣　오, 터져라, 내 가슴아, 불쌍한 파산자로구나, 당장 터져

버려라!

60 　두 눈이여, 감옥으로 가버리고, 결코 자유를 보지 마라!

더러운 흙 같은 육신이여, 다시 흙으로 돌아가 버리고, 여기

서 그 움직임을 끝내라,

그리고 로미오 님과 함께 무거운 관 속에 누워라!

유모　오, 티볼트 도련님, 티볼트 도련님, 내 좋은 친구!

오, 예의 바르셨던 티볼트, 정직한 양반이셨는데,

65 　도련님이 죽은 걸 보게 될 만큼 내가 오래 살았다니!

줄리엣　이 폭풍우는 또 뭐람? 이렇게 반대로 불어대다니.

로미오 님이 살해된 거야, 아니면 티볼트가 죽은 거야,

내 사랑하는 사촌, 게다가 더 사랑하는 내 낭군마저?

그럼, 끔찍한 트럼펫이여, 최후의 심판일을 알려라.

70 그 두 사람이 가버렸다면, 산 자가 누가 있으리?

유모 티볼트 도련님은 죽었고, 로미오 님은 추방당했어요.

로미오 님이 그분을 죽이셨고, 그래서 추방당했어요.

줄리엣 오 하느님! 로미오 님의 손이 티볼트의 피를 흘리게 했다고?

유모 그래요, 그랬어요. 아이고 세상에, 그랬답니다!

75 **줄리엣** 오, 독사 같은 마음이여, 꽃이 만개한 얼굴로 숨어 있다니!

그토록 아름다운 동굴을 가진 용이 있었던가?

아름다운 폭군, 천사 같은 악마.

비둘기의 깃털을 두른 까마귀, 늑대같이 탐욕스러운 양이여,

가장 신성한 외모를 하고는 경멸스러운 실체를 지닌 자!

80 보이는 것과는 바로 그 정반대인 자여,

저주받은 성자이며, 명예로운 악당이여!

오, 자연이여, 그대가 지옥에서 무슨 짓을 했느냐?

그와 같이 감미로운 육신이라는 인간의 낙원 속에

악마의 영혼을 거하게 하다니.

85 그토록 사악한 내용을 그토록 아름다운 외장 속에

담고 있던 책이 언제 있었더냐? 오, 그와 같이 멋진 궁전 속에

그런 속임수가 살고 있다니!

유모 사내들에게는, 신뢰라고는 없어요.

믿음도 정직도 없다고요. 전부 위증이나 해대고,

90   온통 허위로 고백하고, 전부 사악한 데다, 모두 사기꾼들이라
고요.

아, 내 하인 녀석은 어디 갔지? 내 술 좀 다오.

이런 슬픔들, 이런 비통들, 이런 비애는 날 늙어버리게 만들어.

로미오, 수치나 당해버려라!

줄리엣 그런 소원을 빌다니 유모의 혀에

95   물집이나 생겨버리라지! 그이는 수치나 당하라고 태어나신
분이 아니야.

수치는 그이 눈썹에 부끄러워서 감히 앉을 수도 없다고.

온 천하의 유일한 군주로

영예가 왕관을 씌울 왕좌이니까.

오, 그분을 책망하다니 난 얼마나 나쁜 짐승이었던가!

100   **유모** 아가씨 사촌을 죽인 자를 좋게 이야기하실 건가요?

줄리엣 그럼 내 남편인 그분을 내가 욕해야겠어?

아, 불쌍한 내 남편, 무슨 말로 그대의 이름을 반듯하게 할까요?

당신의 아내가 된 지 세 시간 된 내가, 그 이름을 난도질했는데?

하지만, 왜, 악당같이, 내 사촌을 죽이셨나요?

105   그 악당 같은 사촌이 내 남편을 죽여버렸을 수도 있었겠지.

어리석은 눈물아, 다시 들어가거라, 원래 나왔던 그 샘 속으로,

공물을 바치는 네 물방울은 비탄에게 속한 것이니,

네가 착각하여 기쁨에게 내놓고 있구나.

티볼트가 죽여버렸을 수도 있을 내 남편이 살아 있는데,

110   그리고 내 남편을 죽였을지 모르는 티볼트는 죽었으니.

이 모든 것이 위안일진대, 그렇다면 왜 내가 울고 있느냐?

티볼트의 죽음보다도 더 나쁜, 어떤 말이 있었는데,

그게 나를 죽였지. 난 그걸 기꺼이 잊고 싶구나.

하지만, 오, 내 기억에다 대고 내리누르는구나,

115　마치 죄인들의 마음속에 대고 죄지은 행동들이 그러듯이.

"티볼트 도련님은 죽었고, 로미오 님은 추방당했어요."

"추방당했어요", 그 "추방당했어요"라는 한 단어가

천 명의 티볼트도 죽여버렸어. 티볼트의 죽음은

만약 거기서 끝났다면 그걸로 충분히 비통한 일인데.

120　아니면 쓰린 맛 나는 비통이 함께 있을 친구를 좋아해서

다른 슬픔들과 함께 동반할 필요가 있었다면,

왜, 유모가 "티볼트 도련님은 죽었고"라고 말했을 때,

그 말 뒤에 네 아버지나, 네 어머니나, 아니, 둘 다가 뒤따라
나오지 않았을까,

그랬다면 통상적인 비탄이나 했으련만.

125　하지만 티볼트의 죽음 다음에 그 뒤로

"로미오 님은 추방당했어요"가 뒤따라 나오다니. 그 말을 하
는 것은,

아버지, 어머니, 티볼트, 로미오, 줄리엣,

모두가 다 죽은 거지, 모두가 다 죽은 거라고. "로미오 님은 추
방당했어요"라니!

그 말로 죽여버린 것은 한도 없고, 끝도 없고, 측량할 수도, 잴
수도 없어.

130 어떤 말로도 그런 비통함을 소리 낼 수 없어.

내 아버지와 어머니는 어디 계시지, 유모?

유모 티볼트 도련님의 시신을 놓고 눈물 흘리고 통곡하고 계세요.

두 분께 가보시겠어요? 제가 모셔다 드릴게요.

줄리엣 두 분이 눈물로 그의 상처를 씻고 계시는구나. 내 것은

쏟을 거야,

135 그분들의 눈물이 말랐을 때, 로미오 님의 추방에 대해서.

그 줄을 가져와. —불쌍한 줄아, 너는 속았구나,

너도 그리고 나도 말이다. 로미오 님이 추방당했으니.

그분이 널 내 침대로 오는 큰 도로로 삼으려고 했는데,

하지만 난 처녀로, 처녀이자 과부로 죽어야 하다니.

140 어서 줄을 줘, 어서, 유모. 내 혼인 침상으로 갈 테니,

로미오 님이 아니라, 죽음이여, 내 처녀성을 앗아가거라!

유모 그래요, 아가씨 방으로 가보세요. 저는 로미오 님을 찾을게요.

아가씨를 위로해드리도록요. 그분이 어디 계신지 제가 잘 아

니까요.

들어보세요, 아가씨의 로미오 님이 오늘 밤 이리 오실 거예요.

145 제가 그분께 갈게요. 로렌스 신부님 처소에 은신 중이시랍니다.

줄리엣 오, 그분을 찾아봐! 내 진정한 기사님께 이 반지를 드려,

그리고 마지막 작별을 하러 오시라고 해. 모두 퇴장

로렌스 신부와 로미오 등장   로미오는 주저하고 있다

로렌스 신부 로미오, 이리 오너라. 이리 와, 이 겁먹은 사내야.

  고통이 자네 모습에 반해 사랑에 빠졌나 보구나.

  자넨 불운하고 혼인해버렸구먼.

로미오 신부님, 무슨 소식인지요? 영주님의 판결은 뭔가요?

5   아직 저는 알지 못하는

  어떤 슬픔이 저와 알고 지내고자 하는가요?

로렌스 신부 이보게나,

  자넨 그런 씁쓸한 친구들과 너무 절친하다네.

  영주의 판결에 관한 소식은 내가 가져왔네.

*장소: 로렌스 신부의 처소.

10 로미오 영주님의 선고는 사형이라는 심판의 날보다 덜하지는

않겠지요?

로렌스 신부 더 관대한 판결이 그분의 입술에서 나왔다네.

육신의 죽음은 아닌데, 하지만 육신의 추방이라네.

로미오 하, 추방이라니! 자비를 베푸셔서, '사형'이라고 말씀해

주세요.

추방은 그 모습이 더 공포스러우니까요.

15 사형보다도 훨씬 더합니다. '추방'이라고 말씀하지 마세요.

로렌스 신부 이곳 베로나에서 자넨 추방당했다네.

참게나, 세상은 넓고도 광활하니.

로미오 베로나의 성벽 밖이라면 세상은 없어요.

연옥과, 고문과 지옥밖에는요.

20 그러니 추방이란 세상으로부터 추방당하는 겁니다.

그리고 세상에서 추방당하는 것은 사형이지요. 그러니, 추방

당하는 것은,

사형을 시키면서 그 이름을 잘못 칭한 거예요. 사형을 추방이

라고 부르는 것은,

금도끼로 제 머리를 내리치는 겁니다.

그러고는 저를 살해한 그 내리친 솜씨를 보고 미소 짓는 거지요.

25 로렌스 신부 오, 저 끔찍한 죄! 이런, 무례하게도 감사할 줄도

모르다니!

자네 잘못은 우리 법으로는 당연히 사형이네만, 친절한

영주님께서 자네 편을 드셔서, 법을 제쳐놓으시고는

그 암울한 단어 '사형'을 '추방'으로 바꾸어주셨거늘.

이게 바로 귀한 자비라는 건데, 자네는 그걸 모르다니.

30 **로미오** 이건 고문이지, 자비가 아닙니다. 천국이 여기 있는데,

줄리엣이 사는 곳 말입니다. 그리고 온갖 개도 고양이도

조그만 생쥐도, 가치도 없는 모든 미물들도

이곳 천국에서 살면서 그녀를 바라보거늘,

하지만 로미오는 그러지 못하다니. 로미오보다도

35 더 많은 가치와, 더 명예로운 상태, 더 많은 구애를

썩은 시체에 몰려드는 파리 떼들이 더 누리다니요. 그놈들은

사랑하는 줄리엣의 그 놀랍도록 하얀 손을 붙잡을 수도 있고

그녀의 입술에서 불멸의 축복을 훔칠 수도 있겠지요.

순수하고 순결한 정숙함으로,

40 그놈들의 입맞춤도 죄로 생각하며 그녀는 낯을 붉히겠지요.

파리 떼들도 이런 일을 할 수 있는데, 저는 이런 것에서 달아나야 하다니.

그런데도 여전히 추방이 사형이 아니라고 하시겠어요?

로미오는 그럴 수도 없는데도요. 그는 추방당하는데요.

독약을 섞어놓은 것이나 예리하게 갈아놓은 칼이나

45 급사하게 만들 어떤 방도나, 그렇게 야비하지 않다 하더라도

'추방' 말고 저를 죽일 만한 게 없으신가요? '추방당했다'라니?

오, 신부님, 그 빌어먹을 말은 지옥에서나

울부짖으며 사용되는 겁니다. 어떻게 신부님께서,

성직자로서, 참회를 들으시고 죄를 사해주시는 분께서,

50 그리고 제 친구라고 공언하시면서,

'추방당했다'는 그런 말로 저를 난도질하시는 겁니까?

로렌스 신부 그러면, 이 어리석은 미치광이 같으니, 내 말을 좀 들어보아라.

로미오 오, 또 추방 이야기를 하시겠지요.

로렌스 신부 자네에게 그 말을 떨쳐버릴 갑옷을 주겠네.

55 역경의 달콤한 우유인 철학이

자네를 위로하게끔 말일세. 자네는 추방당하겠지만.

로미오 여전히 '추방당한다'는 소린가요? 철학일랑 매달아버리세요!

철학이 줄리엣이 될 수도 없고,

도시를 다른 데로 옮겨놓을 수도 없고, 영주님의 판결을 뒤집을 수도 없다면,

60 도움도 안 되고, 소용없으니까요. 더 이상 아무 말도 마세요.

로렌스 신부 오, 그렇다면 미치광이들은 귀가 없다는 걸 알겠구나.

로미오 어떻게 그럴 수 있겠어요. 현명한 자들에게 눈이 없는데요?

로렌스 신부 자네 상태에 대해 함께 따져보세나.

로미오 신부님이 못 느끼시는 것에 관해 말씀하실 수는 없지요.

65 저처럼 젊은데, 줄리엣이 신부님의 사랑이고,

결혼한 지 한 시간 만에 티볼트가 살해되고,

저처럼 사랑에 푹 빠져 있는데 저처럼 추방당한다면,

그렇다면야 말씀하실 수 있겠지요. 그렇다면야 신부님은
머리를 쥐어뜯으실 거고, 바닥에 주저앉아 버리시겠지요.

70 제가 지금 그러듯이, 만들어지지도 않은 무덤을 재면서요.*

유모가 등장하여 문을 두드린다   문의 다른 쪽에서

로렌스 신부 일어나라, 누가 문을 두드린다. 자, 로미오, 몸을
숨겨라.

로미오 안 그럴 겁니다. 상심한 신음이 내는 소리가,

안개처럼, 찾고 있는 눈들로부터 저를 가려주지 않는다면요.

문 두드리는 소리   로미오는 바닥에 남아 있다

로렌스 신부 저것 봐, 저렇게 문을 두드리잖느냐! —누구신가
요? —로미오, 일어나라.

75 붙들리겠다. —잠깐만 기다리시오! —일어나라,

문 두드리는 소리

내 서재로 어서 가거라. —갑니다 가요! —하느님 뜻이야,

이 무슨 바보짓거리냐! —갑니다, 갑니다!   로미오는 움직이지 않는다

문 두드리는 소리

누가 이리도 세게 문을 두드려댄담? 어디서 오셨소? 무슨 일
이오?

유모 들여보내 주세요, 그럼 무슨 일인지 아실 테니. 문의 다른 쪽에서

80 줄리엣 아가씨 심부름으로 왔어요.

로렌스 신부 그렇다면, 어서 오시게나.

---

*로미오 자신이 바닥에 드러누워 있는 자세를 자신의 무덤 길이를 재는 것으로 표현
하고 있다.

유모 오, 신부님, 오, 말씀해주세요, 신부님,

우리 아가씨 부군께서는 어디 계시나요, 로미오 님은 어디 계
신지요?

로렌스 신부 저기 땅바닥에요. 자기가 흘린 눈물에 취해버린 채.

85 **유모** 오, 우리 아가씨하고 똑같군요.

아가씨하고 똑같아. 오, 애처롭고도 불쌍해라!

가련할 만큼 힘든 상태로구나! 아가씨도 꼭 저렇게 누워 있지요,

주절대다가는 울고, 울다가는 또 주절대면서.

일어나세요, 일어나 보라고요. 일어나요, 사내라면.

90 줄리엣 아가씨를 위해, 아가씨를 위해서라도, 일어나 서보세요.

왜 그리도 깊은 한숨을 내쉬고 있나요?

로미오 유모!

유모 아, 그래요, 네! 죽음은 만사 끝이지요.

로미오 줄리엣에 대해 이야기했소? 아가씨는 어떠시오?

95 날 살인에 능란한 자로 여기지는 않소?

내가 이제 어린아이 같은 우리의 즐거운 시절을

그녀의 것이나 다름없는 피로 더럽혔으니?

어디 계시오? 어떻게 하고 있소? 무어라 말하던가요?

내 숨겨둔 여인이 무효가 되어버린 우리 사랑에 대해 말이오.

100 **유모** 오, 아무 말도 안 하세요, 그저 울고 또 울고 계시지요.

그리고 침대에 쓰러져 누워 있다가 갑자기 일어나서는,

티볼트 도련님을 부르고, 그러고는 로미오 님을 부르며 울지요.

그리고 나서는 다시 쓰러져 버리세요.

로미오 마치 그 이름이,

105 치명적으로 겨냥한 총에서 발사되어,

그녀를 죽여버린 것 같군. 마치 그 이름의 저주받은 손이

그녀의 친족을 살해해버렸듯이. 오, 말씀해주십시오, 신부님,

말씀해주세요.

이 몸의 어떤 사악한 부분 속에

제 이름이 살고 있는 겁니까? 말씀해주세요, 제가

110 그 끔찍한 집을 박살 내버릴 수 있도록요. <small>자기 검을 꺼낸다</small>

로렌스 신부 그 무모한 짓을 그만두게나.

자네가 사내인가? 자네 모습은 그렇다고 하네만.

자네의 눈물은 여인네의 것이고, 자네의 그 난폭한 행동들은

비이성적인 짐승의 분노만 보여주는구나.

115 겉으로는 사내처럼 보이지만 보이지 않는 데는 여자이니,

양쪽 모두로 보이니 흉악해 보이는 짐승이로구나.

자넨 날 놀라게 만드는구먼. 내 성직에 걸고

자네의 성품이 좀 더 나으리라 생각했건만.

자네가 티볼트를 죽였다고? 자네가 자결하겠다고?

120 그래서 자네의 생명 가운데 살아가는 자네 부인도 죽이겠다
는 건가,

그 저주받은 증오를 자네한테 행사해가지고서 말이야?

왜 자네의 태생과 하늘과 땅*을 욕하는 건가?

태생과 하늘과 땅, 이 세 가지가 모두 자네 속에

함께 모여 있는데, 자네가 당장 잃겠다니.

125 안 되지, 안 돼. 자네의 그 용모, 자네의 사랑, 자네의 이성을
수치스럽게 하는구먼.

마치 수전노처럼 모든 게 풍요로우나,

자네의 용모와 사랑과 이성을 멋지게 꾸미는

진정한 용도로는 실로 아무 데도 쓰지 않다니.

자네의 그 고귀한 용모는 밀랍으로 만든 형태에 불과하네.

130 사내의 용기와는 거리가 멀지.

자네의 소중한 사랑도 맹세했지만 공허한 위증에 불과하여,

자네가 소중히 하겠노라 맹세했던 그 사랑을 죽여버리지.

용모와 사랑에 장식품이 되는 자네의 이성도,

양쪽 모두의 처신에서 잘못 뒤틀려,

135 마치 기술 없는 병사의 화약통 속 화약처럼

자기 자신의 무지로 인해 불이 붙어,

자신을 방어하려다가 자신을 절단해버리게 되지.

자, 이 사람아, 정신 차리게! 자네의 줄리엣이 살아 있잖나.

그 아가씨 때문에 방금까지도 자네가 죽을 것 같았잖나.

140 그러니 자네는 행복하네. 티볼트가 자네를 죽일 수도 있었네
만,

자네가 티볼트를 죽였지. 그것도 자네가 행복한 거야.

사형 언도로 위협하던 법도 자네 친구가 되어

그걸 추방으로 바꾸어주었잖나. 그러니 그 점에서도 자네는

*하늘과 땅은 영혼과 육체를 뜻한다.

행복한 거네.

　한 보따리의 축복이 자네 등에서 빛나고 있고,

145　행복의 여신이 최대로 차려입고 자네한테 구애하고 있건만,

　자넨 마치 버릇없고 뾰로통한 계집애처럼,

　자네의 운명과 사랑을 놓고 입을 삐죽거리고 있구먼.

　조심하게나, 조심하라고. 그러다가 불쌍하게 죽을 테니.

　가게, 약속대로 자네의 연인에게로 가게나,

150　그녀의 방으로 올라가서, 그녀를 위로해주게나.

　하지만 보초가 세워질 때까지 머물지 않도록 조심하게.

　그러면 만투아로 넘어갈 수가 없을 테니.

　자네는 만투아에서 지내고 있게. 우리가 자네의 결혼을 선포

하고,

　자네 친구들과 화해하고 영주님께 사면을 간청드리고,

155　그래서 자네가 비탄에 빠진 채 떠나갔던 것보다

　이백만 배나 더한 기쁨으로 자네를 불러들일 수 있는

　시기를 찾을 때까지.

　자, 유모, 먼저 가시게. 아가씨께 내 안부를 전해주고,

　서둘러서 온 집안사람들이 잠자리에 들게 하시게.

160　깊은 슬픔으로 인해 그들은 빨리 잠들 테니.

　로미오가 갈 걸세.

유모　오, 훌륭하신 조언을 들으면서 밤새도록

　이곳에 머물 수도 있겠네요. 오, 얼마나 유식하신지!

　―그럼, 아가씨께 부군이 오신다고 말씀드릴게요.

로미오 그렇게 해주시게. 그리고 내 연인에게 날 책망할 준비도 하고 계시라 하고.

유모 자, 여기, 아가씨께서 전해주라고 하신 반지예요. 그럼, 서두세요. 너무 늦어져 버렸으니까요.   [퇴장]

로미오 이것 덕분에 내 위안이 참으로 되살아나는구나!

로렌스 신부 자, 가보게나. 잘 가게. 자네 운명은 이제 전부 여기에 달려 있네.

보초가 세워지기 전에 가든지,

아니면 새벽이 밝을 때 이곳에서 변장을 하고 가든지.

만투아에서 체류하고 있게. 내가 자네 하인을 찾을 테니,

그러면 그 사람이 때때로 여기서 일어나는

온갖 좋은 소식들을 자네에게 전부 알려주게 될 걸세.

자, 악수나 하세. 늦었네. 그럼, 잘 가게나.

로미오 기쁨을 능가하는 기쁨이 나를 부르는 게 아니라면, 그건 슬픈 일이지요. 신부님과 이렇게 서둘러 작별해야 하다니. 안녕히 계세요.   **모두 퇴장**

3막 4장*

연로한 캐퓰렛, 그의 아내, 그리고 파리스 등장

캐퓰렛 자, 상황이, 너무도 불행한 일이 벌어져,

우리 딸의 마음을 움직일 시간도 없었답니다.

아시다시피, 딸아이가 사촌인 티볼트를 끔찍이 아껴서,

저도 그랬습니다만. 뭐, 우린 태어나서 죽게 마련이지만요.

5 자, 너무 늦었군요. 오늘 밤에는 딸아이가 내려올 것 같지 않

아요.

장담합니다만, 백작과 함께 있지 않았다면,

한 시간 전에 침소에 들었을 겁니다.

파리스 이런 비통한 시기는 구애를 위한 시간을 주지 않는 법이

---

*장소: 캐퓰렛의 집.

지요.

　그럼, 부인, 안녕히 주무시길. 따님께 제 안부를 전해주십시오.

10 **캐퓰렛 부인**　그럴게요. 그리고 딸아이 생각을 내일 일찍 알아볼게요.

　오늘 밤은 그 아이가 슬픔 속에 갇혀 있으니까요.

캐퓰렛　파리스 백작, 내 여식의 애정에 대해서는 내가 대담한 제안을 하겠소.

　내 생각으로는 그 아이가 모든 면에서 내 말을 들을 테니,

　아니, 그 이상이지요. 난 그걸 의심하지 않소이다.

15 　부인, 침소에 들기 전에 그 아이에게 가서,

　내 사위가 될 파리스 백작의 사랑에 대해 알려놓으시구려,

　그리고 알려주시오. 잘 들으시오, 다음 수요일에.

　─그런데, 잠깐, 오늘이 무슨 요일이지요?

파리스　월요일입니다.

20 **캐퓰렛**　월요일인가요? 하, 하! 그럼, 수요일은 너무 급박하겠는걸.

　오, 목요일로 합시다. 그 아이한테 이야기하시구려. 목요일에,

　이 고귀한 백작과 결혼하게 될 거라고.

　준비되시겠소? 이렇게 서두는 게 마음에 드시는지?

　그다지 소란은 피우지 않을 겁니다. 친구나 한두 명 부르지요.

25 　아시다시피, 티볼트가 최근 살해되었으니,

　우리가 과도하게 잔치를 벌인다면

　우리 친족인데, 그를 신경 쓰지 않는다고 여길지도 모르니까요.

그러니 한 대여섯 명 친구들을 부르고

끝낼 겁니다. 그런데 목요일은 어떠신지?

30 **파리스** 저야, 목요일이 내일이라면 좋겠습니다.

캐퓰렛 그럼, 가보시지요. 목요일로 하는 겁니다, 그러면.

―침소에 들기 전에 줄리엣에게 가보시구려. 캐퓰렛 부인에게

부인, 결혼식 날에 대비하여 준비시키시오.

―자, 안녕히 가십시오. 이봐라, 내 방에 불을 켜라!

35 이런! 벌써 너무 늦었군.

조금 있으면 이른 아침이라고 하겠구먼.

그럼, 안녕히. **모두 퇴장**

로미오와 줄리엣이 위쪽에서 등장

줄리엣 가실 건가요? 아직 날이 밝지도 않았는데요.

　당신 귀의 두려운 구멍을 뚫고 들어온 건

　나이팅게일이었어요. 종달새가 아니라.

　밤마다 저쪽 석류나무 위에서 노래 부른답니다.

5　정말이에요, 내 사랑, 나이팅게일이었어요.

로미오 그건 종달새였소, 아침의 전령이지요.

　나이팅게일이 아니었다오. 자, 봐요. 내 사랑, 질투에 찬 빛줄기들이

　저쪽 동쪽에서 구름을 가르며 줄무늬를 만들고 있잖소.

　밤의 촛불들*이 다 타버렸고, 쾌활한 낮이

*별들을 뜻한다.

10   안개 낀 산꼭대기 위에 발끝으로 서 있구려.

난 가서 살든지 아니면 머물다가 죽어야만 한다오.

줄리엣 저기 빛은 아침이 밝는 빛이 아니에요, 전 알아요.

태양이 내뿜는 어느 유성이랍니다.

오늘 밤 당신에게는 횃불잡이가 되어,

15   당신이 만투아로 가는 길에 빛을 밝혀줄 거예요.

그러니 아직은 머무세요. 가실 필요가 없으니.

로미오 체포당하고, 사형에 처하게 내버려두지요.

난 만족하니까. 당신이 그렇게 원한다면야.

난 저기 회색빛이 아침의 눈이 아니라고 말하리다.

20   그건 신시아의 눈썹*이 창백하게 반사된 것일 뿐이지.

또 그 노랫소리가 우리 머리 위로 너무도 높이 천공을

울려대는 그 새도 종달새가 아니라오.

난 가려는 의지보다 머물고 싶은 마음이 더해요.

오너라, 죽음이여, 환영할 테니! 줄리엣이 그러길 바란단다.

25   어떻소, 내 영혼이여? 이야기나 나눕시다. 아침이 아니니.

줄리엣 아침이 맞아요, 맞아. 그러니 서두세요, 가세요, 어서요!

저건 종달새예요. 거친 불협화음에 불쾌한 높은 음으로

끽끽대며 저토록 곡조에 안 맞게 노래 부르는 건.

어떤 이들 말로는 종달새가 감미롭고 화려한 변주곡을 만들

어낸다던데

---

*신시아는 달의 여신을 지칭하는 또 다른 이름으로, 그녀의 눈썹은 달의 표면을 뜻한다.

166

30 이건 그렇지 않네요. 우리를 떼어놓고 있으니.

어떤 이들 말로는 종달새와 보기 흉한 두꺼비가 서로 눈을 바꾸었다던데,

오, 이제 그들이 목소리도 바꾸었으면 좋겠네요.

서로의 팔에서 떼어내며 저 목소리가 우리를 두렵게 만들고,

아침에 사냥꾼을 깨우는 소리처럼 당신을 재촉해대니까요.

35 오, 이제 가세요. 빛이 더 많아지고 점점 더 밝아져 와요.

로미오 빛이 점점 더 밝아오면 올수록, 우리의 비통함은 점점 더 캄캄해지는구나!

유모 등장

유모 아가씨!

줄리엣 유모?

유모 어머니께서 아가씨 방으로 오실 거예요.

40 날이 밝았어요. 조심하세요, 잘 살피세요.   [퇴장]

줄리엣 그렇다면 창문이여, 낮이 들어오게 하고, 생명은 나가게 하렴.

로미오 안녕, 안녕히! 입맞춤 한 번 하고, 내려가리다.

줄리엣 그렇게 가시는 건가요? 내 사랑, 내 낭군, 아, 내 남편, 내 친구여!

매일 매시간마다 당신에게서 오는 소식을 들어야만 해요.

45 왜냐하면 일 분도 여러 날일 테니까요.

오, 이렇게 헤아리다간 정말 나이 들어 있겠네요,

다시 내 로미오 님을 바라보게 되기 전에!

로미오 안녕히!

내 사랑, 그대에게 내 소식을 전해줄 수 있는

50 어떤 기회도 놓치지 않을 거요.

줄리엣 오, 우리가 다시 만나게 되리라 생각하시나요?

로미오 난 의심하지 않소. 그리고 이 모든 비통함도

앞으로 올 우리 시간 속의 달콤한 이야깃거리가 될 거라오.

줄리엣 오, 하느님, 뭔가 불길한 일이 생길 것 같아!

55 당신을 보고 있는데, 이제 너무 아래에 계시니,

무덤 바닥에 죽어 있는 사람같이 여겨지네요.

내 시력이 문제이거나, 아니면 당신이 창백해 보이는군요.

로미오 내 사랑, 정말 내 눈에도 당신이 그렇게 보이는구려.

말라버린 슬픔이 우리의 피를 마시는구려.* 안녕, 안녕히!

퇴장

60 **줄리엣** 오, 운명의 여신이여, 운명의 여신이여, 모두들 그대가

변덕스럽다고 하지.

그대가 변덕스럽다 한들, 그이와 무슨 상관이 있겠어

믿음으로 명성 높은 분이신데? 운명이여, 변덕 부리렴.

그렇다면, 바라건대, 그대가 그이를 오래 붙들어두지 않고,

돌려보내 줄 테니.

캐퓰렛 부인 등장   아래에서

65 **캐퓰렛 부인** 애, 딸아! 일어났니?

*슬픔이 사람의 피를 말리고 창백하게 보이게 만든다고 믿었다.

168

줄리엣 누가 부르는 걸까? 우리 어머니신가?

이렇게 늦게까지 안 주무셨나, 아님, 이렇게 일찍 일어나신 건가?

어떤 예기치 않은 일로 이리 오셨을까?

줄리엣이 위쪽에서 퇴장해서 아래로 등장할 수 있다

캐퓰렛 부인 자, 이제 좀 어떠냐, 줄리엣!

70 **줄리엣** 어머니, 몸이 좋지 않아요.

캐퓰렛 부인 사촌의 죽음 때문에 계속 울고 있는 거니?

아니, 무덤에서부터 눈물로 그 아이를 씻어줄 셈이더냐?

그럴 수 있다 해도, 그 아이를 살아나게 만들 수는 없단다.

그러니, 이제 그만하거라. 어느 정도의 슬픔은 많은 사랑을 보여주지만,

75 너무 지나친 슬픔은 지혜가 부족한 것만 보여주는 법이야.

줄리엣 하지만 그런 사무치는 상실감 때문에 울게 그냥 내버려 두세요.

캐퓰렛 부인 그래, 넌 그 상실을 느끼겠지만, 네가 눈물 흘려주는 그 친구는 못 느낄 테지.

줄리엣 너무도 상실감이 커서,

80 그 친구 때문에 울지 않을 수가 없어요.

캐퓰렛 부인 그래, 애야, 그 아이의 죽음 때문이기보다는,

그 아이를 죽인 그 악당 놈이 살아 있어서 그렇게 우는 거야.

줄리엣 어머니, 어떤 악당 말씀이신지요?

캐퓰렛 부인 그 로미오라는 불한당 말이다.

줄리엣 불한당과 그 사람은 수 마일이나 동떨어져 있지요. 〔방백?〕
하느님, 그를 용서하시길! 저는 그래요. 제 온 마음을 다해서요.
하지만 그 어떤 남자도 그 사람처럼 제 마음을 슬프게는 못해
요.

캐퓰렛 부인 그래, 그 반역자 같은 놈이 살아 있으니까.

줄리엣 아, 어머니, 제 이 두 손이 미치는 범위 밖에 있어서요.
저 말고는 아무도 제 사촌의 죽음에 복수하지 않기를!

캐퓰렛 부인 그 일에 대해 복수하게 될 테니, 염려 마라.
그러니 그만 울어라. 내가 그 추방당한 도망자 놈이 사는
만투아에 있는 사람을 시켜서,
그놈에게 유례없는 양의 독약을 줄 테다.
그래서 곧 티볼트와 함께 있게 되도록 말이다.
그러면, 바라건대, 넌 만족하게 될 거야.

줄리엣 정말이지, 전 절대 만족 못할 거예요.
로미오에 대해서는요. 그 사람이—죽은 걸—보게 될 때까지는.
제 불쌍한 마음은 사촌 때문에 괴로워요.
어머니, 독약을 품고 갈 사람만 찾아주신다면,
제가 그걸 조제할게요.
로미오가 그걸 받으면 곧장 조용히 잠들어버리게요.
오, 제 가슴이 얼마나 치를 떠는지
그자의 이름을 듣고도 그에게 갈 수 없으니.
제 사촌에 대해 지닌 제 애정을
그를 죽인 그자의 몸에다 풀 수만 있다면!

170

캐퓰렛 부인 그 방법은 네가 찾아보렴. 난 그런 일을 할 사람을 찾을 테니.

하지만 지금은 얘야, 네게 즐거운 소식을 전해줘야겠구나.

줄리엣 이토록 필요한 시기에 기쁨이 오다니요.

110   무슨 소식인지요, 어머니, 말씀해주실래요?

캐퓰렛 부인 그래, 그래. 넌 정말 배려 깊은 아버지를 두었구나, 얘야.

너를 그 슬픔에서 헤어나게 하시려고,

갑작스럽게 기쁜 날을 잡으셨단다.

너는 기대하지도 못하고, 나도 찾지도 못할 그런 날을 말이야.

115 **줄리엣** 어머니, 기쁜 날이라니, 그날이 언제인지요?

캐퓰렛 부인 결혼이란다. 얘야. 다음 목요일 아침 일찍,

그 용맹하고 젊고 고귀한 신사인

파리스 백작이, 성 베드로 성당에서

기쁘게도 널 행복한 신부로 만들어줄 거야.

120 **줄리엣** 지금, 성 베드로 성당과 베드로에게 걸고 맹세하지만,

그분은 그곳에서 절 행복한 신부로 만들어주지 못하실 거예요.

이렇게 서두시는 게 정말 의아한데, 남편이 될 분이

구애하러 오기도 전에 제가 결혼을 해야만 하다니요.

부탁드리는데, 아버지께 말씀드려주세요, 어머니,

125   아직은 전 결혼하지 않을 거라고요. 그리고 제가 할 때에는, 맹세컨대,

로미오라야 할 거예요. 아시다시피 제가 혐오하는 그 사람이요.

파리스 백작님보다는요. 이건 정말 큰 소식이로군요!

캐퓰렛 부인 저기 네 아버지가 오시는구나. 직접 말씀드리려무나.

그리고 아버지가 그 일을 어떻게 받아들이시는지 직접 보렴.

캐퓰렛과 유모 등장

130 **캐퓰렛** 해가 질 때에는, 이슬이 내리기 마련이지만,

내 형님 아들이 저물어버렸을 때엔

바로 비가 내리더구먼.

자, 어떠냐? 애야, 분수인 게야? 뭐야, 여전히 눈물짓고 있느냐?

계속 소나기가 내리는 게야? 그 조그만 몸에서

135 범선이며 바다며, 바람을 흉내 내고 있다니.

여전히 네 눈은, 내가 바다라고 부를 수도 있겠다만,

눈물로 밀려왔다 흘러내리고 있구나. 범선인 네 몸은

이 소금기 어린 홍수 가운데 항해하고 있구나. 네 한숨인 바람은,

네 눈물과 함께 격분하고 또 그 눈물과 더불어 이번에는 한숨이 격분하여,

140 빨리 고요해지지 않고서는, 폭풍이 넘어뜨린 네 몸을

뒤집어버리겠구나. 자, 부인?

내 명을 저 아이에게 전달했소?

캐퓰렛 부인 네, 그런데, 안 하겠다는군요. 당신에게 고맙기는 하답니다.

저 바보 같은 것이 자기 무덤하고나 결혼해버렸으면 싶네요.

145 **캐퓰렛** 조용히, 부인, 무슨 소리인지, 무슨 소리인지 알아듣게
말해보구려.

뭐, 안 하겠다고? 우리에게 고마워하지도 않는다고?

자랑스러워도 않는다고? 저같이 가치도 없는 것한테,

그토록 훌륭한 신사를 신랑감으로 갖다 붙여주었건만,

복이라 생각하지도 않는다고?

150 **줄리엣** 아버님이 해주신 일이 자랑스럽지는 않으나, 고맙기는
합니다.

제가 싫어하는 것에 대해 결코 자랑스러워할 수는 없지만,

싫어하는 것에 대해서도 감사는 하지요, 사랑해서 그러신 거
니까요.

캐퓰렛 무어라? 무어라고? 궤변이나 늘어놓다니? 이게 다 무
슨 소리야?

'자랑스러워' 그리고 '고맙습니다' 그리고 '고맙지 않습니다'
라니,

155 하지만 '자랑스럽지는 않다'니, 이 쬐그만 게 건방지게?

내게 고맙다는 말로 고마워 말고, 자랑스럽지 않다는 말로 날
자랑스럽지 않게 말고

다음 목요일에 대비하여 네 그 몸뚱이나 잘 단장해서

파리스와 함께 성 베드로 성당으로 가거라.

아니면 처형할 때 쓰는 들것에라도 실어 그곳으로 끌고 갈 테니.

160 나가, 파리하게 병든 썩은 몸뚱이 같은 것, 꺼지라고, 이 짐짝

같은 것.

　창백한 낯짝이나 해가지고!

캐퓰렛 부인　그만하세요, 그만! 아니, 당신 정신 나갔어요?

줄리엣　아버지, 제가 무릎 꿇고 애원드릴게요.　　　무릎 꿇는다

　인내심을 가져주시면 한 말씀만 올릴게요.

165 **캐퓰렛**　목이나 매달아버려, 이 막돼먹은 것, 제멋대로 구는 못

된 년!

　내가 말해주지. 목요일에 성당으로 가거라,

　아니면, 이후로는 절대 내 얼굴을 보지 못할 거다.

　말도 말고, 대답도 말고, 내 말에 토도 달지 마라.

　손가락이 다 근질거리는군. 부인, 하느님께서 우리에게 이 딸

년만을 주셨으니

170　복 받았다는 생각도 거의 못했구먼.

　하지만 이제 이런 년만으로도 너무 많다는 걸 알겠어.

　이런 딸년을 갖도록 저주를 받다니.

　나가버려, 아무짝에도 쓸모없는 년 같으니!

유모　하늘에 계신 하느님, 아가씨를 축복해주소서!

175　주인님, 아가씨를 그렇게 책하시다니요.

캐퓰렛　아니, 뭐야, 지혜로운 부인이라도 나신 건가? 입　　유모에게

다물게나,

　이 잘난 여편네야, 가서 여편네들하고나 재잘거리시지.

유모　전 거역하는 말은 하나도 안 했습니다요.

캐퓰렛　오, 잘 가시게나.

유모 말도 못 한답니까?

캐퓰렛 조용히 해, 바보같이 주절대기는!

자네 그 잘난 소리는 수다나 떨며 마시는 술잔에다 대고 지껄이게나.

여기선 그딴 것 필요치 않으니.

캐퓰렛 부인 너무 열을 내시네요.

캐퓰렛 성체에 맹세코, 정말 미치게 만드는군!

낮이나, 밤이나, 시간마다, 때마다, 시기마다, 일할 때도, 놀 때도

혼자서나, 누구하고 있을 때나, 언제나 내 걱정은

딸년 짝을 맞추어주는 것이었건만, 이제 고귀한 태생에다

상당한 토지도 지니고, 젊은 데다, 고귀하기까지 하고,

사람들 말로는 명예로운 재능들로 가득하고,

사람의 생각으로 사내에게 바랄 수 있는 것을 균형 있게 갖춘

그런 신사를 주게 되었더니,

이 불쌍한, 질질 짜는 바보 같은 것은

변덕스러운 약골처럼, 제 운명이 제안해준 것을 놓고,

'결혼하지 않을 거예요. 사랑할 수 없어요.

전 너무 어려요, 부디 용서해주세요'라고 대답하고 있으니.

하지만 네년이 결혼하지 않는다 하더라도, 용서해주겠다.

나와는 한집에서 살 수 없을 테니. 원하는 대로 가서 풀이나 뜯어 먹고 살아라.

잘 생각해보고, 또 생각해보아라. 농담할 생각 없으니까.

　목요일은 금방이니, 가슴에 손을 얹고 고민해보아라.

　네가 내 딸년이라면, 내 친구에게 널 줄 것이고,

　네가 그렇지 않다면, 목을 매달건, 구걸하건, 굶주리건, 길거리에서 죽건,

　내 영혼에 맹세코, 절대 너를 인정하지 않을 테니까.

　또한 내 소유인 것은 절대 너에게 도움 되지 않을 거다.

　믿어도 좋다. 잘 생각해보아라. 괜히 하는 소리가 아닐 테니.

퇴장

줄리엣　저 구름 속에도 아무런 연민이 없나요?

　내 슬픔의 밑바닥을 들여다봐 주시는 것은?

　오, 사랑하는 어머니, 절 버리지 마세요!

　이 결혼을 한 달만 연기해주세요, 아니 일주일만이라도요.

　혹시 그럴 수 없다면, 결혼 침상을

　티볼트가 누워 있는 저 컴컴한 무덤에다 만들어주세요.

캐퓰렛 부인　내게 말하지 마라. 난 한마디도 하지 않을 테니.

　네가 하고 싶은 대로 하려무나. 난 너랑은 이야기 끝났으니.

퇴장

줄리엣　오, 하느님! 오, 유모, 이 일을 어떻게 막을 수 있지?

　내 남편이 이 세상에 있고, 내 결혼 서약은 하늘에 있는데.

　그 서약이 어떻게 다시 세상으로 돌아올 수 있겠어,

　그 남편이 세상을 떠남으로써 하늘에서 내게 보내지 않는다면?

　날 좀 위로해줘, 조언을 좀 해줘 봐.

아, 어쩌나, 이를 어째, 하늘이 나같이 무른 사람에게

220 계략을 행하다니!

뭐라고 말 좀 해봐. 무슨 기쁜 말은 아무것도 없어?

위안이 될 말 좀 해봐, 유모.

유모 결혼 서약은, 여기 있지요.

로미오 님은 추방되었고, 사태가 완전히 힘들어졌으니,

225 그분은 아가씨를 요구하러 감히 절대 돌아오지 못할 것이고,

설사 그런다 해도 반드시 몰래 그래야만 하겠지요.

그렇다면, 현재 상황이 그러하니,

내 생각으로는 백작님하고 결혼하는 게 최선일 거 같은데.

오, 그분은 멋진 신사분이시라우!

230 로미오 님은 그분에 대면 행주밖에 안 되지요. 아가씨, 독수
리도

그렇게 푸르고, 그렇게 살아 있고, 그렇게 아름다운 눈을 갖
지 못했어요.

파리스 백작님이 가진 그런 눈을요. 제길, 진심으로 말하는데,

내 생각으로 이 두 번째 결혼에서는 아가씨가 행복할 거예요.

아가씨의 첫 번째보다 더 나으니까요. 안 그렇다 하더라도,

235 아가씨의 첫 남편은 죽었으니, 아니면 그런 거나 마찬가지니까

여기서 살아 있지만 아가씨한테는 그분이 아무 소용없잖우.

줄리엣 정말 진심으로 하는 말이야?

유모 제 영혼에서부터 드리는 말씀이라오.

아니면 둘 다 저주받으라지요.

²⁴⁰ **줄리엣** 아멘!

유모 뭐라고요?

줄리엣 그래, 유모가 정말 멋지게 많이 위로해주었어.

들어가서, 어머니께 내가 갔다고 말씀드려.

아버지를 불쾌하게 해드려서, 로렌스 신부님께 가서

²⁴⁵ 고해성사를 하고 죄 사함을 받으러 갔다고.

유모 그럼요, 그럴게요. 현명하게 잘하시는 거예요.　　[퇴장]

줄리엣 저주받을 늙은이 같으니! 오, 가장 사악한 악마 같으니!

이렇게 내가 위증하게끔 바라는 게 더 큰 죄일까.

아니면 수천만 번도 더 그이를 비교할 바가 없다고

²⁵⁰ 칭찬을 한 바로 그 똑같은 혀로

내 남편을 깎아내리는 게 더 죄일까. 가버려라, 상담자여,

유모하고 내 가슴속에 묻은 말은 이제부터는 결별이니.

난 신부님께 가서, 그분의 처방을 알아봐야겠다.

다른 모든 게 실패한다 해도, 난 죽을 힘은 가지고 있잖아. **퇴장**

로렌스 신부와 파리스 백작 등장

로렌스 신부 목요일이라고요? 시간이 매우 촉박하군요.

파리스 장인이 되실 캐퓰렛 어르신께서 그렇게 원하십니다.

　그리고 전 그분이 서두시는 걸 늦추면서 꾸물댈 마음도 없고요.

로렌스 신부 부인 되실 분의 마음을 알지 못한다고 하시지 않았

던가요?

5　절차가 제대로 된 것 같지 않아, 마음에 안 드는군요.

파리스 티볼트의 죽음에 대해 과도하게 눈물 흘리고 있어서,

　사랑에 대해서는 거의 말도 못 꺼냈지요.

　비너스 여신도 눈물의 집에서는 미소 짓지 않으니까요.

*장소: 로렌스 신부의 처소.

이제, 신부님, 그 부친께서 그녀가 너무 슬픔에 빠져 있는 게

10 위험스럽다고 여기셔서

그분의 지혜로 판단하여 저희 결혼을 서두시는 겁니다.

그녀의 눈물이 홍수를 이루는 걸 막으시려고 말입니다.

혼자 있으면 너무 마음을 많이 쓰는지라

사람들하고 있으면 그걸 막을 수도 있을까 해서지요.

15 이제 신부님께서도 이렇게 서두는 이유를 알게 되셨습니다.

로렌스 신부 왜 그 일이 늦추어져야만 하는지 모른다면 좋으련만.   _{방백}

—자, 보시지요. 여기 그 아가씨가 제 처소 쪽으로 오고 있군요.

줄리엣 등장

파리스 잘 만났습니다. 나의 연인이자 나의 아내여!

줄리엣 그럴 수도 있겠지요. 제가 아내가 될 수 있을 때는요.

20 **파리스** 그 "그럴 수도"가, 이번 목요일이면 반드시 일어나게 되지요.

줄리엣 반드시 그래야만 하는 일이라면 그렇게 되겠지요.

로렌스 신부 그건 분명한 명구로구먼.

파리스 신부님께 고해성사를 하러 오셨습니까?

줄리엣 그에 대답하자면, 당신에게 고백해야만 합니다.

25 **파리스** 그분께 절 사랑한다는 걸 부인하지는 마십시오.

줄리엣 제가 그분을 사랑한다고 당신에게 고백할게요.

파리스 그러실 겁니다, 확신하건대, 당신이 절 사랑한다고.

줄리엣 제가 그렇게 한다면, 당신 면전에서보다는

　　당신 등 뒤에서 이야기하는 게, 더욱 가치 있을 거예요.

30 **파리스** 불쌍한 사람, 눈물로 인해 얼굴이 많이 상했군요.

　줄리엣 그걸로 눈물이 약간은 승리했지요.

　　그것이 원한을 갖기 전에도 그 얼굴은 충분히 나빴으니까요.

　파리스 그렇게 말씀하시는 건, 눈물보다도 더, 그 얼굴에 부당

　하게 하시는 겁니다.

　줄리엣 그건 비방이 전혀 아니에요, 사실이 그러니까요.

35　그리고 제가 말한 것은, 제 면전에 대고 한 말이에요.

　파리스 당신의 얼굴은 제 것인데, 당신이 그것을 비방했어요.

　줄리엣 그럴 수도 있겠네요. 그게 제 것이 아니니까.

　　ー신부님, 지금 한가하신지요,

　　아니면 저녁 미사 때 올까요?

40 **로렌스 신부** 시름에 잠긴 딸아, 지금은 한가하단다.

　　ー자, 우리 두 사람만 있도록 해주셔야겠군요.

　파리스 제가 기도를 방해하지 말아야겠지요!

　　줄리엣, 목요일 일찍이 깨우러 가겠소.

　　그때까지, 안녕히, 이 거룩한 키스를 간직하시길.

　　　　　　　　　줄리엣의 이마나 손이나 볼에 키스한다 **파리스 퇴장**

45 **줄리엣** 오, 문을 닫으세요. 그리고 나시거든,

　　저와 함께 눈물 흘려 주세요, 희망도, 방도도, 도움도 없으니!

　로렌스 신부 오, 줄리엣, 이미 네 슬픔을 안단다.

　　그것이 내 지혜의 범위를 넘어서 날 괴롭히는구나.

네가 다음 목요일에는 이 백작과 결혼해야만 하고,

50 어떻게도 연기할 방도가 없다고 들었다.

줄리엣 신부님, 이 일에 관해 들었다고 말씀하지 마세요.

제가 어찌 막을 수 있을지 알려주실 수 없으시다면요.

만일, 신부님의 지혜로도, 아무런 도움을 주실 수 없다면

그냥 제 결심이 현명하다고만 말씀해주세요,

55 그러면 당장 이 칼로 어떻게 해볼 테니까요.　　　단검을 보여준다

하느님께서는 저와 로미오 님의 마음을,

신부님은 저희의 손을 하나 되게 해주셨어요.

신부님에 의해 로미오 님에게 봉인된 이 손이

다른 행위에 날인되기 전에,

60 아니면 제 진실된 마음이 기만하며 반역을 하여

다른 사람에게로 돌아서기 전에, 이걸로 둘 다 죽여버릴래요.

그러니, 신부님의 오랜 경험에서 나오는

조언을 지금 좀 해주세요. 아니면, 보세요,

제 극단적인 곤경과 저 사이에 있는 이 칼이

65 중재자가 되어, 신부님의 연륜과 기술을 가지고도

진정 명예로운 문제로 가져올 수 없는 걸 중재하게 하겠어요.

너무 오래 끌며 말씀하지 마세요. 전 죽고 싶으니까요,

신부님께서 하시는 말씀이 방책에 대한 게 아니라면요.

로렌스 신부 잠깐, 딸아. 일말의 희망이 보인다만,

70 그건 우리가 막고자 하는 것이 절박한 만큼이나

절박하게 실행해야 하는 일이야.

네가 파리스 백작과 결혼하느니,

자결할 정도로 의지가 강하다면,

그렇다면 이런 수치를 내쫓기 위해서라면 죽음 같은 일도

75 네가 행할 수 있겠구나.

거기서 벗어나고자 죽음 그 자체를 포용해야 하는 일이니.

네가 감히 하겠다면, 방책을 주마.

줄리엣 오, 파리스 백작과 결혼하느니, 차라리 저더러

그 어떤 탑에서건 뛰어내리라고 시키세요.

80 아니면 도둑이 들끓는 길을 걸으라고 하시거나,

아니면 뱀들이 있는 곳에 숨으라고 하시거나, 으르렁대는 곰

들과 함께 묶어두세요,

아니면 죽은 사람들의 덜거덕거리는 뼈들과

냄새나는 정강이뼈들과 아래턱이 떨어져 나간 누런 해골들로

가득 찬 납골당에다 밤에 절 숨겨두시든지요.

85 아니면 새로 만든 무덤에 들어가게 해서

그 무덤 속에서 죽은 사람과 함께 숨겨주세요.

말로만 들어도 절 벌벌 떨게 만드는 일들을

전 두려움이나 의심 없이 할게요.

내 사랑하는 연인에게 깨끗한 아내로 살기 위해서라면요.

90 **로렌스 신부** 잠깐, 그렇다면. 집으로 가거라, 가서 즐겁게 지내고,

파리스와 결혼하겠다고 동의해라. 내일이 수요일이니,

내일 밤에는 혼자서 침소에 들도록 해라,

유모가 네 방에서 너와 함께 자지 않도록 하고.

95   이 물약 병을 가지고 가서, 침대에 들었을 때,   약병을 보여준다

      증류된 액체를 전부 마셔라,

      그러면 곧 네 정맥을 통해서 차갑고 졸리는 기운이 흐를 것이
      다. 어떤 맥박도

      평상시처럼 움직이지 않을 것이고, 멈춰버릴 것이다.

      온기도 없고, 호흡도 없어 네가 살아 있다는 걸 증명해주지
      못할 것이다.

100   네 입술과 볼의 장밋빛도 사라져버려

      창백하게 잿빛이 될 것이요, 네 눈의 창들*도 닫혀버릴 것이니,

      마치 죽음이 생명의 낮을 닫아버렸을 때처럼 말이다.

      각각의 신체 부위는 움직일 힘을 빼앗긴 채,

      딱딱하고 굳어지고 차가워져 마치 죽은 듯 보일 거다.

105   이렇게 죽은 것처럼 보이는 상태를 빌려

      마흔두 시간 동안 계속 그 상태로 있게 될 테고,

      그런 다음 즐거운 꿈에서 깨어나듯이 깨어날 거다.

      이제 아침에 신랑이 널 침대에서 깨우려고 오면,

      거기에 너는 죽은 상태로 있는 거지.

110   그러면 우리 나라의 관습대로,

      가장 좋은 옷을 입히고 관 위에 뚜껑을 덮지 않은 채,

      //네 친족들의 무덤에 있는 장지로 모실 거다.//

      캐퓰렛 가문의 친족들이 전부 누워 있는

*눈꺼풀을 뜻한다.

184

그 오래된 납골당으로 너는 모셔질 테지.

115 그러는 동안, 나는 네가 깨어날 시간에 대비하여,
로미오에게 편지를 써서 우리의 계획을 알릴 것이다.
그러면 로미오가 이리로 올 테고, 그와 함께 나는
네가 깨어나는 걸 지켜볼 것이고, 바로 그날 밤에
로미오가 널 만투아로 데려갈 것이야.

120 이것이 현재의 수치로부터 널 헤어나게 해줄 거다,
어떤 변덕스러운 장난이나 여인네들의 불안으로
그 일을 행하는 데 있어 네 용기가 꺾이지 않는다면 말이다.

줄리엣 주세요, 주세요! 오, 두려움에 대해서는 아무 말씀 마세
요! 약병을 집는다

로렌스 신부 잠깐, 가도록 하되, 이 결심에 있어
125 단단히 마음먹고 성공하기 바란다. 난 신부님 한 분을
만투아로 급히 보내서, 내 편지를 네 남편에게 전하마.

줄리엣 사랑아, 강인함을 내게 다오, 그러면 강인함이 도움을
줄 테니.
신부님, 안녕히! 모두 퇴장

4막 2장*

부친인 캐퓰렛과 어머니, 유모, 그리고 하인들 서너 명 등장

캐퓰렛 여기 씌어 있는 대로 손님들을 초대해라.　　　　[하인 퇴장]
　　—이봐, 가서 똑똑한 요리사 스무 명을 구해오너라.
하인 제대로 된 놈만 데려오겠습니다요, 나리. 제가 그자들이
　　자기 손가락을 핥을 수 있는지를 시험할 테니까요.
5 **캐퓰렛** 어떻게 그자들을 시험할 수 있다는 건가?
하인 네, 자기 손가락을 핥을 수 없는 요리사는 엉터리지요.** 그
　　러니 자기 손가락을 핥을 수 없는 자는 저와 함께 안 올 겁니다.
캐퓰렛 가거라, 어서.　　　　　　　　　　　　　　[하인 퇴장]

---

*장소: 캐퓰렛의 집.
**속담 표현으로 자신의 능력에 대한 신념이 없는 사람을 가리킨다.

이번에는 준비가 그다지 잘 안 되겠군.

10 뭐, 내 딸아이가 로렌스 신부에게 갔다고?

유모 네, 그렇답니다요.

캐퓰렛 뭐, 그분이 그 아이한테 좀 도움 될 만한 충고를 해줄 수 있겠군.

완고하고 고집 센 년 같으니라고.

줄리엣 등장

유모 보세요. 고해성사를 하러 갔다가 즐거운 표정으로 돌아오시네요.

15 **캐퓰렛** 자, 이제 어떠냐, 옹고집아? 어딜 돌아다니다 오는 거냐?

줄리엣 아버지와 아버지의 명에 순종하지 않고

반항한 죄를 회개하는 법을 배운 곳에요.

그리고 로렌스 신부님으로부터,　　　　　｜몸을 숙이거나 무릎 꿇는다｜

여기 이렇게 몸을 숙이고 아버지의 용서를 간청하라는

20 명을 받았어요. 부디 청하오니, 용서해주세요!

이제부터는 아버지께 언제나 순종할게요.

캐퓰렛 백작에게 사람을 보내라, 가서 이 일을 알려드려라.

내일 아침에 이 인연을 엮을 것이라고.

줄리엣 로렌스 신부님 처소에서 그 젊은 백작님을 뵈었어요.

25 그리고 정숙함의 도를 넘어서는 일 없이,

그분께 제가 보일 수 있는 적절한 애정을 드렸어요.

캐퓰렛 그래, 그 소릴 들으니 기쁘구나, 잘되었구나. 일어나라.

줄리엣 일어난다

이렇게 되어야지. 백작을 만나봐야겠다.

자, 어서 가서, 내 이르노니, 그분을 모셔오너라.

30 이제, 하느님께 맹세코, 이 신실하신 신부님께

우리 도시 전체가 그분 은혜를 상당히 입는구나.

줄리엣 유모, 내 방에 같이 가서,

유모 생각에 내일 내가 하기에 적합하다 싶은

필요한 장신구들 고르는 일 좀 도와주겠어?

35 **캐퓰렛 부인** 아니, 목요일까지는 괜찮아. 시간은 충분하단다.

캐퓰렛 가보게, 유모, 같이 가봐. 우리는 내일 성당에 갈 테니.

줄리엣과 유모 퇴장

캐퓰렛 부인 준비하는 데 부족하겠는데요.

지금 거의 밤인데.

캐퓰렛 원, 내가 이리저리 움직이고 다니겠소.

40 만사가 다 잘될 거요, 내가 장담하리다, 부인.

줄리엣에게 가보시오, 단장하는 걸 도와주시구려.

오늘 밤은 침소에 들지 않을 테니, 내게 맡겨두시오.

이번 한 번만은 내가 안주인 역할을 하리다. 자, 이봐라!

모두들 나가버렸군. 뭐, 내가 걸어서

45 파리스 백작한테 가서, 내일 일을 준비하게 해야겠군.

이 제멋대로인 딸년이 그렇게 마음을 고쳐먹어 주니,

내 마음이 놀랍도록 가볍구나.

아버지와 어머니 모두 퇴장

4막 3장*

장면 17

줄리엣과 유모 등장   커튼이 쳐진 침대가 무대 위에 놓여 있다

줄리엣 그래, 저 옷들이 제일 좋겠군. 하지만, 착한 유모,
오늘 밤은 나 혼자만 있게 해줘, 부탁할게.
기도를 많이 해야 할 필요가 있어서 그러니.
유모도 잘 알다시피, 가혹하고 죄로 가득한
5   내 처지에 대해 하늘을 감동시켜 미소 짓게 해야 하니까.
어머니 등장
캐퓰렛 부인 아니, 바쁜 거야? 내가 도와줄까?
줄리엣 아니에요, 어머니. 내일 결혼식에 필요한 것들은
모두 골라놓았어요.

*장소: 캐퓰렛의 집의 줄리엣 방.

그러니, 이제 혼자 있게 해주세요.

10 그리고 오늘 밤은 유모가 어머니와 함께 있게 해주세요,

분명 이렇게 갑자기 큰일을 치르시느라,

어머니께서 엄청 바쁘실 것 같으니까요.

캐퓰렛 부인 잘 자라.

잠자리에 들어 쉬려무나. 그럴 필요가 좀 있을 테니.

[캐퓰렛 부인과 유모] 모두 퇴장

15 **줄리엣** 안녕히! 언제 다시 만나게 될지는 하느님만 아실 테지.

내 혈관 속으로 희미하게 차가운 두려움이 전율을 일으키는

구나.

거의 생명의 열기를 다 얼려버리는 것 같아.

다시 두 분을 불러서 위로해달라고 해야겠네.

─유모! ─유모가 여기서 무얼 하겠어?

20 나의 끔찍한 장면은 나 혼자서 행해야만 할 텐데.

자, 약병아.

이 혼합물이 전혀 효과가 없으면 어떡하지?

그럼 내일 아침에 결혼해야 하는 건가?

아니, 안 돼, 이게 그걸 막아줄 거야. ─자, 거기 누워 있어라.

단검을 내려놓는다

25 만일 이게 독약이면 어떡하지? 신부님이 교묘하게

날 죽게 하려고 만든 것이라면 말이야.

그전에 날 로미오 님이랑 결혼시켰으니

이 결혼으로 본인이 불명예스럽게 안 되려고 말이지.

190

그럴까봐 걱정되지만, 내 생각으로는 그래서는 안 되지.

30 　그분은 언제나 성직자로 애써오셨으니까.
　　만약에, 무덤에 누워 있는데
　　로미오 님이 날 구하러 오기도 전에
　　내가 깨어나게 되면 어떻게 하지? 그게 좀 두려운 점이로구나!
　　그러면, 내가 납골당 안에서 질식해버리지는 않을까?

35 　그 더러운 입구로는 건강한 공기라고는 조금도 들어오지 않을
텐데,
　　나의 로미오 님이 오기도 전에 내가 거기서 질식 상태로 죽어버
리면 어쩜담?
　　아니면, 산다 하더라도, 정말 그렇지는 않을까,
　　끔찍한 죽음과 밤에 대한 생각이,
　　그 장소의 공포와 함께 더해져

40 　몇백 년 동안 죽어서 묻힌
　　온갖 내 조상들의 뼈가 쌓여 있는
　　오래된 납골당, 묘지에서,
　　그것도 피 흘린 티볼트가 묻힌 지 아직 얼마 되지도 않은 채,
　　수의를 입고 썩어가며 누워 있는 데서, 사람들 말로는,

45 　밤중 어떤 시간에는 유령들이 출몰한다던데……
　　오, 어쩌나, 어쩌지, 설마 이렇지는 않겠지,
　　끔찍한 냄새 때문에 너무 빨리 깨어나고,
　　그리고 살아 있는 사람들도, 그 소리를 들으면 미쳐버린다는,
　　땅에서 뽑힌 맨드레이크*처럼 질러대는 비명 때문에

50   오, 깨어나더라도, 이 온갖 끔찍한 두려움에 둘러싸여
      내가 미쳐버리진 않을까?
      우리 선조들의 뼈를 가지고 미친 듯이 놀면서 말이야?
      그리고 난도질 당한 티볼트의 시신에서 수의를 걷어내 버리
      지는 않을까?
      혹은 이런 식으로 격분하여, 어떤 먼 친족의 뼈를 가지고,
55   마치 몽둥이를 든 것처럼, 내 절박한 머리를 박살 내지는 않
      을까?
      오, 봐! 내 사촌의 혼령을 본 것 같아.
      칼끝으로 그의 몸을 찌른 로미오 님을 찾아다니는.
      멈춰요, 티볼트, 멈춰!
      로미오, 로미오, 로미오! 여기 약병이 있구나. 당신을 위해 마
      실게요.   그녀는 마시고 커튼 안의 침대 속으로 쓰러진다

---

*약물, 특히 마취제에 쓰이는 유독성 식물로 과거에는 마법의 힘이 있다고 여겨졌다.
생김새가 사람을 닮았으며, 뿌리를 뽑히면 비명을 지르고 그 소리를 듣는 사람은 미
쳐버리는 것으로 알려져 있다.

4막 4장

안주인과 유모 등장

캐퓰렛 부인 잠깐, 이 열쇠 꾸러미를 들고 가서, 양념을 좀 더 가져오게, 유모.

유모 과자 굽는 방에서 대추야자랑 마르멜로 열매*를 더 갖다 달라고 하는데요.

캐퓰렛 등장

캐퓰렛 자, 움직여, 움직이라고, 움직여! 두 번째 수탉이 울었고, 통금 종도 쳤어. 세 시야.

5   구운 고기파이 좀 살펴보시게, 안젤리카.**

비용은 아끼지 말고.

---

*'유럽 모과'로도 알려진 배 모양의 과일로 잼 등을 만드는 데 사용되었다.(옮긴이)
**유모 혹은 케퓰렛 부인의 이름.

유모 저리 가세요, 여편네처럼 굴지 마시고, 가세요. 캐퓰렛에게

침소에 드세요. 정말, 내일 병나시겠네요.

오늘 밤에 이렇게 밤을 새우시다가는.

10 **캐퓰렛** 아니, 하나도 안 그래. 뭐, 이전에도 밤새운 적 있다네.

더 중요하지 않은 일에도 밤을 꼬박 새웠는데, 절대 병 안 났지.

캐퓰렛 부인 그럼요, 한창때는 여자들 뒤꽁무니를 쫓아다니셨

지요.

하지만 이제 그런 식으로 밤새우지 못하도록 감시하겠어요.

캐퓰렛 부인과 유모 퇴장

캐퓰렛 질투하기는, 질투해대기는!

15 —자, 이보게들, 거기 그건 뭔가? 부른다

서너 명이 고기 굽는 쇠꼬챙이들, 나무 장작과 바구니를 들고 등장

하인 요리사가 쓰는 물건들인데요, 나리. 하지만 뭔지 모르겠

습니다요.

캐퓰렛 서두르게, 서둘러. [하인 퇴장]

—이것 봐, 좀 더 마른 장작들을 가져오게.

피터를 부르게, 어디 있는지 자네한테 알려줄 테니.

20 **다른 하인** 나리, 저도 머리가 있으니, 장작을 찾아낼 겁니다.

그리고 그런 일로 피터를 괴롭힐 필요는 없지요. [퇴장]

캐퓰렛 그렇지, 말 한번 잘했네. 이 자식이, 허!

자넨 장작 머리*가 되겠군. 이런, 날이 밝았군.

---

*얼간이라는 뜻이다.

음악이 연주된다

백작이 곧 음악과 함께 이리로 오겠군,

25 그러겠노라고 그 사람이 말했으니까. 가까이 오는 소리가 들리는데.

유모! 부인! 자, 이봐! 자, 유모, 어서!

유모 등장

가서 줄리엣을 깨우시게. 가서 그 아이를 단장시키게나,

난 가서 파리스 백작하고 이야기를 나눌 테니. 어서, 서두르게나.

서둘라고. 신랑이 벌써 왔으니.

30 서둘러, 어서. [퇴장]

유모 아가씨, 이런, 아가씨? 줄리엣?

곯아떨어지셨네, 분명하군, 분명해. 침대에 다가간다

자, 예쁜 아기 양, 자, 아가씨! 이런, 잠꾸러기!

자, 자, 어서요, 아가씨, 예쁘지, 어서, 신부님!

35 어, 한마디도 없네? 잘 수 있으면 한숨이라도 더 주무시구려.

일주일 동안 자고, 그다음 날 밤에도 주무시구려, 장담하는데,

파리스 백작님은 만반의 준비를 하고 계실 테니,

그러면 아가씨는 별로 쉬지도 못할 테지. 오 이런,

하느님 용서하소서, 아멘. 어찌나 곤히도 잠들어 있는지!

40 아가씨를 깨워야만 하겠네. 아가씨, 아가씨, 아가씨!

그럼, 백작님더러 아가씨 침대로 와서,

그분더러 아가씨를 깨우시게 해야겠군요, 안 될 것 없지요?

뭐야, 옷을 입은 채잖아, 옷을 입고 또다시 누우신 건가?

아가씨를 깨워야겠어요. 아가씨, 아가씨, 아가씨!

45 ─어머나, 세상에! 이봐요, 도와줘요! 아가씨가 죽었어요!

오, 세상에나, 태어나서 이런 일을 당하다니!

마실 술 좀 줘봐, 이런! 나리! 마님!

캐퓰렛 부인 등장

캐퓰렛 부인 왜 이리 소란인가?

유모 오, 이런 참담한 날이!

50 **캐퓰렛 부인** 무슨 일인가?

유모 보세요, 보세요! 오 이런 일이 생기다니!

캐퓰렛 부인 오, 이런, 오, 이런! 내 아기가, 내 유일한 생명이,

살아나라, 고개 들어보아라, 아니면 나도 너랑 같이 죽을 테다!

여봐라, 여봐라! 도움을 청해보게.

캐퓰렛 등장

55 **캐퓰렛** 부끄러운 줄 알아야지. 줄리엣을 데려와요, 부군이 벌써

왔는데.

유모 죽었어요, 죽었다고요. 아가씨가 죽었어요, 세상에나!

캐퓰렛 부인 이를 어쩌나, 그 아이가 죽었어요, 죽었어, 죽었어!

캐퓰렛 무어라? 내가 살펴보아야겠다. 이런, 세상에, 차갑구나.

피가 멈추었고, 관절은 굳어 있구나.

60 생명과 이 입술이 떨어져 버린 지 이미 오래로군.

죽음이 그 아이 위에 누워 있구나. 마치 때 이른 서리가

196

온 들판에서 가장 아름다운 꽃 위에 내린 것처럼.

유모 오, 이렇게도 슬픈 일이!

캐퓰렛 부인 오, 이런 비통한 일이!

65 **캐퓰렛** 그 아이를 데려가 버려서 나를 통곡하게 하는 그 죽음이,

내 입을 동여매 버려서, 말도 못하겠구나.

신부와 백작 등장   악사들이 여기서 들어올 수도 있다

로렌스 신부 자, 신부는 성당으로 갈 채비가 다 되었나요?

캐퓰렛 갈 준비는 되었습니다만, 결코 돌아올 수는 없겠군요.

ㅡ오, 사위, 자네 결혼식 전날 밤에   파리스에게

70 죽음이 자네 아내와 동침해버렸구려. 저기 그 아이가 누워 있

다오,

한때는 꽃이었지만, 그에 의해 꺾여버렸다오.

죽음이 내 사위이고, 죽음이 내 상속인이라오.

내 딸이 그와 결혼해버렸다오. 난 죽을 거요,

그리고 모든 걸 그에게 남길 거라오. 생명도, 재산도, 모두 죽

음이 차지할 거요.

75 **파리스** 오늘 아침의 얼굴을 보려고 그렇게도 갈망해왔건만,

이런 광경을 나에게 안겨주다니?

캐퓰렛 부인 저주받고, 불행하고, 비참하고, 끔찍한 날이로구나!

끝없고 기나긴 그 순례 가운데서

시간이 보게 된 가장 비참한 순간이로구나!

80 외동딸이, 불쌍한 외동딸이, 불쌍하고 사랑스러운 외동딸이,

즐거워하고 위안을 찾는 유일한 존재였는데,

잔인한 죽음이 내 눈앞에서 낚아채 가버리다니!

유모 오, 비통해라! 오, 비통하고도, 비통하고도, 비통한 날이로구나!

살아생전, 지금까지 내가 본 중에서도
85 가장 참담한 날이여, 가장 비통한 날이로구나!
오 세상에나, 오 세상에나, 오 세상에, 오 끔찍한 날이로구나!
오늘만큼 참혹한 날은 보지 못했으니,
오, 비통하고도 비통한 날이로구나!

파리스 속고, 이혼당하고, 부당하게 당하고, 미움받고, 살해되었구려!
90 가장 끔찍한 죽음이여, 네놈에게 속았구나,
잔인하고도 잔인한 네놈한테 당해버렸구나!
오, 내 사랑, 내 생명이여! 생명 없이, 죽어 있는 내 사랑!

캐퓰렛 경멸받고, 고통당하고, 미움받고, 순교당하고, 죽임을 당하다니!
부적절한 시간에, 왜 지금 온 거냐?
95 우리의 경건한 예식을 죽이려고, 죽여버리려고?
오, 애야, 애야! 너는 내 영혼이야, 내 자식이 아니라!
네가 죽어 있다니! 이런, 세상에, 내 자식이 죽었다니,
내 자식과 함께 내 모든 기쁨들이 묻혀버렸도다.

로렌스 신부 조용히들 하시지요, 자, 그만들 하세요! 이렇게 소란을 피워봤자
100 뭐 하나 달라지는 건 없습니다. 하늘과 어르신이

이 아름다운 아가씨에 대해 일부분씩 가졌었는데, 지금은 하늘이 전부 가졌고,

그리고 아가씨로서는 더 잘된 일입니다.

아가씨에 대한 어르신의 몫은 죽음으로부터 지켜낼 수 없었지만,

하늘은 영원한 생명 속에서 자기 몫을 지키고 있어요.

105 어르신이 구하는 최상의 것이 아가씨의 출세였지요,

아가씨가 올라가야 했던 건 어르신의 천국이었으니까.

아가씨가 구름들 너머로, 천국까지나 높이

올라가 있는 것을 보고도, 지금 이렇게 우시다니요?

오, 이런 사랑으로는, 자식을 너무도 잘못 사랑하는 겁니다.

110 그토록 잘되어 있는 걸 보고도, 이리도 미치광이처럼 구시다니요.

결혼하여 오래 사는 여자가 결혼을 잘한 것은 아니지요,

결혼한 지 얼마 안 되어 젊어서 죽은 여자가 제일 결혼 잘한 겁니다.

눈물을 닦으시지요, 그리고 이 아름다운 시신 위에

로즈메리를 꽂으시지요. 그리고 관습대로,

115 가장 좋은 옷을 입혀서 성당으로 모시세요.

어떤 자연적인 본성은 우리 모두를 한탄하게 하지만,

본성이 흘리는 눈물들은 이성이 보기에는 기쁜 일이겠지요.*

---

*인정상 슬프지만, 이성적으로 판단해보면 기쁜 일이라는 뜻이다.

캐퓰렛 잔치를 위해 준비한 것들이 모두

　원래 목적에서 벗어나 참담한 장례식을 위한 것으로 바뀌겠
구나.

120　우리의 악기들은 우울한 조종 소리로

　우리의 결혼식 성찬들은 슬픈 장례식 음식들로,

　우리의 경건한 찬양은 침울한 조가로 바뀌고,

　신부의 화환은 매장되는 시신에게 바쳐질 테고,

　모든 것이 정반대로 바뀌는구나.

125　**로렌스 신부** 자, 안으로 들어가시지요, 그리고 부인, 함께 들어
가십시오.

　파리스 백작님도, 가시지요. 모두들

　이 아름다운 시신을 무덤으로 모시고 갈 채비를 하시지요.

　무언가 잘못한 일로 하늘이 여러분에게 얼굴을 찌푸리고 있
네요.

　더 이상 그 높은 뜻에 거슬리게 행동하지 맙시다.

[유모만 제외하고] 모두 퇴장

악사들이 여기서 들어올 수도 있다

130　**악사 1** 그럼, 우리는 피리를 집어넣고, 가도 되겠구먼.

　유모 아, 여러분, 그래요, 넣어요, 넣어.

　잘 아시다시피, 이건 슬픈 상황이니까.　　　　　　**[퇴장]**

　악사 1 아, 장담하는데, 상황*은 개선될 수도 있지요.

*유모가 '상황'이라는 의미로 'case'를 쓴 것을 받아 악사 1은 '악기 상자'로 'case'를 쓰
며 말장난한다.

피터 등장

피터 악사 양반들, 오, 악사 양반들, '마음의 위안'*이라는 곡 부
135 탁하오. '마음의 위안.' 오, 날 살아 있게 하려면, '마음의 위
안' 좀 연주해주구려.

악사 1 왜 '마음의 위안'인지?

피터 오, 악사 양반들, 내 마음 자체가 '내 마음은 비통함으로
가득하네'**를 연주하고 있으니 말이오. 오, 즐거운 멜로디를
140 좀 연주해서, 날 좀 위로해주시구려.

악사 1 어떤 곡도 안 되겠네요, 지금은 연주할 때가 아니니까요.

피터 그렇다면, 안 하겠다는 소리요?

악사 1 안 합니다.

피터 그럼 댁한테 소리 나게 줘야겠군.

145 **악사 1** 뭘 줄 건데요?

피터 돈은 아니고, 장담하는데, 조롱이지. 뜨내기 악단이라는
호칭을 주지.

악사 1 그러면 난 머슴 놈이라는 호칭을 주겠다.

피터 그렇다면 머슴 놈의 단검을 네놈 정수리에다 꽂아주마. 난
150 4분 음표는 들고 다니지 않을 테니. 네놈에게서 레 소리, 파
소리가 나게 만들어주마. 내 곡을 알겠느냐?

악사 1 네놈이 우리한테서 레 소리, 파 소리를 낸다면, 네놈이

---

*당시에 유행하던 노래.
**당시에 유행하던 또 다른 노래.

우리 곡을 알아야지.

악사 2 부디, 이보시게, 단검을 치우시게. 그리고 이성을 보이시지. 그러면 나의 재치로 상대해줄 테니!

155 **피터** 철통같은 재치로 뻗게 만들어주지. 그리고 내 철로 된 단검은 치우고. 사내자식답게 내게 답해보시지.

　　고통스러운 슬픔이 가슴에 상처를 내놓을 때,

　　그땐 음악이 은빛 소리를 내네.

　왜 "은빛 소리"인가? 왜 "음악이 은빛 소리를 내네"일까?

160 　무어라 말하겠나, 현줄 퉁기는 사이먼?

악사 1 어디, 봅시다. 은이 감미로운 소리를 내니까 그럴 테지.

피터 헛소리. 세 줄 깽깽이 악사 휴, 무어라 할 텐가?

악사 2 난 "은빛 소리"는, 악사들이 은전을 받고 소리를 내기 때문이라 하겠소.

165 **피터** 또 헛소리! 악기 받침대 제임스, 뭐라고 할 텐가?

악사 3 글쎄, 무어라 말할지 모르겠는데.

피터 오, 미안하게 됐군, 댁은 노래 부르는 작자지. 내가 대신 말해주지. "음악이 은빛 소리를 내네." 그건 악사들이 소리를 내봤자 금화를 못 받기 때문이야.

170 　그러면 음악은 은빛 소리를 내며

　　재빨리 고쳐주도록 만들지.　　　　　　　　　　**퇴장**

악사 1 뭐 이런 염병할 불한당 같은 놈이 다 있나!

악사 2 저 나쁜 놈, 목을 매달아버려! 자, 우리는 여기서, 조문객들 올 때까지 지체하고 있다가 저녁이나 먹고 가세. **모두 퇴장**

5막 1장*

장면 18

로미오 등장

로미오 만약 잠이 들려주는 듣기 좋은 진실을 믿는다면
　내 꿈이 무언가 기쁜 소식을 예언해주는구나.
　내 가슴의 군주**는 그의 왕좌에 가쁘하게 앉아 있고,
　오늘 온종일 평소와는 다른 낯선 기분이
5　즐거운 생각들과 함께 날 땅에서 둥둥 떠 있게 해주는군.
　간밤에 내 아내가 와서 내가 죽어 있는 걸 발견하는 꿈을 꾸
었는데—
　참 희한한 꿈이지, 죽은 이에게 생각할 여지를 다 주다니!—

*장소: 만투아.
**사랑을 의미한다.

그러고는 내 입술에 입맞춤하여 생명을 불어넣자,

내가 다시 살아났고, 그리고 황제가 되었지.

10 오, 이런, 사랑 그 자체를 가지고 있다면 얼마나 감미로울까,

사랑의 그림자만 가지고도 이렇게 기쁨이 가득한데!

로미오의 하인 등장   승마용 장화를 신고 있다

베로나에서 소식이 왔구나! —어떤가, 발타자!

신부님께서 보내신 편지는 안 가져왔는가?

내 아내는 어떠신가? 아버님은 건강하시고?

15 우리 줄리엣은 어떻게 지내지? 다시 묻는다만,

그녀가 안녕하다면야, 만사가 아무 문제 없는 거겠지.

발타자 그렇다면 그분은 괜찮으시고, 만사가 아무 문제 없습니다.

그분의 시신이 캐퓰렛 가의 납골당에 잠들어 계시고,

그분의 불멸의 부분*은 천사들과 함께 살아 계십니다.

20 전 그분이 친족의 납골당에 낮게 누워 계신 걸 보았고,

이를 알려드리고자 즉시 출발했지요,

오, 이런 나쁜 소식을 가져온 걸 용서해주십시오.

그런 일을 제 소관으로 부탁하셨으니까요.

로미오 아니, 정말 그렇단 말이냐? 그렇다면, 별들이여, 난 너
희들을 부인할 테다!

25 —넌 내 거처를 알 테니, 잉크와 종이를 좀 가져오너라,

그리고 파발마를 구해라. 오늘 밤 당장 떠나야겠다.

*영혼을 의미한다.

발타자 부디 간청드리니, 참으십시오.

　표정이 창백하고 혼미한 듯 보이시니,

　무언가 잘못된 일이 일어날 것 같습니다.

30　**로미오** 쳇, 네가 잘못 보았다.

　날 내버려두고, 내가 시킨 일을 해라.

　신부님께서 내게 보내신 편지는 없는 거냐?

　발타자 네, 없습니다.

　로미오 상관없다. 자, 가거라,

35　그리고 파발마를 구해라. 너와 함께 곧 출발할 테니.　　하인 퇴장

　자, 줄리엣, 오늘 밤 난 그대와 함께 누울 것이오.

　방법을 찾아보자. 오, 해악이여, 네놈은 너무도 재빨리

　절망에 빠진 사람들의 생각 속으로 파고들어 오는구나!

　내가 약재상 한 명을 기억하는데,

40　여기 어딘가 그자가 살았지. 최근에

　다 떨어진 옷을 걸치고, 덥수룩한 눈썹을 하고는

　약초를 모으는 걸 보았었는데. 그의 모습은 초라하고,

　뚜렷한 불행이 그를 뼛속까지 닳게 했지,

　그리고 가난한 그의 가게에는 거북이가 걸려 있고,

45　악어가 박제되어 있고, 보기 흉한 다른 생선들의

　껍데기들이, 그리고 선반 위에는

　초라해 보이는 텅 빈 상자들 몇 개하고,

　녹색 흙 도자기들에, 방광들과 곰팡이 핀 씨앗들에,

　쓰다 남은 노끈들하며, 오래된 말린 장미꽃잎들이

50 　 드문드문 널린 채, 진열대를 이루고 있었지.

이런 궁핍한 꼴을 보고는, 난 혼자 말했었지,

"만투아에서는 그걸 거래하는 자는 즉각 사형이지만,

누군가가 지금 독약이 필요하다면,

여기 사는 불쌍한 작자가 그 사람에게 팔겠군" 하고.

55 　 오, 바로 이런 생각이 내가 필요할 걸 미리 알고 한 것이었다니,

그리고 바로 이 가난한 작자가 그걸 내게 팔아야 하다니.

내 기억으로는, 여기가 바로 그 집이라야 하는데.

휴일인지라, 이 거지 같은 가게도 문을 닫았구나.

자, 여보시오! 약재상!

약재상 등장

60 **약재상** 　 누가 이리도 크게 불러대는 거요?

로미오 　 이리 좀 와보시오. 내 보기에 댁이 가난한 듯한데,

자, 여기 40듀캣이 있소. 내게 독약을　　　　　　　　금을 보여준다

한 모금 주시구려. 즉각 효과가 나타나서

모든 혈관을 타고 퍼져나가

65 　 삶에 지쳐 독약을 먹은 자가 죽어 넘어지게 말이오.

그리고 서둘러 발사된 화약이

치명적인 대포의 자궁에서부터 서두는 것만큼이나

격렬하게 그 몸뚱이가 숨을 끝장낼 수 있도록 말이오.

약재상 　 그런 치명적인 약을 가지고 있소이다만, 만투아의 법이

70 　 그걸 내뱉는 자는 누구든 사형을 명하고 있소.

로미오 　 댁은 그토록 헐벗고 궁상으로 가득하면서

죽는 게 두려운 거요? 굶주림이 양 볼에 달려 있고,

가난과 억압이 댁의 두 눈에서 굶어 죽어가고 있으며,

경멸과 거지 신세가 등짝에 매달려 있거늘,

75 세상은 댁의 친구가 아니고, 세상의 법도 아니라오.

세상은 댁을 부유하게 만들어줄 어떤 법도 주지 않소,

그러니 가난하게 있지 마시구려. 그걸 어기고, 이걸 받으시오.

약재상 내 가난이 그 제안에 응하오. 내 뜻이 아니라.

로미오 난 댁의 가난에 애원하는 거요. 댁의 뜻이 아니라.

80 **약재상** 액체로 된 어떤 것에든 이걸 넣고,

그리고 마시시오. 그러면 스무 명의 사내의 힘을

지니고 있다 하더라도, 곧바로 뻗어버리게 해줄 것이오.

로미오 자, 여기 댁이 받을 금화요, 인간의 영혼에는 더 나쁜 독
이라오. 금을 준다

댁이 팔지 않을 수도 있는 보잘것없는 이 조제약보다도,

85 이 혐오스러운 세상에서 더 많은 살인을 범하는 거지요.

내가 댁에게 독을 판 것이지, 댁은 내게 아무것도 팔지 않았소.

그럼, 안녕히, 음식을 좀 사고, 살을 좀 찌우시구려.

—자, 독약이 아니라 강심제야, 나와 함께

줄리엣의 무덤으로 가자꾸나, 거기서 내 너를 사용해야겠다.

[각자 따로] 모두 퇴장

존 신부가 등장하여 로렌스 신부에게

존 신부 프란체스코 수도회 신부님, 신부님, 여기요!

로렌스 신부 등장

로렌스 신부 이건 존 신부의 목소리가 분명한데.

　　—만투아에서 오신 걸 환영하오. 로미오는 무어라 하오?

　　혹 그의 생각이 글로 쓰여 있다면, 그의 편지를 내게 주시구려.

5　**존 신부** 우리 수도회 소속의, 맨발로 다니는 수사님 한 분과

　　동행하려고 그분을 찾으러 나섰다가,

　　여기 이 도시에서 병자를 방문하고 있던 중,

　　그분을 찾았는데, 그 마을 검역관들이,

---

*장소: 로렌스 신부의 처소.

우리 두 사람이 역병이 창궐했던

10 어느 집에 있었다고 의심하여,

문에 봉인을 하고는, 밖으로 내보내주려 하지 않아서,

만투아로 가는 제 행보는 그만 거기서 머물고 말았습니다.

로렌스 신부 그럼, 로미오에게 전할 내 편지는 누가 갖고 있소?

존 신부 그걸 보내질 못했습니다. 이리 다시 가져왔습니다만

편지를 보여준다

15 신부님께 그걸 보낼 사람도 구하지 못했지요.

전염될까 봐 사람들이 너무 두려워해서요.

로렌스 신부 불운한 경우로구나! 형제애에 걸고 맹세컨대,

이 편지는 사소한 게 아니라

매우 중요한 용건인지라, 그걸 소홀히 한 것이

20 엄청난 위험을 가져올 수도 있소. 존 신부, 어서 가셔서

쇠지레를 하나 구해, 내 처소로

바로 가져다주시오.

존 신부 신부님, 가서 바로 갖다 드리겠습니다.   *퇴장*

로렌스 신부 이제 혼자서 그 납골당으로 가야만 하겠구나.

25 세 시간 이내로 줄리엣이 깨어날 테지.

로미오가 이 사건들에 대해 아무것도 못 들은 걸 알면

줄리엣은 날 저주할 테지.

하여간 만투아로 다시 편지를 써야겠고,

로미오가 올 때까지 줄리엣을 내 처소에 데리고 있어야겠다.

30 불쌍한 산송장 같으니, 죽은 자의 무덤에 갇혀 있으니!   *퇴장*

5막 3장*

파리스가 그의 시동과 함께 등장   꽃과 횃불을 들고 있다

파리스 이봐, 네 횃불을 내게 다오. 그리고 물러가 있어라.
   하지만 불은 꺼라. 남의 눈에 띄고 싶지 않으니.
   저쪽 주목나무 아래에서 몸을 누이고
   네 귀를 움푹 꺼진 땅바닥에 바짝 대고 있어라.
5   무덤을 파느라 땅이 푸석해지고 단단하지 못하니,
   묘지를 밟는 어떤 사람의 발자국도
   네가 들을 수 있을 것이다. 그러면 휘파람으로 내게 알려다오,
   누군가가 다가오는 걸 들었다는 신호로 말이다.

---

*장소: 베로나에 있는 캐퓰렛 가문의 가족 납골당에 속한 묘지. 액션은 무덤 안으로
옮겨간다.

그 꽃은 내게 주고, 시킨 대로 해라. 가보아라.

10 **시동** 이곳 묘지에 혼자 있기가 방백

좀 무섭긴 한데, 하지만 모험을 해봐야겠지. 뒤로 물러난다

파리스 감미로운 꽃 같은 그대, 꽃들로 그대의 혼인 침상에 뿌

리나니— 꽃을 뿌리고 향내 나는 물을 뿌린다

오, 비통하기도 하구나! 그대의 하늘이 흙이고 돌이라니—

매일 밤 향기로운 물로 내가 뿌려주리니,

15 그게 부족하면, 신음들로 증류한 눈물로 뿌려주리다.

내가 그대를 위해 매일 밤 행하는 추모 의식이

그대의 무덤에 꽃을 뿌리고 눈물 흘리는 일일 것이오.

시동이 휘파람을 분다

시동이 누군가 다가오고 있다고 경고해주는군.

어떤 저주받은 발이 오늘 밤 이런 식으로 배회하며

20 나의 추모제와 진정한 사랑의 의식을 훼방한단 말인가?

뭐야, 횃불을 들고? 밤이여, 날 잠깐 가려주렴. 뒤로 물러선다

로미오와 발타자 등장 곡괭이와 쇠지레를 들고 있다

로미오 그 곡괭이와 쇠지레를 이리 다오.

잠깐, 이 편지를 받아라. 아침 일찍 편지를 준다

아버님께 그걸 전해드리거라.

25 횃불을 다오. 네 목숨을 걸고, 네게 명하는데, 횃불을 받는다

무얼 듣거나 보든지 간에, 멀찍이 물러나 있어라,

내가 하는 일을 중간에 방해하지 말고.

내가 이 죽음의 침상 속으로 내려온 까닭은

한편으로는 내 아내의 얼굴을 보고자 하는 것이지만,

30 주된 이유는 그녀의 죽은 손가락에서

귀중한 반지를 빼내기 위해서다. 내가 요긴하게

사용해야만 하는 반지라서 말이다. 그러니 자, 이제 가보아라.

허나, 네가, 의심하여, 되돌아와서

내가 앞으로 하려 하는 것을 들여다보려 한다면,

35 하늘에 맹세코, 네 뼈마디를 갈기갈기 찢어서

이 굶주린 묘지에다 네 사지를 뿌려줄 테다.

시간과 내 의도는 광폭하고 난폭하며,

굶주린 호랑이들이나 포효하는 바다보다도

더 사납고 더 가차 없다.

40 **발타자** 저는 물러가, 방해하지 않겠습니다요.

로미오 그래야 날 돕는 거다. 이걸 받아라.   돈을 건네준다

가서 잘 살아라, 그리고 잘 지내라, 안녕히.

발타자 이렇게 하긴 했지만, 근처에 몸을 숨기고 있어야겠어. 방백

그분 표정이 좀 걱정스럽고, 그 의도도 의심이 가니. 옆으로 서 있는다

45 **로미오** 네 이 혐오스러운 목구멍아, 네 이 죽음의 자궁아,

로미오가 무덤을 열기 시작한다

이 세상에서 가장 귀하고 맛난 음식으로 배를 채우다니,

이렇게 네놈의 그 썩어빠진 아가리를 억지로 벌려서,

원한에 찬 가운데, 더 많은 음식으로 네놈을 꾸역꾸역 채워줄

테다.

파리스 이자는 추방당한 저 거만한 몬테규 놈이다.   방백

50   내 연인의 사촌을 살해하고, 그 슬픔으로 인해

그 아름다운 그녀를 죽게 만든 것으로 여겨지는데,

그런데 여기 이 작자가 고인의 시신에

또 무슨 악하고 수치스러운 짓을 가하려고 왔구나. 내가 붙들

어야겠다.

—이 못된 몬테규 놈, 그 모독하려는 짓을 멈춰라!   앞으로 나온다

55   죽음까지도 뛰어넘고 복수가 행해져야겠느냐?

비난받아 마땅한 악당 같으니, 네놈을 체포하겠다.

순종하고 나와 함께 가자꾸나, 네놈은 죽어야만 하겠으니.

로미오 실로 나는 그래야만 하오, 그래서 이리로 온 것이오.

자, 점잖은 분이시여, 절망에 빠진 사내를 유혹하지 마시고,

60   여기서 떠나시고, 날 내버려두시구려. 여기 죽어 있는 자들을

생각하고

겁을 먹고 그냥 가시구려. 부디 부탁하니, 젊은 양반,

날 격분하게 만들어서 내 머리 위에

또 다른 죄를 더하지 않게 해주시오. 오, 가시오!

하늘에 맹세코, 나 자신보다도 댁을 더 사랑하니,

65   난 자신을 해하려 무장하고 이리로 왔으니까.

머물지 마시고, 떠나서, 사시구려, 그리고 이후에 말해주시오,

어떤 미치광이의 자비가 댁을 달아나게 시켰노라고.

파리스 네놈의 동정은 필요 없으니,

이곳에서 죄인으로 널 체포하겠다.

70   **로미오** 날 화나게 만들 셈인 건가? 그렇다면, 자, 이거나 받아라!

시동 오, 이런, 싸우는구나! 가서 보초를 불러와야겠다. **[퇴장]**

파리스 오, 내가 찔렸구나! 네놈이 자비심이 있다면,

　　무덤을 열고, 날 줄리엣 옆에 뉘어다오. 　　　　죽는다

로미오 그래, 그러마. 이 얼굴을 보아야겠구나.

75　머큐시오의 사촌인, 파리스 백작이라니!

　　내 시종이 무어라 했었더라? 그때엔 말을 타고 오면서

　　하도 내가 괴로운 나머지 그 말을 유심히 듣지 않았는데.

　　내 생각에 파리스가 줄리엣과 결혼해야 했다고 한 것 같은데.

　　그리 말하지 않았던가? 아니면 그렇게 꿈을 꾸었던 건가?

80　아니면 내가 미쳤든가. 그놈이 줄리엣 이야기를 하는 것만 듣고

　　그렇게 생각하면서 말이야? 오, 댁의 손을 주시오,

　　나와 함께 쓰라린 불행의 책에 나란히 쓰이게 되었구려!

　　내가 훌륭한 무덤에 묻어드리리라. 　　　무덤을 연다. 줄리엣이 보인다

　　무덤? 오, 아니지, 칼에 찔려 죽은 젊은 양반, 등탑*에다 그러

리다.

85　여기 줄리엣이 누워 있고, 그녀의 미모가

　　이 납골당을 빛으로 가득 찬 연회장 접견실로 만들어주니 말

이오.

　　고인이여, 거기 누워 계시구려, 매장된 고인 곁에.

　　사람들은 죽는 시점에서는 얼마나 자주 즐거워해왔던가,

---

*창문이 많은 둥근 탑을 뜻하기 위해 여기서는 '등탑'으로 번역하였다. (옮긴이)

그들의 간수들은 그걸 죽기 직전의 홀가분함이라고 부른다지.
90 오, 어찌 내가 이를 홀가분함이라고 부를 수 있으리?
오, 내 사랑! 내 아내여!
그대의 숨결에서 그 꿀을 빨아 먹어버린 죽음이
아직 그대의 미모에는 아무런 힘도 사용하지 못했구려.
그대는 아직 정복당하지 않았구려. 아름다움의 깃발이 아직
95 그대의 입술 위와 두 볼에 진홍빛으로 남아 있고,
죽음의 창백한 깃발이 그곳까지 진격하지 않았으니.
—티볼트, 피 묻은 수의를 두른 채 거기 누워 있는 건가?
오, 자네에게 내가 더 이상의 무슨 호의를 베풀 수 있겠는가,
자네의 그 젊음을 두 쪽으로 쪼개버린 그 손으로
100 자네 원수인 그자를 찢어버릴 텐데?
용서하시게, 사촌. —아, 사랑하는 줄리엣,
왜 아직도 그대는 그리도 아름다운 거요? 내가 그리 믿어야
하겠소?
저 육신도 없는 죽음이 사랑에 빠져
그 여위고 혐오스러운 괴물이 그대를 자기 정부로 삼고자
105 여기 이 어둠 속에 데리고 있으려 한다고.
그 점이 우려되니, 난 그대와 늘 함께 머무르리다,
그리고 이 어두운 밤의 궁전에서 결코
//떠나지 않을 테요. 자, 와서 내 팔에 안기구려.//
//자, 그대 건강에 건배하리다, 그대가 어디서 넘어졌건 간에//
110 //오, 진실한 약재상이로군,//

//자네의 약은 효과가 빠르군. 이렇게 입맞춤과 함께 나는 죽
노라.//

떠나지 않을 테요. 여기서, 이곳에서 난

그대의 시녀들인 구더기들과 함께 남을 테요. 오, 이곳에서

내 영원한 안식을 취할 것이오,

115 그리고 불길한 별의 그 멍에를 흔들어

이 세상의 지친 육신에서부터 떨쳐내리다. 눈이여, 네 마지막

을 보아라!

팔이여, 네 마지막 포옹을 하라! 그리고, 입술이여,

오, 너 호흡의 문, 정당한 입맞춤으로 봉하여라

모든 걸 소멸시키는 죽음과 영원한 계약을!   줄리엣에게 입 맞춘다

120 자, 오너라, 쌉쓸한 안내자여, 오너라, 냄새 고약한 안내자여!

너 절박한 항해사여, 이제 당장 바위에다 부딪쳐다오!

바다에 염증 난 지친 네 배를.

내 사랑에게 건배! 오, 믿을 만한 약재상이로구나!   마신다

자네 약이 빠르구려. 이렇게 키스하며 나는 죽노라.   죽는다

로렌스 신부가 등불과 쇠지레와 삽을 들고 등장

125 **로렌스 신부** 프란체스코 성자님, 절 살펴주소서! 오늘 밤엔 제
늙은 발이

어찌나 자주 무덤에 걸려 넘어졌던지! 거기 누구요?

발타자 바로 친구이자, 신부님을 잘 아는 사람입니다.

로렌스 신부 신의 가호를! 자, 말해보게나,

저기 횃불은 뭔가, 공허하게 그 빛을

130　　구더기와 눈도 없는 해골이나 비추어주고 있으니. 내가 보기로는,

　　　캐퓰렛 가문의 납골당에서 타고 있는 듯한데.

발타자　그렇습니다, 신부님, 그리고 저곳에 제 주인님이 계십니다.

　　　신부님께서 아끼시는 분요.

로렌스 신부　누구 말인가?

135　**발타자**　로미오 님요.

로렌스 신부　거기 얼마나 오래 있었지?

발타자　꼬박 반 시간은 됩니다.

로렌스 신부　자, 함께 납골당으로 가보세나.

발타자　저는 감히 못 그러겠습니다.

140　　주인님께서는 제가 여기 있는 줄 모르십니다.

　　　그리고 겁을 주면서 저를 죽일 거라고 위협하셨답니다.

　　　그분이 무얼 하려는지 보려고 제가 남아 있으면요.

로렌스 신부　그렇다면, 여기 있게나, 내가 혼자 가볼 테니. 불안이 엄습해오는구나.

　　　오, 무언가 불운한 나쁜 일이 있을 것 같도다.

145　**발타자**　제가 여기 주목나무 아래에서 잠들었을 때,

　　　꿈에 제 주인님과 다른 사람 하나가 싸움을 벌였는데,

　　　제 주인님께서 그를 찔러 죽였습니다.

로렌스 신부　로미오!

　　　이런, 세상에, 이 묘지의 돌 입구를 물들인

150　　이 피는 무슨 피인고?

이 평화로운 곳에서 변색된 채 놓여 있는

이 주인도 없는 피투성이 검들은 무슨 의미이지?

로미오! 오, 창백하구나! 이건 또 누구인가? 이런, 파리스도?

그것도 피에 물들어서? 아, 어떤 잔인한 시간에

155   이런 통탄할 일이 벌어진 건가!

오, 아가씨가 움직이는구나.

줄리엣   오, 위안을 주시는 신부님! 제 남편은 어디 계시   깨어나며
나요?

전 제가 어디 있어야 하는지 잘 기억하고 있고,

그곳에 있는데. 제 로미오 님은 어디 계시나요?

160   **로렌스 신부**   소란한 소리가 들리는구나. 자, 아가씨, 그

죽음과 전염과 부자연스러운 잠의 둥지에서 나오너라.

우리가 막을 수 있는 것보다 더 큰 어떤 힘이

우리가 의도했던 것을 훼방 놓아 버렸단다. 자, 어서 가자.

네 가슴속의 네 남편은 저곳에 죽은 채 누워 있단다.

165   그리고 파리스 백작도 그렇고. 자, 수녀원의 수녀님들 가운데

머물 수 있도록 조치할 테니.

질문하느라고 꾸물대지 마라. 보초가 오고 있는 중이니까.

자, 어서 가자, 줄리엣, 난 감히 더 이상은 머물지 못하겠구나.

                                                                퇴장

줄리엣   가세요, 신부님은 가세요, 저는 안 갈 테니.

170   여기 이게 뭐람? 잔이로구나, 내 사랑하는 그이의 손에 들려
있네?

218

내가 보기에 독약이 그이를 영원히 끝장내버린 것 같구나.

오, 못된 사람 같으니, 전부 마셔버리고 나중에 나를 도와줄

친절한 한 방울도 안 남겨두다니. 당신 입술에 키스해야겠네요.

어쩌면 얼마간의 독이 아직 그 입술 위에 남아 있을지도 모르니,

175 그래서 원기회복제*로 날 죽게 해줄 테니까.　　　　그에게 키스한다

당신 입술은 따뜻하군요.

시종과 보초[순경과 다른 보초들] 등장　　　　　　　　　　멀리서

순경　이보게, 안내하게, 어느 쪽인가?

줄리엣　아니, 소리가 나네? 그렇다면 빨리 끝내야겠구나. 오,
행복한 단검아,

이것이 네 칼집이란다. 거기서 녹슬고, 나는 죽게 해다오.

　　　　　　　　　　　　　　　　　　　　　자결한다

180 **시동**　바로 이 장소인데, 저기요, 횃불이 타고 있는 저깁니다.

순경　땅바닥이 피투성이로군, 묘지를 수색해보게.

자, 자네들 몇 명은, 발견하는 자는 누구건 체포해오게.

　　　　　　　　　　　　　　　　[몇몇 보초들 모두 퇴장]

처참한 광경이로군! 여기에 백작이 칼에 찔린 채 누워 있고,

줄리엣은 피를 흘리면서, 아직 온기가 남아 있는 채, 얼마 전
에 죽었군.

185 이곳에서 이틀째 묻혀 누워 있었는데.

가서, 영주님께 말씀드리고, 캐퓰렛가로 달려가 보아라.

*키스를 의미한다.

몬테규가에도 알리고, 다른 사람들은 수색하여라.

[다른 보초들 모두 퇴장]

비통하게 죽은 이자들이 누워 있는 바닥은 우리가 보지만,

이 모든 가련하고 비통한 일들의 진정한 이유는

190　정황을 파악해보지 않고서는 알 수가 없구나.

로미오의 하인이[보초와 함께 발타자가] 등장

보초 2　여기 로미오의 하인이 있습니다. 묘지에서 그를 발견했습니다.

순경　단단히 붙들고 있게나, 영주님께서 이리로 오실 때까지.

로렌스 신부와 다른 보초들 등장

보초 3　여기 벌벌 떨며, 한숨 쉬고, 눈물짓고 있는 신부님이 있습니다.

묘지 쪽에서 나오고 있을 때

195　이 곡괭이와 삽을 그에게서 압수했습니다.

순경　매우 의심이 가는군. 그 신부님도 역시 붙들고 있게나.

영주 [수행원들과 함께] 등장

영주　무슨 일로 이렇게 일찍부터

아침에 쉬지도 못하게 하면서 나를 불러내는가?

캐퓰렛과 그의 부인 [그리고 다른 사람들] 등장

캐퓰렛　사람들이 그렇게 소리를 질러대며 다니니 무슨 일인지?

200　**캐퓰렛 부인**　오, 길거리에 있던 사람들이 '로미오'라고 소리 지르고,

어떤 사람들은 '줄리엣'을, 어떤 사람들은 '파리스'라고 외치고,

모두들 고함을 질러대면서 우리 묘지 쪽으로 달려오네요.

영주 자네 귀를 놀라게 하는 저 두려움은 뭔가?

순경 영주님, 파리스 백작이 여기 칼에 찔린 채 누워 계십니다.

205   그리고 로미오도 죽었고, 그전에 고인이 되었던 줄리엣도,

온기가 가시지 않은 채 새로이 죽어 있습니다.

영주 수색하라, 찾아보아라, 그리고 이 사악한 살인이 어떻게

행해졌는지 알아내라.

순경 여기 신부님 한 분이 계시고, 죽은 로미오의 하인이

죽은 자들의 무덤을 여는 데 적합한

210   장비들을 각자 가지고 있습니다.

캐퓰렛 오, 하늘이여! 오, 부인, 좀 보시오, 우리 딸이 어떻게 피

흘리고 있는지!

이 단검이 착각했나 보구려―저기 몬테규의

등에 있는 그 칼집은 비어 있는데―

잘못해서 우리 딸아이의 가슴팍에 꽂혀 있다니!

215 **캐퓰렛 부인** 오, 세상에! 이런 죽음의 광경은 내 연로한 나이에

대고

무덤에 대해 경고해주는 조종 같구나.

몬테규 등장

영주 자, 몬테규, 그대가 일찍 일어나서 보게 되었구려.

그대 아들이자 상속자가 이렇게 일찍 드러누워 버린 것을.

몬테규 이런 세상에, 영주님, 제 아내가 오늘 밤 죽었습니다.

220   아들의 추방 때문에 슬픔에 빠져 결국 숨이 멎고 말았습니다.

어떤 더 비통한 일이 저와 같은 나이의 늙은이한테 음모를 꾸미는 겁니까?

영주 보시게, 그러면 알게 될 테니.

몬테규 오, 이 배워먹지 못한 놈 같으니, 이게 무슨 태도냐?

네 아비보다도 먼저 무덤으로 가다니?

225 **영주** 잠시 동안 격분한 그 입은 봉하고 계시오.

우리가 이 의혹들을 명료하게 밝히고　　　　⌐무덤이 닫힐 수도 있다⌐

그 원인과 그 시작과, 그 진행 과정을

알 때까지 말이오. 그런 다음 내가 그대의 비통함을

앞장서서 풀어주고 죽음까지도 보게 하겠소. 그러는 동안은

참으시오.

230 불행이 인내의 노예가 되어 있게 하시오.

─의심스러운 자들을 데리고 오라.

로렌스 신부 제가 최대의 혐의자로, 할 수 있는 것은 가장 적지만,

가장 혐의가 많이 가는 자인데,

이 비참한 살인에 대해 시기와 장소가 저를 불리하게 만들면서 말입니다.

235 그리고 여기 서서 제 자신이 비난받아야 하는 부분은 탄핵하고,

제 자신이 용서받을 수 있는 부분은 죄를 씻고자 합니다.

영주 그렇다면 이 일에 대해 아는 것을 당장 말해보시오.

로렌스 신부 간단히 말씀드리겠습니다. 제가 숨 쉴 날이 이제 많이 남아 있지 않으니

장황한 이야기가 되도록 길게 할 수도 없으니까요.

240 저기 죽어 있는 로미오는, 저기 있는 줄리엣의 남편이었습니다.

그리고 저기 죽어 있는 그녀는, 로미오의 정숙한 아내였습니다.

제가 두 사람을 혼인시켜주었는데, 두 사람의 비밀 결혼식 날이

바로 티볼트의 운명의 날이었지요. 예상치 못한 그의 죽음으로

새로 신랑이 된 그는 이 도시에서 추방되었습니다.

245 티볼트 때문이 아니라, 그 사람 때문에 줄리엣은 슬퍼했습니다.

여러분들은 줄리엣을 사로잡은 슬픔을 없애고자

파리스 백작과 억지로 약혼시키고 결혼시키려고 했지요.

그러자 줄리엣이 제게 왔습니다.

정신 나간 표정을 하고 제게 이 두 번째 결혼에서

250 벗어날 수 있는 어떤 방안을 강구해달라고 부탁했지요.

아니면 제 처소에서 자결하겠다고 했습니다.

그래서 제가 주었습니다—제 지식으로 알게 된—

수면제를요. 그건 제가 의도했던 대로 효과가 나타났지요,

줄리엣이 죽은 것처럼 보이게 했으니까요. 그러는 동안 전

255 로미오에게 편지를 썼습니다.

바로 이 참담한 오늘 밤에 이리로 와서

줄리엣이 잠깐 빌린 무덤에서 그 약의 힘이 멈추게 되는 시간에,

그녀를 꺼내주는 일을 도우라고 말입니다.

하지만 제 편지를 지녔던 존 신부님이,

260 사고로 지체하게 되었고, 어젯밤

제 편지를 다시 돌려주었습니다. 그래서 저 혼자서,

줄리엣이 깨어나기로 예정된 시간에,

친족들의 납골당에서 그녀를 꺼내주려고 오게 되었습니다.

제가 편할 때 로미오에게 보낼 수 있게 될 때까지

265 줄리엣을 제 처소에 몰래 데리고 있을 요량으로요.

하지만 제가 왔을 때는—줄리엣이 깨어나기 몇 분 전인데—

여기서 고귀하신 파리스 백작님과 진실한 로미오가

예기치 않게도 죽어 누워 있더군요.

줄리엣은 깨어났고, 그래서 저는 나가자고 권유하고,

270 하늘이 하신 이 일*은 인내심을 가지고 견디자고 했습니다.

하지만 그때 소란한 소리가 나서 두려운 마음에 저는 무덤 밖
으로 나갔고,

줄리엣은, 너무 절망에 빠져, 저와 함께 가려 하지 않았습니다.

하지만, 보이는 바로는, 스스로 자살해버린 것 같습니다.

이게 제가 아는 전부이며, 두 사람의 결혼에 관해서는

275 줄리엣의 유모가 알고 있습니다. 그리고 이 일에서 어떤 부분이

제 과오로 잘못되었으면, 어차피 얼마 남지 않은 목숨이니,

엄격한 법의 집행에 따라 제 연로한 목숨으로

그 값을 치르게 하십시오.

영주 우리는 그대를 여전히 성직자로 알아왔소.

280 —로미오의 하인은 어디에 있느냐? 이 일에 관해 그자는 무어
라 말하느냐?

발타자 저는 주인님께 줄리엣 아가씨의 죽음에 대한 소식을 전

---

*로미오의 죽음을 뜻한다.

했습니다.

그러자 주인님께서는 서둘러 만투아를 떠나

이곳으로, 바로 이 납골당으로 오셨지요.

이 편지를 일찍이 부친께 전해달라 당부하시고는 _{편지를 보여준다}

285 납골당에 들어가시면서, 제가 주인님을 남겨두고

그곳을 떠나지 않는다면, 죽이겠노라고 위협하셨습니다.

영주 편지를 다오, 내가 살펴볼 터이니.

백작의 시종은 어디 있는가? 보초를 불러온 자 말이다.

—자, 자네 주인은 여기 왜 온 건가?

290 **시동** 그분께서는 아가씨의 무덤에 뿌릴 꽃을 가지고 오셨습니다.

그리고 저에게 물러나 있으라고 분부하셔서, 저는 그렇게 했

습니다.

곧 누군가가 횃불을 들고 무덤을 열러 왔는데,

그러더니 좀 지나서 제 주인님께서 그자에게 칼을 뽑으셨고,

그래서 전 보초를 부르러 달려갔습니다요.

295 **영주** 이 편지로 보아서는 신부의 말이 사실이로군.

그들의 사랑의 진행 과정이나, 줄리엣의 죽음의 시기며 말이오.

그리고 여기 이렇게 썼군. 자기가 가난한 약재상에게서

독을 구입하였으며, 죽어서 줄리엣 옆에 같이 눕고자

그걸 가지고 이 납골당으로 왔노라고 말이오.

300 이 원수들이 어디 있는 거요? 캐퓰렛, 몬테규?

보시오, 그대들의 증오에 어떤 처벌이 내렸는지,

하늘이 그대들의 기쁨거리인 자식을 사랑 때문에 죽게 만들

방법을 찾았구려.

　나 역시 그대들의 불화를 눈감은 데 대해

　내 친족을 쌍으로 잃게 되었으니, 모두가 벌을 받은 셈이구려.

305　**캐퓰렛**　오, 몬테규 사돈, 댁의 손을 이리 주시오.

　이건 내 여식이 맺어주는 것이오. 더 이상은

　난 요구할 수도 없으니.

　몬테규　하지만 난 당신에게 더 줄 수 있소이다,

　내가 줄리엣의 동상을 순금으로 세우겠소.

310　베로나가 그 이름으로 알려지는 한,

　그 어느 누구도 진실하고 정숙한 줄리엣의 동상만큼

　그 정도의 값어치로 세워지는 인물은 없을 것이오.

　캐퓰렛　그만큼 값비싼 로미오의 동상을 그의 아내 옆에 놓이게

하겠소,

　우리의 불화의 불쌍한 희생자들을 위해!

315　**영주**　오늘 아침은 우울한 평화를 가져다주는도다,

　슬픔 때문에, 태양도 제 머리를 내밀지 않는구나.

　자, 가서 이 슬픈 일들에 관해 좀 더 이야기해봅시다.

　어떤 이들은 용서받을 것이요, 어떤 이들은 처벌받아야 할 테지.

　줄리엣과 그녀의 로미오의 이야기보다

320　더 비통한 이야기는 결코 없을지니.　　　　　　　　**모두 퇴장**

프롤로그

소네트 구조가 이 작품의 시적인 특성을 강조해주는 가운데, 작품의 많은 부분이 운문으로 되어 있다. 사랑, 갈등, 그리고 운명이라는 주제들이 소개되고, 이야기의 결말이 드러나면서, "불운한 운명의 연인"들인 로미오와 줄리엣의 죽음이 이미 예정된 것으로 못 박힌다. "그 두려운 행로가 / 이제 저희 무대에서 두 시간 동안 펼쳐지나니"라는 메타-연극적인 언급은 사건에 강렬함과 속도를 부여하는 시간이라는 반복되는 모티브를 설정해주고, 로미오와 줄리엣의 삶과 결혼의 덧없음을 강조한다.

1막 1장

1~155행 샘슨과 그레고리는 몬테규가 사람들에 대한 증오심을 재치 있고 음란한 말로 주고받는다. 그들은 몬테규가의 두

하인과 마주치게 되자 그들을 화나게 해서 싸움을 벌인다. 벤볼리오가 중재하려고 애쓰지만, 티볼트가 나타나 "온갖 몬테규 자식들"을 증오한다고 선포하면서 그와 싸운다. 캐퓰렛과 캐퓰렛 부인이 도착하고, 뒤따라 몬테규와 몬테규 부인이 나타난다. 아내들이 말리는 가운데 두 집안의 수장들은 서로 위협하고, 두 집안의 싸움이 베로나의 길거리로 쏟아져 나오면서 작품 전체에 걸쳐 나타나는 사적인 것과 공적인 것 간의 연결고리와 긴장이 강조된다. 영주인 에스칼루스는 추후에 또 싸움을 벌여 평화를 교란하는 사람은 처형될 것이라고 선포한다. 몬테규 부부는 뒤에 남아, 벤볼리오에게 싸움에 대해 물어보고, 로미오가 연루되지 않은 것에 기뻐한다. 벤볼리오는 로미오가 "숭배를 받는 태양이" 뜨기 "한 시간 전에" "일찍부터 걷고" 있었다고 알려준다. 태양은 이 작품에서 주요한 이미지로, 시간의 경과를 환기시키는 데 일조할 뿐 아니라, 빛과 어둠 그리고 삶과 죽음이라는 이항대립적 이미지를 만드는 데 사용된다. 몬테규는 아들의 최근 기분에 대해 걱정을 표하며, 아들의 "눈물"과 "깊은 한숨" 그리고 어떻게 아들이 방 안을 "아름다운 햇빛은 차단해버린 채 / 인위적으로 밤으로" 만들었는지 말해준다. 로미오가 다가오자, 몬테규 부부는 벤볼리오에게 로미오와 이야기해보라고 맡겨두고 떠난다.

156~240행 벤볼리오는 로미오가 사랑에 빠진 것은 알지만, 그의 사랑이 보상받지 못한 것은 알지 못한다. 젊은 연인의 과

장되고 진부한 시적 표현을 사용하며, 로미오는 자신이 사랑하는 사람이 누구인지 "신음하면서" 말해주기로 하지만, 벤볼리오의 산문적인 반응과 맞부딪친다. 로미오는 자신이 사랑하는 여자가 스스로에게 순결을 맹세했다고 설명하는데, 이는 작품 전체에 걸쳐 "로맨스"의 보다 정신적이고 시적인 개념과 대립되는 사랑의 성적인 측면을 강조한다. 시각과 인식이라는 주제를 제기하는 대화에서, 벤볼리오는 로미오가 "그 여자 생각은 잊어"야만 하며, 대신 "다른 미인들도 살펴"봐야 한다고 주장하지만, 로미오는 "눈이 멀게 된 자는 잊을 수가 없다네 / 그가 잃어버린 시력의 그 소중한 보물을 말일세"라고 주장한다.

1막 2장

1~37행 파리스는 줄리엣과의 결혼을 요청하지만, 몬테규는 그녀가 너무 어리다고 주장하면서, "아직 열네 번째 해가 바뀌는 것도 보지 못했"다고 말한다. "그보다 더 어린 사람도 행복한 어머니들이 되어 있지요"라는 파리스의 주장에도 불구하고, 몬테규는 기다려야만 한다고 말한다. 하지만 줄리엣에게 "구애하여 마음을" 얻는 것을 허락하고, 자신이 그 청혼을 마음에 들어 하며 줄리엣의 남편은 줄리엣보다는 본인의 선택과 허락에 좌우될 것임을 보여준다. 그는 파리스를 그날 밤 "연회"에 초대하고 하인에게 초청장 명단을 주어 내보낸다.

38~100행 글을 읽지 못하는 하인은 벤볼리오와 로미오에게

도움을 청한다. 그는 "몬테규 가문 사람만 아니라면"이라 말하며, 두 사람을 연회에 초대함으로써 고마움을 표한다. 명단에 캐퓰렛의 조카딸이자 로미오의 보상받지 못한 사랑의 대상인 로잘린이 들어 있자, 벤볼리오는 로미오에게 로잘린을 다른 여성들과 저울질해보고 그의 "백조"가 "까마귀"임을 볼 수 있게 가보자고 제안한다. 로잘린을 "다른 몇몇 여인들"과 비교하여 가늠할 수 있는 로미오 눈의 "수정 같은 저울"에 대한 벤볼리오의 언급은 시각이라는 모티브를 강화하고, 또한 등장인물들과 주제, 그리고 빛/어둠, 삶/죽음, 남성/여성, 행동/말의 개념이 서로 대비되어 "저울질"되듯이, 작품 전체를 통해 지속되는 반대와 균형의 개념을 제기한다.

1막 3장

유모는 그녀의 교묘하고 음탕한 유머에 덧붙여, 무의식적으로 내뱉는 장황하고 저속한 대사들을 통해 자기도 모르게 재미있는 인물이 된다. 캐퓰렛 부인은 유모에게 줄리엣을 불러오라고 지시한 후 두 사람이 사적으로 이야기 나눌 수 있도록 나가 있으라고 시키지만, 마음을 바꾸고 유모에게 머물도록 청한다. 이는 아마도 모녀관계에서는 부족한 유모와 줄리엣 사이의 친밀감을 강조해준다. 줄리엣의 젊음은 캐퓰렛 부인이 그녀를 두고 "적당한 나이"라고 평할 때 다시 한 번 강조된다. 유모도 동의하며, 아기였던 줄리엣이 알지 못하면서 했던 성적인 풍자와 관련된 장황하고 반복되는 한 가지 일화를 거론한다. 결국 줄리엣이 유모를 입 다물게 만들고, 캐퓰렛 부인은 결혼 문제를 꺼낸다. 줄리엣은 자신이 "꿈도 꾸지 못한 영예"라고 말한다. 유모가 끼어드는 가운데, 캐퓰렛 부인은 "용감한 파리스"가 줄리엣에게 "구애"를 하고 있다고 밝힌다. 줄리엣은 파리스를 "좋아할지 한번 볼게요"라고 약속하는데, 그녀의 말은 순종적이지만 확실한 의견을 표명한 것은 아니다.

1막 4장

1~132행   로미오, 벤볼리오, 머큐시오가 가면무도회 참가자의 복장을 하고 있는데, 이는 작품 속에서 비밀스러움을 시각적으로 재현하는 것이다. 로미오는 춤추기보다는 횃불을 들고 있으려 하지만, 머큐시오는 그가 합세해야 한다고 주장한다. 두 사람의 대화는 머큐시오의 말솜씨를 드러내 보여주고, 로미오가 선포한 사랑이 머큐시오에 의해 음탕하게 왜곡되면서, 다시 한 번 "로맨스"와 섹스 간의 긴장이 강조된다. 로미오는 자신이 꾼 꿈 때문에 가면 안 된다고 걱정하지만, 머큐시오는 그를 조롱하며, 로미오가 "맵 여왕"과 함께 있었다고 주장한다. 머큐시오는 맵에 대해 열을 내며 환상적으로 묘사하느라 일시적으로 자신의 상상과 어휘들에 사로잡혀 버리고 그 이미저리는 더욱 심란해지는데, 로미오가 끼어든다. 벤볼리오의 현실적인 지적에도 불구하고, 로미오는 "별에 매달려 있는 어떤 결과", 즉 "때 이른 갑작스러운 죽음"이 있다고 주장한다. 이는 이 작품의 사건들 속에 운명/숙명의 존재를 강조하고, 극적인

아이러니를 만들어낸다.

133~214행 캐퓰렛은 모든 사람들에게 춤을 추도록 독려한다. 춤추는 사람들을 지켜보면서 그는 자신이 "가면을 쓰고" 있었던 때—"삼십 년" 전—가 얼마나 오래전인지 회고해보는데, 이는 작품 속에서 노년과 젊음이라는 또 다른 대조를 설정한다. 로미오는 줄리엣을 보고 그 미모에 깜짝 놀라, 자신이 "지금까지" "사랑을" 하지 않았노라고 선포한다. 줄리엣에 대한 그의 묘사는 빛과 어둠의 이미지를 강화하는데, 그녀는 "까마귀 떼와 함께 있는 한 마리 흰 눈 같은 비둘기"이다. 하지만 보석에 대한 언급과 그녀의 미모가 "쓰기에는 너무도 비싸고", "너무도 값지"다는 그의 주장 또한 가부장제 사회에서 상품으로서 지닐 수 있는 줄리엣의 지위를 강화해준다. 티볼트는 로미오의 목소리를 알아채고, 그의 침입에 격분하여 칼을 가져오라고 하인을 보낸다. 캐퓰렛은 "손님들 계신 데서 소동을 피우"는 걸 원치 않기 때문에 "그냥 둬라"라고 하고 "신경 쓰지" 말라고 지시한다. 캐퓰렛이 티볼트를 꾸짖고 손님들에게 말을 거는 사이에 일어나는 그의 대사 변화는 이 장면에서 공적인 것과 사적인 것 간의 긴장을 강조한다.

215~233행 이런 긴장은 로미오와 줄리엣이 말하고, 만지고, 처음으로 키스할 때 고조되는데, 공적인 공간에서 일어나는 아주 내밀한 순간이다. 그들이 첫 대화를 주고받는 부분은 소네

트 형태로 나타나는데, 각자가 4행시를 내놓은 다음 서로 교대로 대사를 말하며 하나가 된다. 이는 낭만적 사랑에 대한 전통적인 표현을 보여주지만, 또한 소네트로 된 프롤로그와 연인들의 운명을 상기시키기도 한다. 두 사람은 대화를 나누는 내내 종교적인 이미저리를 사용한다. 연인들이 티격태격하는 것 같은 말싸움에도 불구하고, 구조와 이미저리 양쪽 모두에서 언어에는 통일성이 있으며, 이는 지금까지 작품 속에서 벌어진 상당 부분의 말싸움—희극적이건 공격적이건 간에—과 대조된다. 로미오는 앳된 줄리엣보다 희롱에 대해 좀 더 연습한 바 있기에 처음에는 더 앞으로 나서지만, 곧 줄리엣이 그가 "제 죄를 다시 돌려주시지요"라고 말하도록 그에게 재촉하고 있다.

234~271행 줄리엣의 유모가 끼어들어, 어머니와 이야기를 나누도록 줄리엣을 보낸다. 로미오는 그녀가 누구인지 물어볼 기회를 얻는다. 그녀가 캐퓰렛가 사람임을 알게 되자, 그는 "내 목숨이 내 원수의 빚이라니" 하고 한탄한다. 줄리엣은 유모를 불러, 여러 손님들에 대해 물어보는 척하면서, 로미오의 정체를 알아내려고 애쓴다. 그녀는 그가 결혼했다면 자신의 "무덤이 내 결혼 침상이 될" 것이라고 혼자서 단언하는데, 그들의 운명에 복선을 깔아주는 로미오의 이전 대사들을 떠올리게 한다. 유모는 그가 "로미오", 그리고 "몬테규 가문의 사람"이라고 밝혀주고, 다시금 로미오의 말을 떠올리는 가운데, 줄리엣은 "나의 유일한 사랑이 나의 유일한 증오에서 비롯되다니!"라고 말한다.

2막, 코러스

로미오의 사랑이 로잘린으로부터 줄리엣에게로 옮겨간 것과 새로운 연인들 앞에 놓인 어려움을 소네트로 자세히 일러준다.

2막 1장

1~45행 로미오는 머큐시오와 벤볼리오가 자신을 찾자 숨어버린다. 그가 대답하지 않자, 머큐시오는 (로미오가 이제 줄리엣과 사랑에 빠진 것을 모른 채) 그를 조롱하기 시작한다. 먼저 한숨을 내쉬며 운율을 맞추고 이야기하는 관례적인 연인으로 이야기하다가, 점점 더 음탕해지면서, 머큐시오는 로미오가 로잘린이 "벌어진 엉덩이고 자네가 그 속에 들어갈 배!"이길 바란다고 말한다. 벤볼리오는 로미오가 "발견되지 않으려고 숨어"버렸다고 보고 머큐시오와 함께 떠난다.

46~248행 로미오는 이야기를 시작하지만, 줄리엣이 위에 있는 것을 보고는 중단한다. 그녀를 묘사하기 위해 다시 한 번 빛의 이미지를 사용하면서 그는 "줄리엣은 태양"이라고 주장하는데, 이 천상의 이미저리는 (무대에서 그들의 상대적인 위치에 의해 강화되는 가운데) 계속 유지된다. 그저 바라만 보는 것이 아니라 만져보기도 바라면서, "오, 내가 저 손의 장갑이라면 좋으련만, / 그래서 내가 그 뺨을 만져볼 수 있다면!"이라고 말하며 로미오의 어조는 육체적인 욕망으로 옮겨간다. 자신이 홀로 있다고 믿는 줄리엣은 말하고, 로미오는 극장 관객들과 함

께 이중의 관객을 이룬다. 그녀는 자신의 사랑을 선포하고 로미오가 몬테규가 아니기를 바라면서, 그가 사랑을 "맹세해"준다면 자신은 "더 이상 캐퓰렛으로 있지 않을" 거라고 말한다. 모습을 드러낸 로미오는 "새로이 세례받을" 것이라 선포함으로써 두 사람의 대화에서 시종일관 흐르는 종교적 이미저리가 강화된다. 깜짝 놀란 줄리엣은 자신의 "감추어진 생각"을 이야기하는데 끼어든 사람이 누구인지 묻고, 로미오가 정체를 밝히자, 자신의 친족이 그곳에서 그를 발견하게 되면 죽일 것이라며 걱정한다. 로미오는 사랑이 "이 담벼락을 뛰어넘"도록 도와주었으며, 사랑이 자신을 보호해줄 것이라고 주장한다. 줄리엣은 자신이 너무 앞서 간다고 로미오가 생각할까 봐, 그리고 두 사람의 사랑의 선언이 "너무 성급하고, 너무 조언도 구하지 않고, 너무 급작스러"운 게 아닌지 걱정하지만, 그에 대한 자신의 사랑을 인정한다. 유모가 부르는 소리에 줄리엣이 대답하고 돌아가면서 로미오에게 하는 일련의 "작별 인사"에서, 줄리엣은 로미오의 목적이 결혼이라면, 다음 날 "아홉 시"까지 그녀에게 전갈을 보내야만 한다고 말한다.

2막 2장

로렌스 신부는 약초들의 다양한 속성에 대한 지식을 보여주며 약초를 채집하고 있는 중이다. 로미오가 나타나자 신부는 이렇게 일찍 그를 보게 되어 놀라며, "로미오가 간밤에 잠자리에 들지 않았구먼" 하고 추측한다. 로미오가 인정하자, 로렌스 신부는 로잘린과 함께 있었다고 여기지만, "그 이름을 잊어버렸"다는 로미오의 주장에 안심한다. 그러나 로미오가 줄리엣에 대한 사랑을 고백하고 신부에게 두 사람을 결혼시켜달라고 부탁하자, 로렌스 신부는 회의적인 반응을 보인다. 모든 것을 다 쏟아부은 로잘린에 대한 로미오의 사랑을 상기시키며 "그렇다면 젊은이의 사랑은 / 그들의 가슴에 진정으로 있는 게 아니라, 그들의 눈에 있구나"라고 말한다. 로미오는 줄리엣을 사랑하며, 더욱 중요한 것은, 로잘린은 그렇지 않았지만 줄리엣은 자신을 사랑한다고 주장한다. 로렌스 신부는 누그러지고, 로미오와 줄리엣의 결혼이 그들의 "두 집안 간의 원한을 순수한 사랑으로" 전환시킬 수도 있으리라 판단한다.

2막 3장
머큐시오와 벤볼리오는 로미오가 여전히 "냉혹한" 로잘린 때문에 상심하고 있다고 믿는다. 벤볼리오는 티볼트가 로미오에게 보낸 도전장이 몬테규 가문에 전달된 것을 알려준다. 로미오가 도착하자, 머큐시오는 평상시의 조롱을 계속한다. 로미오가 이에 반응하여 템포가 빠른 재치 있는 대화를 계속 주고받는데, 이는 유모의 도착 이후 나오는 저속한 희극과는 대조된다. 유모는 "로미오 청년"을 찾고 있는 중이고, 머큐시오가 유모를 놀려대고 난 다음, 그와 벤볼리오는 떠난다. 유모의 장황한 수다와 유모를 귀 기울이게 만들려는 로미오의 시도에서 더 많은 유머가 유발된다. 마침내 그는 줄리엣에게 그날 오후 로렌스 신부님의 처소로 가서 "죄를 사함 받고 결혼하게 될 거"라는 말을 전하라고 이른다. 또한 자신의 하인이 기다리고 있다가, 그날 밤 줄리엣이 그에게로 내려줄 줄사다리를 가져갈 것이라고 한다.

2막 4장

줄리엣은 "반 시간" 안에 "돌아오겠노라 약속"했으나, 세 시간째 오지 않는 유모를 걱정하며 기다리고 있다. 이러한 시간에 대한 언급이 많아지면서, 긴박함과 무상함을 조금씩 더 인식하게 해준다. 유모가 도착하여 이야기를 지체하면서 줄리엣을 괴롭히지만, 결국 "아가씨를 아내로 삼아줄 남편이 기다리고 있으니" 로렌스 신부의 처소로 가라고 말해준다.

2막 5장

신부와 로미오는 줄리엣을 기다리고, 작품의 비극적 결론의 조짐이 다시 한 번 나타나는 가운데, 신부는 "이러한 격렬한 기쁨은 격렬한 종말을 맞는 법"이라며 성급한 사랑에 대해 주의를 준다. 줄리엣이 도착하자 신부는 두 사람을 결혼시키기 위해 데리고 나간다.

3막 1장

로렌스 신부 처소의 사적인 특성과 이전 몇 장면의 낭만적인 성격과는 대조적으로, 액션은 베로나 길거리의 공적인 장으로 옮겨가고 폭력과 남성적 명예의 주제들에 초점을 맞춘다. 무더운 날씨에, 벤볼리오는 머큐시오에게 "돌아가"자고 설득하려 애쓰는데, 무더운 날의 열기가 "피도 미친 듯이" 들끓게 만들고 캐퓰렛 쪽 사람들과 "싸움을 피할 수는 없을" 것이기 때문이다. 다소 부당하지만, 머큐시오는 벤볼리오가 "이탈리아의 그 어느 누구" 못지않게 싸움할 수 있다고 응수하고, 그들은 로미오를 찾고 있던 티볼트로 인해 방해받는다. 머큐시오와 티볼트의 대화가 점점 더 열을 띠게 되자, 벤볼리오는 다시 이성을 갖도록 권고하며, 그들이 "사람들이 나다니는 한길"에 있으니 "좀 한적한 곳"으로 물러가야 한다고 말한다. 로미오가 도착하자 티볼트는 그에게 "돌아서서 칼을 뽑아라" 하고 명한다. 가문에 대한 충성심과 새로이 맞은 아내에 대한 충성심 사이에 놓인 로미오는 거절한다. 자신이 설명할 수는 없지만, 티볼트를 사랑할 이유가 있다고 티볼트에게 단언하며 그는 싸우기를 거절한다.

머큐시오는 로미오가 "치욕스럽고, 비굴하게 굴종"하는 데 불만을 품고, 자기 칼을 티볼트에게 뽑는다. 로미오와 벤볼리오가 두 사람을 떼어놓으려 애쓰는 가운데, 티볼트가 머큐시오를 찌르고 도망간다. "두 집안 다 뒈져버려라"라고 반복해서 저주하면서, 머큐시오는 죽음의 길로 간다. 이윽고 티볼트가 다시 나타났을 때, 머큐시오의 죽음으로 그가 얻은 "승리"에 대해 로미오는 분노가 치솟는다. 두 사람은 싸우다가 로미오가 티볼트를 죽이게 된다. 벤볼리오는 로미오가 처형될 터이니 "달아나"라고 재촉한다. 로미오는 달아나기 전에 "난 운명의 노리개로구나!"라고 외친다. 에스칼루스 영주가 몬테규와 캐퓰렛과 그 부인들과 함께 도착한다. 벤볼리오가 자초지종을 설명하면서, 로미오가 처음에 싸우기를 거절한 점을 강조한다. 두 집안은 서로를 비난하며 죽은 사람들에 대한 정의를 요구한다. 에스칼루스는 로미오를 추방하기로 결정한다.

3막 2장

줄리엣은 자신이 "사랑의 대저택을 샀으나, / 그걸 아직 소유하지 못하고" 있다고 주장하면서, 초조하게 밤을 부르며 이야기할 때, 그녀의 언어는 성적인 자각을 보여준다. 유모가 도착하자 줄리엣은 로미오의 소식을 요구하지만, 유모가 반복할 수 있는 것은 단지 "그분이 죽었어요"라는 말뿐이다. 줄리엣은 로미오를 뜻하는 걸로 이해하고 유모가 티볼트를 언급할 때까지 슬픔에 쌓이고, 티볼트 이름이 언급되자 두 사람 모두 죽었다고 믿는다. 마침내 유모가 설명해주자, 줄리엣은 가문과 남편 간의 충성 사이에서 갈라진 채, 그 이전 장면에서 로미오가 처했던 상황과 유사한 처지에 놓이게 된다. 하지만 유모가 그를 저주하자 줄리엣은 곧바로 로미오를 변호한다. 줄리엣은 로미오가 추방되었다는 사실에 한탄하고, 자신이 "처녀이자 과부로 죽어야" 하는 처지를 비관하여 자결하겠다고 선언한다. 유모는 로미오를 찾아서 줄리엣에게 데려다 주겠노라 약속하고 반지를 받아 그에게 전달하러 간다.

3막 3장

로미오는 로렌스 신부의 처소에 숨어 있는데 사형보다는 "더 관대한 판결"이라고 표현하며 신부가 그의 추방 소식을 전해준다. 로미오는 "천국이 여기 있는데, / 줄리엣이 사는 곳 말입니다"라고 주장하며 동의하지 않는다. 자신을 위로하려는 신부의 시도를 거절하고 그는 바닥에 몸을 내던진다. 그때 유모가 도착하여 "일어나세요", "사내라면. / 줄리엣 아가씨를 위해"라고 촉구한다. 그의 남성성에 대한 이러한 호소는 신부에 의해서 되풀이된다. 로미오가 자결하겠다며 위협할 때 신부는 "자네가 사내인가?"라고 묻고 로미오의 눈물이 "여인네의 것"이라고 한다. 그는 계획을 대략 알려주는데, 로미오가 만투아로 떠나야만 할 때까지 줄리엣과 함께 있으라고 한다. 일단 그가 추방 상태로 있으면, 일을 바로잡을 방도를 마련할 것이라고도 한다. 유모는 로미오에게 줄리엣의 반지를 주고, 신부는 추방된 로미오에게 소식을 전해줄 것을 약속한다.

3막 4장

캐퓰렛은 그의 아내와 파리스에게 줄리엣이 "내 말을 들을" 것이라고 말하고, 캐퓰렛 부인에게 목요일에 파리스와 결혼하게 될 것임을 줄리엣에게 일러주라고 시킨다. 특히 "너무 늦었군. / 조금 있으면 이른 아침이라고 하겠구먼"이라는 캐퓰렛의 말은 사건의 진행 속도를 강조해준다.

3막 5장

1~64행   줄리엣은 아직 아침이 아니라고 로미오를 설득하고
자 노력하며, 그가 들은 것은 "나이팅게일이었어요. 종달새가
아니라"라고 주장한다. 로미오는 자신이 떠나거나 아니면 죽어
야만 한다고 설명해주지만, 줄리엣이 새벽과 그로 인한 이별을
인정하지 않으려 하자, 그는 순종하고 자신이 죽음과 직면하겠
노라고 말한다. 그러자 줄리엣은 로미오가 떠나야 한다고 주장
하고, 유모가 들어와서 캐퓰렛 부인이 곧 도착할 것이라고 경
고한다. 연인들은 작별 인사를 나누고, 또다시 그들의 운명에
대한 아이러니한 전조로, 줄리엣은 로미오가 "무덤 바닥에 죽
어 있는 사람같이" 창백하다고 말한다.

65~129행   캐퓰렛 부인은 줄리엣의 눈물이 티볼트로 인해 계
속된 슬픔 때문이라고 오해한다. 이어지는 대화는 캐퓰렛 부인
이 줄리엣이 로미오를 증오한다고 여기면서 아이러니로 가득
찬다. 줄리엣은 자신이 말하는 모든 대사에서 이중적인 의미
를 계속 유지해나가는데, 이는 비밀과 줄리엣의 자기 가족과의
분리라는 주제를 반영한다. 캐퓰렛 부인은 줄리엣이 파리스와
"다음 목요일 아침 일찍" 결혼해야 한다는 소식을 전하지만,
줄리엣은 거부한다. 그녀는 불가능한 상황에 처하여, 파리스와
결혼할 수도 없지만 그 이유를 가족들에게 밝힐 수도 없다.

130~213행   줄리엣이 부친에게 거부 의사를 반복하자, 부친

은 격분한다. 그의 격한 분노는 이 장면이 시작되는 부분의 연인들의 다정함과 대조를 이룬다. 이런 극단적인 분위기는 아마도 이 지점에서 줄리엣의 혼란을 반영하는 것이다. 캐퓰렛은 자신의 가부장적 권위와 결혼 문제에서 그녀를 처분할 본인의 "권리"를 반복하고, 거절한다면 부녀관계를 끊겠노라고 협박하며 "네가 내 딸년이라면, 내 친구에게 널 줄 것이고, / 네가 그렇지 않다면, 목을 매달건, 구걸하건, 굶주리건, 길거리에서 죽건" 절대 그녀를 "인정하지 않"겠다고 한다. 줄리엣은 어머니에게 호소해보지만, 캐퓰렛 부인은 자신은 딸하고 이야기가 "끝났"다고 선포한다.

214~254행 줄리엣이 마지막으로 애원하는 것은 유모인데, 하지만 유모 역시 파리스와 결혼하라고 조언한다. 이는 지금까지 그들 사이에 존재했던 유대를 깨는 "배신"인 셈이다. 줄리엣은 어머니에게 가서 자신이 로렌스 신부에게 갔다고 전해달라며 유모를 보낸 다음, 자신의 "상담자"인 유모와 의절할 것을 알리며, "유모하고 내 가슴속에 묻은 말은 이제부터는 결별이니"라고 선언한다. 줄리엣은 신부가 자신을 도울 수 없다면 자살하겠노라고 결심한다.

4막 1장
이 막을 구성하고 있는 비교적 짧은 장면들은 액션의 속도를 높이고, 사건들이 돌이킬 수 없는 방향으로 진행되는 것을 더욱 강하게 인식시킨다.

1~44행 줄리엣과의 결혼을 준비하기 위해, 파리스는 로렌스 신부의 처소에 있다. 신부는 결혼식이 너무 촉박하다며 걱정하지만, 파리스는 줄리엣이 티볼트 일로 "과도하게" 슬퍼하고 있으며 결혼이 "그녀의 눈물이 홍수를 이루는 걸 막으"리라 믿기에 캐퓰렛의 축복을 얻었노라고 설명한다. 줄리엣이 도착하자 파리스는 "나의 연인이자 나의 아내여!"라고 인사하지만, 줄리엣의 반응은 소극적이다. 줄리엣은 신부에게 고해성사를 할 수 있는지 묻고, 파리스는 줄리엣에게 "거룩한 키스"를 하는데, 이는 아이러니하게도 그녀가 로미오와 처음 만났을 때를 상기시키는 것이다.

45~128행 줄리엣은 신부에게 그의 지혜로 자신의 결혼을 막을 수 없다면 자결할 것이라고, 칼을 보여주면서 이야기한다. 신부는 자신의 해결책은 그들이 막고자 애쓰는 사건만큼이나 "절박한" 것이라고 대답한다. 즉, 줄리엣이 "파리스와 결혼하겠다고 동의"한 다음, 결혼 전날 밤 자신이 주는 "증류된 액체"를 마셔야만 한다는 것이다. 이것이 "마흔두 시간" 동안 그녀를 죽은 것처럼 보이게 해줄 것인데, 로렌스 신부는 로미오에게 이 사실을 알려줄 테고, 줄리엣이 캐퓰렛의 납골당에 안치되자마자 로미오가 와서 그녀를 만투아로 데려갈 계획이다. 줄리엣은 동의한다.

4막 2장

줄리엣은 부친에게 자신이 회개했다고 말한다. 캐퓰렛은 결혼이 다음 날 치러질 거라고 선포한다.

4막 3장

결혼식 때 입을 옷을 고른 다음, 줄리엣은 유모와 어머니에게 잠자리 인사를 한다. 일련의 질문으로 줄리엣의 독백이 시작되는데, 그 약이 효과가 없으면 어떻게 할지 혹은 로렌스 신부가 비밀 결혼에 본인이 개입한 사실을 발설하는 걸 막기 위해 "교묘하게" 자신을 죽이려는 것은 아닌지 등의 걱정과 불안을 드러내 보여준다. 줄리엣의 상상은 "수의를 입고 썩어가며 누워 있는" 티볼트의 시신을 포함하여 무덤의 공포를 불러일으키지만 약을 먹기로 결심하고, 로미오를 위해 약을 들이켠다.

4막 4장

1~129행 결혼식 준비가 한창 진행되는 가운데 캐퓰렛은 줄리엣을 깨우라고 유모를 보낸다. 유모는 줄리엣이 죽은 것을 발견하고 그녀의 부모님을 부른다. 줄리엣을 성당으로 데려가기 위해 도착한 신부와 파리스가 그 소식을 듣게 된다. 격한 슬픔에 빠져 있는 캐퓰렛 부부, 파리스 그리고 유모를 향해, 신부는 합리적이고 영적인 조언을 하며 줄리엣이 "구름들 너머로, 천국까지나 높이 / 올라가" 있다고 주장한다. 캐퓰렛은 결혼식 준비가 장례식 준비가 되도록 명한다.

130~174행 이 장면의 나머지 부분과는 대조적으로, 하인인 피터와 악사들 사이에 희극적인 대화가 오간다.

5막 1장

만투아에 있는 로미오는, 줄리엣이 죽은 자신을 발견하고 키스를 하여 되살리는 꿈에 대해 이야기한다. 발타자가 들어와서 그에게 줄리엣이 죽었다는 소식을 전한다. 로미오는 "별들이여, 난 너희들을 부인할 테다"라고 선포하고, 베로나로 돌아갈 것이라고 선언한다. 발타자가 자리를 떠난 후, 로미오는 너무 가난하여 기꺼이 독약을 팔 것이라 여겨지는 약재상을 찾아간다. 로미오는 "스무 명의 사내의 힘을 지니고" 있는 자라도 "곧바로" 죽일 수 있을 정도로 매우 강력한 독을 가지고 떠난다.

5막 2장

로렌스 신부는 존 신부로부터 자신의 편지가 로미오에게 전달되지 못한 사실을 알게 되고, 줄리엣이 깨어날 것이기에 서둘러 캐퓰렛 가의 무덤으로 향한다.

5막 3장

1~124행 파리스가 무덤에 꽃을 바친다. 그의 시동이 누군가 다가온다고 신호를 보내고 파리스는 뒤로 물러나 지켜본다. 이는 다시 한 번 액션에 대해 이중적인 관객을 만들고, 로미오와 줄리엣의 마지막 순간들에 대해 일련의 관찰자와 방해자들을

세워, 그들의 죽음이 첫 만남처럼 개인적이기보다는 공적인 사건이 되게 한다. 로미오는 "곡괭이와 쇠지레"를 발타자에게서 받아 들고 그에게 아버지 몬테규 경에게 전할 편지를 건네주고는 떠나라고 지시한다. 그러나 발타자는 로미오의 "의도"를 의심하여, 근처에 몸을 숨긴다. 파리스는 로미오임을 알아보고, 그가 "고인의 시신에 / 또 무슨 악하고 수치스러운 짓을 가하려고" 왔다고 믿고서 그에게 도전한다. 로미오는 파리스임을 알아보지 못한 채 "절망에 빠진 사내를 유혹하지" 말라고 그에게 경고한다. 두 사람은 싸움을 시작하고 로미오가 파리스를 죽이는데, 그의 마지막 청은 줄리엣 옆에 누여달라는 것이다. 로미오는 자신이 죽인 사람이 누구인지 알아보고 "훌륭한 무덤"에 그를 묻어주겠노라고 선언하고는 무덤을 연다. 그는 줄리엣의 아름다움에 놀라 아이러니하게도 그녀가 죽은 것같이 보이지 않는다고 평한다. 그는 작별을 고한 다음, 독을 마시고, 그리고 "키스하며" 죽는다.

125~179행 서둘러 무덤으로 온 로렌스 신부는 발타자와 마주친다. 그는 로미오가 이미 납골당에 들어왔음을 알게 된다, 안으로 들어간 신부는 로미오와 파리스의 시신을 발견한다. 그때, 줄리엣이 깨어나서 로미오를 찾는다. 신부는 어쩔 수 없이 그녀에게 로미오의 죽음을 말해주고, 보초가 오고 있으니 "그 죽음"의 "둥지에서" 신속하게 나오라고 재촉한다. 신부가 떠난 후 줄리엣은 텅 빈 독약병을 발견하고는, 로미오가 자신이 죽

도록 도와줄 "친절한 한 방울도 안 남겨두"었다고 책망한다. 그녀는 로미오에게 키스한 다음, 보초가 오는 소리를 듣자, 칼로 자신을 찌른다.

180~320행 보초 몇 명이 시신을 발견하고 캐퓰렛과 몬테규 가에 사람을 보내는 한편, 다른 보초들은 발타자를 붙들어 오고 그다음에는 신부를 붙잡아온다. 영주인 에스칼루스와 가족들이 도착한다. 몬테규는 부인이 로미오의 추방 소식으로 슬픔에 잠겨 죽었기에 혼자이다. 로렌스 신부가 자신을 "비난"하고 또 "죄를 씻어줄" 말로 지금까지의 사건의 전모를 밝힌다. 캐퓰렛과 몬테규는 화해한다. 그러나 이 화해는 비싼 대가를 치르고 얻은 것이다.

셰익스피어의 희곡을 이해하는 가장 좋은 방법은 그 극을 직접 관람하는 것이며, 이상적인 방법은 공연에 참여해보는 것이다. 우리는 수많은 공연들을 살펴봄으로써 놀라울 정도로 다양한 접근 방식과 해석이 가능하다는 것을 알게 될 것이다. 이러한 다양성은 셰익스피어 사후 4세기가 지난 지금에도 그의 극이 재창조되고 "동시대적인" 것으로 만들어지도록 하는 독특한 능력을 셰익스피어 극에 부여한다.

이 장에서는 먼저 셰익스피어의 극작품이 연극화되고 영화화되었던 역사를 간략하게 개관하면서 극이 어떻게 연출되어 왔는지에 대한 역사적 관점들을 제공하는 것으로 출발하고자 한다. 그다음으로는 지난 반세기 동안 무대에 올려진 일련의 RSC 공연들을 좀 더 자세하게 분석할 것이다. RSC를 대표해서 스트랫퍼드어폰에이번 소재 셰익스피어 출생지 재단에서 보유하고 있는 프롬프트 대본, 프로그램 해설, 논평과 인터뷰 등의 엄청나게 방대한 기록 자료들과 더불어, 한 극단이 오랜 기간에 걸쳐 셰익스피어의 정전을 되살리고 탐구하는 데에 헌신해야만 생길 수 있는 공연들 간의 대화에 대한 감각은 "RSC 무대 역사"가 연극의 화학적 작용을 고찰해볼 수 있는 하나의 실험장이 되도록 해준다.

마지막으로 관계자들의 말을 들어볼 것이다. 현대 연극은 연출가에 의해서 주도적으로 만들어진다. 배우는 자신의 역할에만 집중하면 되는 반면에, 연출가는 극 전체를 조화롭게 만들어야 한다. 그러므로 연출가의 관점은 특히 중요한 가치를 지닌다. 그리고 마지막으로 배우의 관점, 즉 로미오와 줄리엣의 눈을 통해 본 작품에 대한 견해를 살펴볼 것이다.

〈로미오와 줄리엣〉의 4세기: 개관

〈로미오와 줄리엣〉은 셰익스피어의 가장 인기 있는 작품들 가운데 하나로, 왕정복고 이전에는 구체적인 공연 일자에 대한 직접적인 증거가 없긴 하지만, 1595~1596년에 쓰였다. 그럼에도, 초기에 인쇄된 텍스트들은 처음부터 이 작품이 인기 있었음을 말해준다. 1597년의 제1사절판은 "로드 헌스던 극단 소속 배우들에 의해, 종종 (대단한 박수와 더불어) 공개적으로 공연되어왔다"라고 주장하고, 제2사절판은 2년 뒤에 이 작품이 "여러 시기에 로드 체임벌린 극단 소속 배우들에 의해 공개적으로 공연되었기에, 새로이 교정되고, 늘어나고 개정"되었다고 밝히고 있다. 반면 제3사절판은, 로드 체임벌린 극단이 국왕 극단이 되었던 시기인 제임스 1세의 등극 후에, 이 작품이 "여러 시기에 국왕 폐하의 배우들에 의해 공개적으로 공연되어 왔다"고 주장한다. 우리는 그 극단의 희극배우인 윌 켐프가 피터 역할을 맡았다는 것을 아는데, 대사를 하는 등장인물의 이름 대신 그 자리에 "켐프"가 나오기 때문이다. 또한 무대 지시 부분에는 2층 무대, 침대와 발견공간 및 필요한 무대 소품들에 대한 설명이 나오면서, 이 작품이 어떻게 연출되었는지를 알려준다. 이 극단의 주연 배우인 리처드 버비지가 로미오 역할을 했다는 타당한 증거가 있다.

왕정복고 이후 처음으로 기록된 공연은 1662년에 링컨스인 필즈에서 윌리엄 대버넌트 경의 공작 극단에 의해 공연된 것이었다. 새뮤얼 페피스가 3월 1일 개막 공연에 참석했다.

> 오페라 극장에 가서 그곳에서 〈로미오와 줄리엣〉을 보았는데, 첫 공연이었다. 하지만 작품 자체가 내 평생 들어본 중에 최악이었고, 내가 본 그들의 연기 중 최악의 연기였다. 그래서 다시는 첫 공연은 보지 않겠노라고 결심했는데, 그것들은 죄다 다소 형편없었기 때문이다.[1]

대버넌트의 극단 회계 담당자였던 존 다운스는 《로시우스 앵글리카누스》에서, 연인들이 살아남도록 제임스 하워드가 희비극적으로 개작한 것을 언급하는데, 이것이 페피스가 본 작품

일 수도 있다. 다운스의 배우 명단은 로미오에 헨리 해리스, 줄리엣에 메리 선더슨(이 역을 연기한 최초의 여성), 머큐시오에 토머스 베터튼의 이름을 올리고 있다. 이후의 재공연에서, 셰익스피어의 작품과 하워드의 작품이 번갈아 공연되었다. 다운스는 또한 다음의 경우를 언급하고 있다.

이 작품에서는 캐퓰렛가와 파리스의 집안 사이에 싸움과 실랑이가 있다. 캐퓰렛의 아내를 연기한 홀든은 급히 들어와, "오 우리 백작님(카운트)" 하고 외쳤다. 그녀는 무심코 '카운트!'라는 단어를 세게 강세를 주어 발음하면서 어쩌다가 'o'를 빠뜨리는 통에 극장을 한바탕 웃음바다로 만들었는데,* 썰물 때의 런던 브리지는 그에 침묵했다.[2]

하워드의 버전은 이 작품을 줄이고 개작하고 다시 쓰는 데 있어 하나의 전례를 만들었다. 셰익스피어의 텍스트는 희극과 비극 그리고 음탕한 은어가 혼합되어 있는 데다, 왕정복고 시대의 감성과는 맞지 않았기에 테오필러스 시버의 1744년 공연이 나올 때까지 공연되지 않았다.

1677년 대버넌트의 극단은 토머스 오트웨이가 개작한 〈카이우스 마리우스의 역사와 몰락〉을 공연하였는데, 여기서 〈로

---

*영어에서 백작이라는 뜻의 '카운트(Count)'라는 단어에서 'o'를 빼면 'cunt'라는 '여자 성기'를 뜻하는 단어가 된다.(옮긴이)

미오와 줄리엣〉의 플롯이 고대 로마로 옮겨지고, 동시대의 정치적 풍조가 부여되고, 내전이 배경으로 설정되었다. 오트웨이는 다른 변화들도 도입하였는데, 토마스 베터튼과 엘리자베스 배리가 연기한 두 연인 마리우스와 라비니아가 작별 인사를 나누던 줄리엣의 정원 장면도 이에 포함된다. 마지막 막에서, 라비니아는 마리우스가 죽기 전에 깨어나는데, 이는 시버와 개릭에 의해 계속 유지된 변형이다. 하지만 가장 인기 있는 공연들은 술피티우스(머큐시오) 역을 케이브 언더힐이 연기하고 제임스 녹스가 유모로 희극적으로 변신한 것들이었다.

1744년, 시버의 리바이벌은 "1백 년 동안 공연되지 않은" 셰익스피어의 작품으로 홍보되지만, 실은 그가 첨가한 부분에다 오트웨이의 작품에서 가져온 것들과 함께 〈로미오와 줄리엣〉과 〈베로나의 두 신사〉를 합쳐놓은 것이었다. 시버는 자신을 로미오로, 열네 살 된 그의 딸 제니를 줄리엣으로 캐스팅했다. 2년 뒤에, 토머스 셰리든이 더블린의 스모크앨리 극장에서 성공적인 공연을 올렸다. 1748년에는 개릭이 스프랜저 배리와 수잔나 시버를 주연으로 하여 드루어리레인 극장에서 그 작품을 공연하였다. 그들이 코벤트가든을 향해 출발했을 때, 개릭은 로미오 배역을 자신이 맡았고, 조지 앤 벨라미가 줄리엣이었다. 이렇게 하여 그들은 직접적으로 경쟁했고 평론가들은 어느 것을 더 선호하는지 결정짓지 못했다. 다음은 익명의 여성 관객의 판정이다.

만약 너무도 열렬하고 열정적인 개릭의 로미오에 대해, 내가 줄리엣이었다면, 그가 발코니에서 내게로 올라올 거라고 기대했을 것이다. 그러나 그토록 다정다감하고, 그토록 달변에 그토록 유혹적인 배리의 로미오에 대한 줄리엣이었다면, 분명 난 그에게로 '달려 내려갔을' 거다![3]

그러나 "시어트리쿠스"*라는 필명을 쓰는 평론가 아서 머피는 네 명의 주요 배우들 모두가 "어떤 배우도 진정으로 연기할 수 없고, 어떤 관객도 철저히 속을 수 없기를 원한 듯 보이는데, 내 말은 막 유년기와 구분되는 그 정도의 사춘기라는 뜻이다"[4]라고 이의를 제기했다. 게다가 관람객들은 인가를 받은 양쪽 극장에서 모두 동일한 작품을 내놓아 선택이 제한된 것에 반발했고,《런던 매거진》에 익명으로 쓴 한 기고자는 다음과 같이 불평했다.

자—오늘 밤은 무언가? 화난 네드가 말하길,
　　　침대에서 일어나며,
또 로미오야!—그리고 자기 머리를 가로젓더니,
　　　아! 두 집안이 저주나 받아라.[5]

양쪽 공연에서 사용되고 플롯을 명료하게 해주도록 고안되었

*원어는 'Theatricus'로, '연극쟁이'로 번역할 수 있다.(옮긴이)

던 개릭의 개작은 연인들에게 초점을 맞추었고, 로잘린을 없애고, 개릭의 광고에 의하면, "딸랑대는 소리와 옥신각신하기(운율 맞추기와 말장난)"를 포함한 다른 외적인 요소들은 전부 없애버렸다. 그리고 "잇따라 미쳐가는 두 연인들의 새로운 대화"6)를 포함시켰다. 그것은 경탄스러울 만큼 성공적이었고, 거의 한 세기 동안 무대를 지켰다.

개릭의 텍스트를 사실상 변경하지 않고 이용하여, 존 필립 켐블은 몇 차례의 공연에서 로미오를 맡았고, 세라 시든스는 오직 한 번 줄리엣을 연기했다. 에드먼드 킨의 로미오는 마찬가지로 영감을 주지 못했는데, 보통 열광적인 반응을 보이는 윌리엄 해즐릿에 의하면, "킨은…… 납으로 만든 동상처럼 서 있었다."7) 윌리엄 찰스 머크리디는 이 작품을 거의 공연하지 않았고, 찰스 켐블의 로미오는 좋은 반응을 얻었다 할지라도, 그는 자신의 머큐시오로 더 잘 알려져 있었는데, 1829년에 딸 패니가 줄리엣으로 연극 무대에 데뷔하여 굉장한 인정을 받게 됐을 때 그가 맡았던 역할이다. 애들레이드 네일슨과 헬렌 포싯과 같은 주목할 만한 19세기의 줄리엣들이 있었지만, 로미오 역은 주도적인 비극 배우들에게는 문제 있는 것으로 인식되고 있었다.

결국 그 역할과 셰익스피어의 작품은 위대한 미국의 여배우 샬럿 쿠시먼이라는 여성에 의해 그 레퍼토리에 복구되었다. 그녀는 1845년 헤이마켓 극장에서 상연된 공연에서 남성의 역할을 맡아 로미오를 연기하였고, 자매인 수전이 줄리엣의 역을 맡았다. 쿠시먼은 개릭이 첨가한 것들의 대부분을 잘라내고 로잘린을 복구시켰지만 셰익스피어의 말장난은 복구시키지 않았다. 텍스트상으로 그녀가 삭제한 것은 전반적으로 로미오의 역할을 더욱더 돋보이게 해주었다. 그것은 연극적 승리였고, 평론가들은 하나같이 칭송하였다.

쿠시먼의 로미오는 수년간 보아온 어떠한 로미오보다 훨씬 더 우월하다고 말하는 것으로 충분하다. 그 차이는 정도의 차이가 아니라, 종류의 차이이다. 오랜 기간 동안 로미오는 하나의 관습이 되어왔다. 쿠시먼의 로미오는 창조적이고, 살아 있고, 호흡하고, 생동감 있고, 열정적인 인간이다. 관람객들의 기억은 로미오를 한 개인으로서가 아니라, 다소 능변으로 전달되는 연설의 총집합으로 떠올릴 것이다. 쿠시먼은 생생한 불꽃을 일으켜주었고, 그로 인해 부분들은 함께 엮이고, 하나의 유기적인 총체가 되었다.[8]

많은 공연들이 쿠시먼의 성공을 뒤따랐다. 1869년 뉴욕의 부스 극장의 개막일 밤에 에드윈 부스는 장관을 이루는 무대장식과 더불어 굉장한 대중적 성공을 입증한 바 있다.

그림 같은 이탈리아의 길거리들, 호화로운 정원들, 화려하고 밝은 실내장식들, 그리고 엄숙한 사이프러스 나무로 그늘진 묘역들이 언제나 변화하는 그림 속에 하나로 결합되고, 너무도 빠져들어 버리게 하는 환상을 만들어내어, 로미오와 줄리엣의 사랑과 행복과 슬픔과 비참한 운명을 지켜보는 관객들은 마치 자신이 머나먼 과거 속에 실제로 살고 있는 것처럼 거리를 걸어 다니고 3백 년 전 베로나와 만투아의 그 당시의 경험에 동참하면서 두 사람의 현실을 인식하고 가까이서 그들을 뒤따를지도 모른다.[9)]

1882년 라이시엄 극장에서 상연된 헨리 어빙의 공연은 이와 비슷하게 훌륭했다.

이곳은 사고파는 일로 바쁜 베로나의 장터에 해당하는 장소였다. 당나귀들과 아이들과 무대 중앙의 그림 같은 도랑과 뒷배경의 경사진 다리, 삶, 생기, 그리고 색채와 배치 등, 모두가 훌륭하게 배열되고 연구되었으며, 기대에 찬 시선에 모습을 드러내 보이고 있었다.[10)]

헨리 제임스는 "어빙은 로미오가 아니고, 테리는 줄리엣이 아니며, (유모를 연기한) 스터링을 제외하고는 어느 누구도 특별하지 않았다"[11)]라며 연기에 대해서 찬사를 덜 보냈다. 조지 버나드 쇼는 패트릭 캠벨이 줄리엣으로 나온 라이시엄 극장에서의 존스턴 포브스-로버트슨의 1895년 리바이벌에 대해 마찬가지로 그다지 열광적이지 않았는데, 배우들이 잘못 캐스팅되었고 공연은 길들여졌다고 여겼다. 그리고 "옥신각신하는 싸움에 대한 셰익스피어의 애정에 대해 포브스-로버트슨은 분명 어떠한 공감도 없다. 무대에 싸움 장면을 연출한 데서도 법과 질서에 대한 그의 사랑이 튀어나오는 것을 볼 수 있다"[12)]고 평했다.

시각적으로 볼거리가 많은 공연에 반대하는 반응이 윌리엄 포엘과 엘리자베스 시대 연극 협회와 더불어 나왔는데, 이 협회는 셰익스피어의 작품만을 공연하며, 텍스트 전체를 사용하고 가능한 한 원래의 무대 상태를 적용하였다. 이 시도는 금전적으로는 성공하지 않았지만, 새로운 세대의 연출가들에게 미친 영향은 장기적이었고 또한 막대했다. 〈로미오와 줄리엣〉은 이 협회의 1905년도 마지막 공연이었고, 포엘은 무명인 두 명의 10대, 에스메 퍼시와 도로시 민토를 주인공 역할에 기용했다. 이 공연은 4회만 상연되었는데, 모두가 확신한 것은 아니었지만—《아카데미》의 연극 평론가는 셰익스피어가 결코 학문 분야에서 무대로 적절하게 번역될 수 없다는 낭만적 생각에 주의를 돌렸다[13]—평론가 J. C. 트레윈은 그 중요성을 인식했고 "처음으로 이 작품이 참을 만했다. 나는 그랜빌 바커*와 함께 앉아 있었는데…… 연인들은 냉정한 기교 대신에 대단한 젊음의 열정을 가져다주었다"라고 여겼다.[14]

존 길구드는 단순한 무대, 빨리 진행되는 액션, 그리고 단순한 운문 말하기에 대한 포엘의 생각 중 많은 것을 1932년 옥스퍼드 대학 연극 협회 그리고 1935년 올드빅 극장의 작품 공연에 도입했다. 옥스퍼드 공연에서 길구드는 페기 애쉬크로프트가 줄리엣을, 이디스 에번스가 유모를 맡은 가운데 남학생을

---

*할리 그랜빌 바커는 포엘의 1898년 〈리처드 2세〉에서 주인공을 맡았던 주도적인 멤버였다. 그는 나아가 성공적인 연출가, 평론가, 극작가가 되었다.(옮긴이)

기용했다. 길구드와 로렌스 올리비에가 번갈아가며 로미오와 머큐시오의 역할을 맡았다. 평론가 제임스 어게이트는 "엘리자베스 시대를 위해 쓰였고 그림 무대로 옮겨간 작품을 공연하는 어려움은 언제나 타협으로 해결되어야만 하는데, 이는 장점과 단점이 나란히 손잡고 가야 함을 뜻한다"고 인정했다. 그의 견해에 따르면, 이 공연의 장점은 "이 비극을 가져오는 불타는 발을 가진 그 종마가 충분히 빠른 속도로 달리도록 해줄 수 있었다"는 것이었고, 단점은 장면 변화를 피하기 위해 고안된 반영구적 세트가 방해가 되어 "액션이 베로나에서 일어나기보다는 그 한 모퉁이에서 벌어지는 듯이 보였다"는 점이다. 그는 또한 "이탈리아의 태양과 온기는 사라져버렸고 모든 일이 밤에 일어났으며, 무덤 장면이 가장 쾌활한 것이라니!"라며 조명에 대해서도 비판했다. 반면 "경쟁을 이루는 패거리의 축구복 같은 옷이 몬테규와 캐퓰렛보다는 축구팀 원더러스와 울브스를 더 상기시키기는 했지만, 의상은 매력적이었다"[15]고 평했다.

평론가들은 개별적인 공연들에 대해서는 의구심을 표했지만, 대부분은 전반적으로 길구드의 공연이 "연인들이 처한 운명의 잔혹함을 최대로 보여준다"는 데 동의했다.[16] 〈타임스〉는 이 공연의 "주요 매력"은 "기교와 기질이 손을 맞잡고 움직이는 듯 보이는 페기 애쉬크로프트의 줄리엣"에 있으며 "그녀의 연기는 등장인물을 시의 차원으로 지탱해주는 그 정교한 자연스러움으로 기억할 만한 것이다"[17]고 평했다. 이디스 에번스의 유모 역시 "그녀는 유모로서, 손가락 끝까지 대단히 자연스러운 인물이다. ……그녀의 공연만으로도 이 리바이벌은 반드시 볼 필요가 있다"[18]고 마찬가지로 찬탄받았다. 비교하는 것이 불쾌하겠지만, 이 경우에는 불가피했는데, 대부분은 "올리비에의 로미오는 상당히 많이 사랑에 빠진 모습을 보여주었지만 시는 다소 엉망이었고, 반면 길구드는 정교하게…… 운문을 새겨준다. …… 하지만 이 로미오가 자기 자신 외에 어느 누구와도 진정으로 사랑에 빠질 수 있을는지?"[19]라는 어게이트의 말에 동의했다.

피터 브룩의 1947년도 스트랫퍼드의 셰익스피어 기념극장에서의 공연은 〈타임스〉에 "무모할 정도로 볼거리에 치중한 버전으로…… 시, 연기, 심지어는 이야기 자체까지도 그림 같은 화려함을 위해 희생시켰다"[20]라고 묘사된다. 하지만 개별적인 연기들은 칭송받았다.

폴 스코필드의 매력적인 머큐시오와 마일스 이슨의 굉장히 교활한 티볼트는 탁월했다. …… 베아트릭스 레만의 유모는 놀라운 연기였으며, 줄리엣의 장면을 훔치는 일 없이 줄리엣을 위한 적절한 배경을 제공해줄 만큼 충분히 저속하고 감상적이었다. 로렌스 패인의 로미오는 사내답고, 심지어 난폭했지만, 섬세함과 다양성이 결여되었다. …… 다프네 슬래이터의 줄리엣은 젊고 신선했는데, 그녀는 그 역할의 파토스를 전달해주는 데 성공적이었지만, 최고의 순간들을 위한 자산은 아직 없으며, 그녀가 나오는 주요 장면들엔 다양성이 결여되어 있었다.[21]

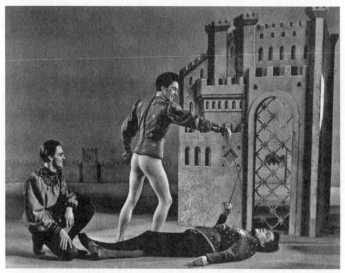

피터 브룩의 1947년 공연. 폴 스코필드가 머큐시오, 로렌스 패인이 로미오, 존 해리슨이 벤볼리오 역을 맡았다.

문제는 늘 그렇듯이, 그 역할에 신빙성을 줄 수 있을 만큼 충분히 젊어 보이면서 그 역을 제대로 표현할 만큼 충분히 경험 있는 주요 배우들을 찾는 것이었다.

　1960년, 프랑코 제피렐리는 1950년대 말에 비평적으로 갈채를 받은 코벤트가든에서의 이탈리아 오페라 공연으로 그 명성을 확고히 했던 친영국계 이탈리아 디자이너이자 연출가였는데, 올드빅 극단을 위해 〈로미오와 줄리엣〉을 연출하도록 초빙되었다. 그의 공연은 "자연주의"와 서사적 단순성 그리고 아름다운 무대 세트로 특징지어졌다. 이 작품은 그의 첫 셰익스피어 작품이었다. 그는 젊은 관객들에게 어필하고 작품의 열정을 끌어내기를 원했다. 그는 많은 개별 행들과 마지막 두 막의 상당 부분을 잘라냈을 뿐 아니라 하인들, 악사들, 작품 초반의 페트라르카식 대화 부분, 관객이 보았던 사건에 대한 서술식 설명들, 로렌스 신부의 충고를 포함하여, 작품의 서사적 추진력을 더해주지 않는, 자신이 외적인 것으로 여기는 것을 전부 잘라내 버렸다. 전부 통틀어 그는 약 1천 행, 대략 작품의 1/3가량을 잘라냈고, 낭만적이고 빠르게 진행되는 공연을 전달하는 데 집중했다.[22] 이 공연은 줄리엣에 주디 덴치를, 로미오에 존 스트라이드를 기용했다. 평론가들은 "지난 화요일 올드빅 극장에서 어느 외국인 연출가가 셰익스피어를 새로운 눈과 빠른 기지를 가지고 스타일상의 선입견 없이 접근했다. 그리고 그가 한 것은 기적이었다"라며 그 신선함과 활력에 깜짝 놀랐다. 케네스 타이넌은 계속해서 그것의 성공을 낳은 특징들을 세부적으로 묘사했고 보다 전통적인 접근 방식에 대해 향수를 지닌 평론가들을 반박했다.

등장인물들은 실제 현실보다 더 크지도 더 작지도 않았다. 그들은 정확하게 실물 그대로였고, 우리는 그들이 자연스럽게 또한 예측할 수 없게 살아 있는 것을 지켜보았다. 연출가는 그들을 마치 실제 상황 속의 진짜 사람들인 것처럼 다루는, 단순하면서도 놀라운 방향을 취했다. 그런 상황 속에서 인물들이 어떻게 행동할지만을 스스로에게 물어보면서 말이다. 충분히 명확하게 들리는데, 하지만 결과는…… 하나의 계시이며, 심지어 어쩌면 하나의 혁명일 것이다. 무대 위의 어느 누구도 자신이 불멸의 비극, 아니 실로 어떤 종류의 비극에 등장 중임을 깨닫고 있는 것처럼 보이지 않는다. 그 대신 배우들은 본인들이 그 결과를 예측할 수 없는 진퇴양난에 빠져 있는 보통 사람들처럼 행동한다. 이와 같이 사실적으로 다루어지면서, 때로 거론되듯이, 셰익스피어의 본질적인 특질은 상실되어버린다. 나는 열렬하게 이의를 제기한다. 상실되는 것은 셰익스피어가 아니라 우리가 그토록 자주 그를 그렇게 만들어버린 그 형식적이고 탈인간화된 상투적 유형이다.[23]

"의미와 인물이 결합되었다"라고 그는 결론 내리며, "그들의 상호작용에서부터 시가 생겨난다. 이 공연은 마을 전체를, 온갖 삶의 소란스러운 방식을 불러일으켰고, 무대 위의 삶이 너무도 풍부하고 탁월해서 나는 그다음에 무슨 일이 일어나는지 알기 위해 기다릴 수도 없었다. 올드빅 극장은 10년 동안 이보다 더 좋은 작품을 공연한 적이 없다"[24]라고 평했다. 이 공연은 엄청나게 흥행에 성공했고 나아가 세계 각지로 순회공연을 했다. 제피렐리는 그의 인기 있고 영향력 있는 1968년 영화 버전을 만들었을 때 이 공연을 연출한 자신의 경험을 활용하였다.

〈로미오와 줄리엣〉 공연의 수가 최근에 현격하게 늘어났는데, RSC만 해도 아래에서 자세하게 논의될 1947년도 브룩의 공연 이후 스트랫퍼드에서 열다섯 편을 올렸다. 이 작품의 계속되는 인기는 그 현저한 비극적 플롯과 한창 젊은 주인공들의 원형적인 호소력에 기인한 것인데, 교육 전문가들은 젊은 관객들의 동정심을 끌어내기 쉽다고 판단하여 학교 교과과정에 자주 포함시킨다. 플롯의 성격 또한 1963년의 프라하에서부터 1981년의 동베를린, 그리고 1991년의 프랑스계 캐퓰렛과 영국계 몬테규를 담은—2개 국어를 사용한— 로베르 르파주의 〈로미오와 줄리엣〉에서의 캐나다에 이르기까지, 일련의 상이한 문화적 시나리오들에 맞추고 최신화하는 데 이상적이었다.[25]

내재된 극적 가능성을 이용하는 가운데, 작품을 정치적으로 폭발적인 상황 속에 설정하는 것이 텍스트를 왜곡시킬 수도 있다. 몬테규를 흑인으로, 캐퓰렛은 백인으로 설정하여 국립 극장에서 공연된 팀 서플의 2000년도 공연에 대한 비평에서 캐서린 던컨-존스가 지적한 바 있듯이 말이다.

캐퓰렛 가와 몬테규 가의 인종적 차이는 잘 구축된 이 작품의 균형을 심하게 깨뜨린 것으로 판명된다. 그들의 "오래된 원한"은 더 이상 문화와 야심이 똑같은 집안 간에 의미 없이 오래 지속된 불화같이 보이지 않는다. 왜냐하면 그것이 너무도 쉽게 알아볼 수 있고, 또한 금방 알 수 있게도 고집스러운 인종 간의 적대감에서 비롯된 것으로 보이기 때문이다.[26]

그럼에도 불구하고 그녀는 실재적으로, "다른 인종으로 캐스팅한 것은 놀라울 만큼 거의 효과가 없다"고 결론 내린다.

4세기간의 과정에 걸쳐, 이 작품은 새로운 무대 배경만이 아니라, 다른 언어와 미디어를 통해 번역과 변형을 겪어왔는데,

여기엔 "벤다와 슈바넨버거의 작품(양쪽 모두 1776년으로 연도가 표시된다)에서부터…… 구노의 〈로미오와 줄리엣〉(1867)에 이르기까지…… 30편 이상의 오페라"[27]가 포함된다. 가장 유명하고 가장 인기 있는 것이 레너드 번스타인의 〈웨스트사이드 스토리〉인데, 이것은 20세기 후반 뉴욕을 배경으로 그 이야기를 설정한다. 차이콥스키와 프로코피예프의 음악에 맞춰 유명한 발레가 안무되었다. 더글러스 라니에는 인도를 배경으로 한 머천트 아이보리의 〈셰익스피어 왈라〉(1965)에서부터 마블 코믹스의《무시무시한 엑스맨 5편: 그녀는 천사와 함께 잠들어 있도다》(2004)에 이르기까지 영화와 텔레비전 개작물의 목록을 작성한다.[28]

〈로미오와 줄리엣〉은 셰익스피어의 작품들 가운데 가장 빈번하게 영화화되는 것 중 하나였다. 많은 무성영화 버전이 1902년과 1926년 사이에 만들어졌고, 노마 시어러와 레슬리 하워드가 주인공 역할을 맡은 어빙 탤버그와 조지 쿠커의 1936년 할리우드 작품과 1954년의 르나토 카스텔라니의 영국-이탈리아 버전이 나오기 전에 몇몇 유성영화 버전이 있었다. 가장 유명하고, 가장 성공적이고, 가장 널리 이용되는 영화는 프랑코 제피렐리의 1968년 버전과 바즈 루어만의 1996년 작품이다. 제피렐리의 영화는 그의 1960년 무대 공연작을 논리적으로 확장한 것이었다. 셰익스피어를 대중화하겠다는 그의 결심은 1966년 리처드 버튼과 엘리자베스 테일러 주연의 엄청난 성공작 〈말괄량이 길들이기〉의 영화 버전을 만들어냈다. 2년 후 그는 〈로미오와 줄리엣〉을 영화로 만들었고, 질 레벤슨이 설명한 바 있듯이 "그 영화를 구상하면서, 제피렐리는 이론과 실재에 있어 자신의 이전 방법을 반복했다. 물론 이번에도 그는 많은 영화적 착상들을 논리적 결론으로 담을 수 있었다."[29] 제피렐리와 루어만의 영화 모두 시각적으로 탁월하지만 세팅과 영화적 접근법에 있어 꽤 다르다. 제피렐리는 중세 베로나를 재창조해내는 반면, 루어만은 장면을 베로나비치라는 현대 미국의 교외로 옮겨놓는다.

> [제피렐리의] 영화는 멜로드라마적이고 선적이며, 운명의 역할과 로미오와 줄리엣의 이야기가 다르게 결말날 수 없다는 인식을 부각시킨다. 반면 루어만의 셰익스피어 텍스트 해석은 원전에 경의를 표할 뿐 아니라 또한 그전에 나온 영화 버전들에도 경의를 표한다. 그러나 리어나도 디캐프리오와 클레어 데인즈가 맡은 두 연인에 대한 루어만의 묘사는 그의 두 젊은 연인들이 보다 더 현실에 기반을 두고 있고 사색적이며 인물의 내적 성숙함과 강인함을 지니고 있음을 보여준다는 점에서 제피렐리의 영화로부터 분명히 벗어났다는 것을 표시해준다. 이 두 인물들을 통해 표현되는 사춘기에 대한 그의 묘사는 더 세속적이다. 루어만의 〈로미오와 줄리엣〉은 플래시백과 플래시포워드를 많이 사용하여 대본의 극적 성격을 증대시킨다. 그의 스타일은 아이러니를 제시하고 이야기 속에서의 운명의 역할은 대단치 않게 여긴다.[30]

현대적인 "베로나비치"의 갱들. 바즈 루어만의 1996년 영화 〈윌리엄 셰익스피어의 로미오+줄리엣〉에서 머큐시오(해럴드 페리노)가 검(Sword)이라는 상표가 붙은 로미오(리어나도 디캐프리오)의 총에 손을 뻗친다.

두 영화 모두 비평가들의 많은 관심을 끌었는데, 모두가 호의적인 것은 아니다. 특히 루어만의 영화는 분노를 불러일으켰으며, "셰익스피어의 비극이 이 영화가 채용하는 것과 같은 포스트모던적인 바보 짓거리의 장난스러운 독창성과 현대적인 것의 충격을 버텨낼 수 있겠는가? 그것은 기껏해야 개인적 판단에 따른 결정이다"31)라고 평가되었다. 하지만 다른 사람들에게, 그것은 셰익스피어의 세계를 젊은 관객층에게 탁월하게 열어준 것이었다.

RSC에서

> 종종 부모들 간의 대립이라는 어려운 상황에 처한 두 젊은 연인의 이야기에 대해 사회적으로 타당한 전후 사정을 찾고자 하는 연출가들은 그들의 오래된 원한의 동기를 알아내려 한다. 그것이 인종이건, 종교건 혹은 색깔이건 간에 말이다. 나는 흑인인 몬테규 집안과 백인인 캐퓰렛 집안, 프로테스탄트와 가톨릭, 이스라엘인과 아랍인, 그리고 널리 알려진 대로 뉴욕의 웨스트사이드에서 제트파와 푸에르토리코 상어파를 보았다. …… 이 작품이 얼마나 많은 횟수를 거듭하며 공연되었든, 어떤 관점이 부여되었든, 계몽적이건 아니면 폐쇄적이건 간에 작품 자체, 즉 텍스트는 언제나 그 자리에 있을 것이다.[32]

〈로미오와 줄리엣〉의 잦은 공연 빈도가 문제를 초래해왔다. 이 유명한 비극의 또 다른 재탕에 단단히 벼르고 있는 평론가들은 재빨리 이를 알아차린다. 한 공연이 몇 년마다 번번이 올라올 때 그것을 어떻게 다르게 만들지, 어떻게 새로운 타당성을 줄 것인지는 이 작품에 임하는 연출가와 배우들이 모두 당면하는 도전이다. 대개 그 역을 맡기 전에 〈로미오와 줄리엣〉의 공연을 본 적이 없다고 주장하는 배우들과의 인터뷰를 읽어보면 흥미롭다. 어떻게 이게 가능한지, 정말 놀랍다! 작품과 함께 따라오는 한 보따리, 즉 과거 "최고의" 공연과 연기들과 영화 버전이 분명 심하게 부담을 준다. 2004년에 로미오의 역을 맡았던 매슈 라이스는 관객이 "내가 리어나도 디캐프리오같이 생기지 않은 걸 보면 실망할까 봐"[33] 걱정했다.

1960년대 이후의 공연들은 인물들 배후의 정서적, 심리적 진실을 찾는 쪽으로 분명 변화하였다. 로미오의 공연들은 종종 "사랑에 빠진 햄릿"[34]으로, 즉 깊고 우울한 숙명론과 혼합된 사랑의 흥분과 열정으로 거론된다. 줄리엣은 더욱 성적으로 자각하게 되었고, 관계를 진척시켜가며 두 사람 가운데 더 지배적으로 묘사되어왔다. 머큐시오의 사랑에 대한 가차 없는 말들과 그의 성급한 행동들은 때로는 충족되지 못한 로미오에 대한 동성애적 욕망 탓으로 돌려지기도 한다. 연출가들은 폭력, 증오, 숙명론과 같은 작품의 보다 어두운 요소들에 초점을 맞추어왔다. 이야기의 바로 그 본성 때문에, 연출가들은 작품을 신선하고 접근하기 쉽게 만들기를 바란다. 젊은이들에게 호소하고, 여전히 놀라울 정도로 젊은이들과 연관된 작품이기에 종종 학교의 교재로 채택되기도 하며, 무대에서의 셰익스피어에 대한 첫 소개가 되기도 한다. 이 점 역시, 우리 생각에, 모든 연출가들의 생각의 뒤편에 있는 것이다.

20세기 중반 이후 연극적 해석의 측면에서 베로나는 좀 더 살아 있는 도시가 되었고, 덜 르네상스적인 이상이 되었으며, 음란한 유머는 좀 더 자유로운 표현을 얻게 되었고, 연인들은 이제 시적이고 예술적인 이상보다는 현대 젊은이들의 기준에 따라 평가된다. …… 그러나 주인공들의 상황과 행동은 공연들을 생동감 있게 하

고 북돋아주며 젊은 관객층을 사로잡는 방식에서 현대적인 집착들을 반향하는 듯 보일 수 있다.[35]

아름다운 베로나에 장면을 설정하도다?

연출가들은 이 작품이 이탈리아라는 매우 특정한 장소를 배경으로 삼고 있음에도 불구하고 대체로 이를 언급하지 않는 쪽을 택했다. 현대의 관객들을 위해 작품을 재현할 때 작품의 액션을 위해 일관성 있는 공동체와 적절한 분위기를 만드는 것이 보다 중요했다. 이렇게 이탈리아와의 연관성에 구체적으로 주의를 덜 기울이는 것은 작품의 접근 가능성을 강조하는 태도를 보여준다. 몇몇 공연은 베로나 사회의 위계 구조상의 매우 확연한 구분을 지어주는 반면, 다른 공연들은 이를 아예 없애버렸다. 그러나 로미오와 줄리엣의 운명을 형성하는 데 있어 그 사회의 중요성은 아무리 높이 평가해도 지나치지 않다. 현대적인 배경은 분명 이 작품을 좀 더 가깝게 만들어주지만, 이미 그와 결혼함으로써 부모를 부인했는데, 왜 줄리엣 같은 젊은 여성이 연인과 달아나서 그와 함께 만투아에 정착하지 않았는가에 의문을 갖게 만든다. 1960년대 이후 당대의 관객들과 연극 평론가들에게, 이 점은 플롯의 신빙성에 있어 계속적인 걸림돌로 드러났다. 따라서 이 작품의 어떤 공연에서도 배경은 연인들의 고통을 신빙성 있게 해주는 데 있어 대단히 중요하다.

마이클 보이드의 1999년 공연은 로열 셰익스피어 극장에서 올려지고 톰 파이퍼가 디자인했는데, 상징적인 목적을 충족시키는 추상적인 무대 세트를 만들어 특정한 장소와 시간은 피해갔다.

그것은 불특정한 디자인으로, 기본적으로 서로 마주 보고 있는 곡선을 이루는 두 개의 벽이 저녁 내내 다른 것들을 재현할 수 있었다. 로미오가 올라가는 과수원 담벼락이건, 줄리엣의 발코니 아래의 벽이건, 혹은 보다 상징적으로, 항상 존재하며 꿈쩍할 수 없을 정도로 단단한 두 집안을 단순히 재현해주는 것이었다.[36]

무대 세트의 단순하지만 효과적인 적막함은 이를 "적대적인, 여러 층으로 된 도심의 주차장"이라고 언급했던 몇몇 평론가들로부터 비판받았다. 그러나 사랑의 강렬함은 이 위협적이고, 폭력적이고, 황폐한 세계에서 뚜렷이 부각되었으며, "보이드는 사랑의 비극을 적대적인 환경 속에, 즉 객석 쪽으로 내려오는 런웨이가 있는 텅 빈 플랫폼과 무대 뒤쪽의 '안 보이는' 출구로 휘어지는 평범한 목재로 된 두 개의 벽에 자리하게 했다."[37] 움직일 수 없는 곡선 형태의 벽들은 불화하는 두 집안의 증오가 곪아가고 로미오와 줄리엣의 사랑은 피어나는 그 갈라진 틈을 상징적으로 재현해줄 뿐 아니라, 그들의 사랑을 통해 무정부 상태와 폭력으로부터 조화를 가져올 수도 있었을, 두 사람에게 드리운 비극적 운명과 비극의 불가피성을 상징하는 듯이 보였다.

스완 극장 무대에 올려진 마이클 애튼버러의 1997년 공연은 작품에서 어떠한 장려함도 없애버렸고 사회적으로 권력 있는 몬테규가, 캐퓰렛가와 연관되는 전통적인 계급 규정도 없애버렸다. 애튼버러는 다음과 같이 믿었다.

이 작품은 가정적인 작품이지…… 거창한 스케일의 작품이 아니
다. 감정의 스케일이 무대 중심에 나오게 하기 위해서 작품 속의
경제적 스케일은 제거했다. 사회적, 경제적 측면에서의 장엄함을
이 작품에서 벗겨내 버렸고, 하인도 없다. 이것은 단순히 이탈리아
북부의 변변찮은 마을의 두 집안에 대한 작품이다. 나는 작품의 그
정열적인 중심에 맞추고자 했고, 인간의 사랑의 형태로 열정을 창
조하고, 사회적 폭력에서 파괴적인 열정을 만들고자 했다. …… 우
리에게 그런 세상에 관해 가장 중요한 것은 그것의 세속적 속성,
그것의 관능성, 그것의 아름다움, 작품의 표면 아래에서 부글부글
끓고 있는 열정으로, 이는 때로 억제되고 다른 때에는 분출한다.
그것은 로미오와 줄리엣 간의 사랑에서 분출할 수도 있고, 혹은 몬
테규가와 캐퓰렛가 간의 증오에서 분출할 수도 있다.[38]

이 작품에 대해 애튼버러는 가정 비극이라는 측면에 초점을 맞
춘다. 줄리엣은 잔치를 위해 요리를 하고, 옷을 다리고 카펫을
두드리고 있는 모습으로 나온다. 공동체 의식과, 제약되고 치열
한 환경에서 사람들이 서로 반응하는 방식에 강조점이 있었다.
디자이너인 로버트 존스는 다음과 같이 설명했다.

우리는 이 작품을 엘리자베스 시대에 설정하려 하지 않았다. 마이
클 애튼버러는 영화 〈대부〉와 베르톨루치의 영화 〈1900〉의 초반

장면들을 많이 참조했다. …… 바로 이들에게서 우리는 강한 공동체 의식을 얻었는데, 땅에서 일하는 사람들과 토지 소유주들이었다. 사내아이들은 모두 땅에서 일했다. 처음으로 보게 되는 것은 낫을 든 그들이다. 칼을 갈고…… 그들의 연장은 나중에 무기가 된다. 상당히 많은 부분이 작은 공동체를 배경으로 하는데, 집들은 촘촘하게 짜여 서로의 건너편에 있고, 마치 장터 마을처럼 모든 사람들이 그쪽으로 향해 가는 마을 전체의 광장이 있다. …… 그 공간은 침실, 부엌, 광장, 무덤, 성당, 만투아로 이용되어야 한다. 따라서 다목적이라야만 한다. …… 무대 바닥은 붉은 벽돌, 자갈, 배수시설 같은 튼튼한 고정장치로 되어 있다. 우리는 무대 세트에 자연스러운 초점을 두었는데, 바로 벽돌로 된 낮은 연단이다. …… 이것은 침대로, 탁자로, 그 위에서 춤을 출 수 있는 장소로 쓰일 수 있다. 사람들은 그 위에서 싸우고 그 위에서 죽는다. …… 나는 더운 열기의 느낌을 얻고자 애쓰는 중이다. 옥외 장면에서 조명은 벽의 질감을 포착하는 매우 선명한 각도에서 나와서 좁은 통로를 통해 들어오는 햇살의 느낌을 얻을 수 있다. 사람들이 늘 물통에 물을 채우는 수도꼭지가 있다. 사내아이들은 몸을 식히고자 물을 몸에 끼얹는다. 그것은 꽤 현실적인 공연이다. …… 사내아이들은 모두 조끼에 멜빵, 허리선이 높은 바지에 벨트를 하고 있다. 줄리엣은 마을 여자아이의 모습으로, 맨발에 긴 속옷 모양의 드레스 차림이다. 옷감은 전부 채소에서 물을 들였기에 자연스러운 색상이다.[39]

평론가인 데이비드 베네딕트는 이 공연의 의도를 알아보았다. 그는 "로버트 존스는 놀랍도록 무더운 분위기를 만들어낸다. …… 애튼버러는 작품의 심장부에 있는 젊은이들의 육체적인 면을 지적하고자 애를 쓰며 베로나의 태양이 내뿜는 열기를 땀과 섹슈얼리티를 가져오는 데 사용한다. 이것은 결과적으로 인물들에 대하여 아지랑이처럼 가물가물거리는 사내다운 폭력을 강조해준다"[40]라고 평했다.

1986년, 마이클 보그다노프 연출의 현대식 복장을 갖춘 영향력 있는 공연은, 〈로미오와 줄리엣〉을 미쳐버린 자본주의 사회에서 아이들이 상품으로 이용되는 매우 정치적인 작품으로 읽어냈다. 두 연인의 비극은 사랑보다는 부와 지위에 가치를 두는 공동체에서 비롯되었다. 대처주의 철학에 대한 직접적인 비판과 함께, 부모와 자식 양쪽 모두의 영혼에 그것이 끼치는 영향으로, 보그다노프는 〈로미오와 줄리엣〉을 통해 권력을 가진 사람들이 마거릿 대처의 말대로, "사회라는 것은 없다. 개개의 남자와 여자 그리고 가족들이 있다. 또한 개인을 통하지 않고 정부는 아무것도 할 수 없으며, 개인들은 스스로를 먼저 돌봐야 한다"[41]라고 믿을 때 삶이 어떤 식으로 하락되는지 보여준다. 학자이자 교수인 러셀 잭슨은 다음과 같이 이야기했다.

"현대 이탈리아 북부 도시에, 온통 청동과 대리석투성이에다. 스포츠카, 모터바이크, 사이클을 타는 성직자들과 무감각하고 호사스러운 10대들"로 설정되어 있다. 캐퓰렛(리처드 무어)은 자수성

현대식 복장("여피") 스타일로 상연된 마이클 보그다노프 연출의 1986년도 공연에서 로미오로 분한 숀 빈(오른쪽).

가한 재벌이 되었다. …… 정치적, 금전적 부패가 만연하다는 것이 암시되어 있고…… 몬테규가와 캐퓰렛가는 마피아 스타일의 경쟁 관계 속에 갇혀 있으며, 그들의 자녀들은 작품에 어울리는 식으로 특권도 지니면서 가두어져 있다. 10년 뒤 바즈 루어만의 영화는 유사한 사회적 틀을 사용했다.[42]

이런 부패의 기운은 만투아로 옮겨가고, 거기서 "로미오는 도시의 카니발에 뒤얽히게 되고 세계의 지도자들(대처와 레이건)의 거대한 가면들이 희극적이면서도 사악하게 지켜보고 있는 가운데 독약을 구입한다."[43]

이 공연은 1980년대 "여피족"의 생활 방식에 대한 풍자적 견해를 취했다.

우리가 스트랫퍼드 극장에 들어섰을 때, 록그룹이 무드-인디고 음악을 연주하고 있었고, 흑인 한 명이 롤러스케이트를 탄 채 대리석으로 된 매끈한 무대를 돌아다니는 중이었으며, 검은 가죽 느낌이 만연해 있었다. …… 벤볼리오가 모터바이크를 타고 도착하고, 티볼트가 차대가 낮은 빨간 스포츠카를 타고 베로나 광장에 나타나면, 이를 알파로메오와 줄리엣*이라고 별명 붙이지 않을 수 없다. 간단히 말하자면, 마이클 보그다노프는 작품을 1986년의 베로나로 분명하게 설정하였다. 그 결과는 유행에 앞서 있고, 멋지고, 똑똑하며 재치 있는 것이다. …… 그는 모두가 정해진 자기 자리를 갖는 완전한 사회를 만들어낸다. 몬테규와 캐퓰렛은 마피아인 영주 치하에서 살아가고 있는 라이벌 가문들로, 캐퓰렛 자신은 녹색 대리석 책상에서 일하는 도시의 약탈자이며 딸의 행복이나 아내와 사촌 티볼트 간의 불륜 관계에 놀랄 정도로 무관심하다. 캐퓰렛은 또한 몇 차례 화려한 파티를 연다. 성대한 파티에서, 티볼트는 [앤드루 로이드 웨버의] '메모리'를 색소폰으로 연주하고(그래서 〈캐츠〉의 왕자가 되며), 머큐시오는 오리지널 구찌 단화를 신고 자기 파트너와 춤을 추면서 수영장 속으로 곤두박질한다.**44)**

---

*이탈리아의 자동차 브랜드인 알파로메오는 이탈리아의 아이콘으로 꼽히며, 스포티한 성능을 자랑하는 자동차로 유명하다. '알파로메오 줄리에타'라는 유명한 모델이 있다.(옮긴이)

무대 세트는 로미오와 줄리엣이 그들의 사회에서 덫에 갇혀 있음을 인식하게 되듯이, 황금으로 만든 새장을 닮은, 차갑고 뾰족한 모난 모양과 딱딱한 구조로 되어 있었다.

크리스 다이어의 큐비즘에 영감을 받은 무대 세트, 즉 중앙에서 회전하는 하얀 계단과 층계참이 통일성을 주는 가운데, 그 뒤로 슬론스의 거대하고 선명하지 않은 확대 사진들, 복제품들, 건축물의 덮개와 조각들이 있다.[45]

1976년과 1989년의 RSC 공연에서, 베로나의 무대 세트 디자인은 미니멀리즘을 따랐고 작품의 시각적인 세계를 구축해주는 세부 사항이 없었다. 셰익스피어의 무대에 보다 근접한 것으로, 작품이 기능하는 필수적인 분위기를 지배하거나 만들어내는 것은 주요 등장인물들의 연기이다. 1989년에 스완 극장의 텅 빈 구조는 작품의 세트 역할을 했다. 이 공연의 조연출인 그레고리 도란은 다음과 같이 설명한 바 있다.

우리는 〈로미오와 줄리엣〉을 위해 셰익스피어의 열린 무대 버전을 채택하기로 결정했다. 배우들은 배경을 만들어내기 위해 대사에 의지해야만 했다. 테리 핸즈는 엘리자베스 시대 사람들에게 말이 얼마나 중요한지 강조하면서 리허설을 시작했다. 요즘에는, 아마도 말의 통화가치는 말이 아니라 이미지에 의존하는 TV와 영화에 의해 평가절하되고 있다.[46]

평론가들과 관객들을 놀라게 만드는 가운데, 1976년에 로열 셰익스피어 극장의 주 무대는 기존 객석의 구조적 한계 내에서 최대한 엘리자베스 시대의 극장에 가장 근접한 형태로 만들어 졌다.

로열 셰익스피어 극장을 들어서면 충격이 기다리고 있다. 무대 뒤 쪽에는 관객들을 위해 목재로 된 2층 발코니가 보이고, 그 아래 안 쪽으로 우묵한 곳이 있고, 무대 자체는 그 어느 때보다도 객석 쪽 으로 더욱 튀어나와 있다. 이것은 스트랫퍼드의 가장 급진적인 시 도를 나타내는 것으로 엘리자베스 시대 모델로 되돌아가고자 하는 것이다.[47]

트레버 넌의 1976년 작품. 자신이 골라준 남자와 결혼하기를 거절하는 딸 앞에서 격분하고 있는, 캐퓰렛으로 분한 존 우드바인. 프란체스카 어니스가 줄리엣, 마리 킨이 유모, 바버라 셸리가 줄리엣의 어머니 역을 맡았다.

이 공연에서, 많은 평론가들은 캐퓰렛 역을 맡은 존 우드바인의 탁월한 연기를 언급했는데, 여기서 그는 베로나 사회의 폭력이 중세 시대 가문의 수장과 왜곡된 부모의 통제에서 비롯되는 것이라고 지적했다.

　　또한 그 결말에 힘을 실어준 것은—존 우드바인의 공이 큰데—작품 속에서 증오와 폭력의 원천이자 샘으로서의 캐퓰렛의 등장이었다. 파리스와의 결혼을 거절하는 줄리엣의 이야기를 듣고, 그는 그녀를 난폭하게 바닥에다 내동댕이친다. 심지어 가문의 납골당에서조차도 그는 로미오의 시신을 걷어차고 어수룩한 신부에게 칼을 들이대기까지 한다.[48]

별들이 내 위로 암울하게 빛나도다[49]

공연의 느낌은 종종 두 연인이 실제로 얼마나 운명 지어졌는가에 대해 연출가가 해석하는 방식에 달려 있다. 많은 현대 공연들에서는 두 연인이 고딕적 의미의 불길하고 암울한 두려움을 지닌 채 자신들의 운명을 향해 돌진하며 피할 수 없는 여행을 하는 중이라는 생각을 많이 적용한다. 1967년, 연출가 카롤로스 쿤은 "운명"이라는 단어에 열심히 달려들었다.

　　셰익스피어가 운명을 믿었건 믿지 않았건 간에, 그는 그것을 연극적으로 이용하였다. 베로나를 통해 흐르고 있는, 제거되어야 하는 증오의 흐름이 있다. 그것은 속죄로서 이루어져야 하는 희생이라는 오래된 그리스적 주제이다. 이들 치명적인 원수들의 아랫도리에서부터 코러스가 "죽음의 표식이 찍힌 연인들"이라고 부른 존재들이 나온다. 그들은 서로를 사랑하게 되고, 그리하여 그 도시는 피로 정화될 수 있다. 그것은 매우 아름답고 감동적인 패턴이다.[50]

작품 속에서, 로미오는 자신의 운명에 대해 거의 초자연적인 인식을 표현한다. 쿤의 공연에서, 이언 홈은 자신이 통제할 수 없는 사랑의 불길한 성격을 강렬하게 깨닫고 있는 것으로 로미오를 연기했다.

두 연인의 비극은 기질상의 차이로 인해 복잡해진다. 로미오는 "불확실한 책임감을 지닌 남자"이며…… 줄리엣은 실질적이고, 멀리 내다보며, 헌신적이다. 그리고 그것은 별들 속에서 자신에게 걸려 있는 비극적 운명에 대한 로미오의 인식으로 인해 더욱더 복잡해진다. "일이 제대로 해결되지 않으리라는 느낌을 그가 가지고 있었다고 확신한다"라고 홈은 말한다.[50]

한 평론가는 이렇게 표현하였다.

발코니 장면의 마지막 고통스러운 순간에 줄리엣이 "우리가 다시 만나게 되리라 생각하시나요?" 하고 묻자, 키 작고 활기차며 현대적인 이언 홈은 기절할 정도로 황홀해하는 전통적인 로미오와는 바로 그 정반대인 인물로 대답한다. "난 의심하지"(않소)라고.

그는 줄리엣을 안심시키고자 그 대사를 마치기 전에 잠시 말을 멈춘 다음 "않소"라는 말을 더한다. 그래서 셰익스피어의 대사 "난 의심하지 않소"는 뒤따라오는 말들, 즉 "그리고 이 모든 비통함도 앞으로 올 우리 시간 속의 달콤한 이야깃거리가 될 거라오"와 함께 교묘하게 재배열된다. 왜냐하면 이 로미오는 자신의 영혼이 찢기어 매우 힘들어하고 있는 비관주의적인 인물이기 때문이다. 그는 그들의 사랑의 미래에 대해 어떠한 자신감도 없다. 작품의 마지막 장면에서, 그의 온갖 두려움들이 확인되었을 때 그는 일종의 의기양양한 태도로 기꺼이 죽음을 향해 돌진하며, 그의 마지막 대사 "나는 죽노라"를 묘하게도 안티클라이맥스적인 안도감 속에 말한다. 베로나의 캐퓰렛가와 몬테규가 사이에서 일어나는 계속적인 불화의 파괴적이고 씁쓸한 폭력은 분명 이언 홈의 감동적이면서도 때로는 강렬한 연기 속에서 제시되는 "죽음에 대한 소망"과 함께, 로미오의 삶에 대한 반감의 원천이다.[52]

이와 비슷하게 1989년에,

마크 라이언스의 탁월한 로미오는…… 처음부터 죽음이 뇌리에서 떠나지 않는 듯 보인다. 이는 단순히 우울한 페트라르카식 몽상가가 아니라 로잘린에 대한 그의 사랑으로 "채찍질당하고 고통당하는" 그리고 수줍어하고 예민하게 말을 더듬게 된 남자이다. 심지어 줄리엣에 대한 그의 열정조차도 운명 지어진 강렬함을 갖는다. 어느 첨예한 순간에 그들은 말할 수 없는 황홀감 속에서 단순히 서로

를 응시하고 로렌스 신부는 사실상 그들을 제단으로 가도록 쇠지
레로 떼어놓아야만 한다. 라이런스는 행복은 나약하고 위험한 일
임을 자각하고 있는 누군가의 조용한 확신을 가지고 운명의 작동
을 암시해주며("오, 난 운명의 노리개로구나") 모든 대사를 전달한
다. 그것은 "재난과 결혼한" 남자에 대한 구슬프고 지적인 연구가
되기에 이른다.[53]

두 사람이 연회에서 만났을 때…… 시간은 정지된 듯 보인다. 다른
손님들은 풍성한 호박색 조명 아래 정지된 프레임 속에 있는 반면,
두 연인은 원뿔 모양의 더 강하고 하얀 조명 아래에서 첫 키스를
한다. 낭만적이면서도 묘한 전조를 보이면서, 이 무대 장면은 두
젊은이들이 운명에 의해 선택당했다는 미묘한 힌트를 준다.[54]

마이클 보이드의 2000년도 공연은 작품을 강조하는 이러한 고
딕적이고 신비한 두려움의 느낌을 생생하게 살려주었다. 불운
한 운명에 처한 로미오 역할을 맡은 데이비드 테넌트의 강렬한
연기에 힘입어, 이 공연은 유령을 등장시켜가며 이 비극 작품의
사건들을 되밟아가면서 효과적으로 재현되었다. 림보* 상태에
갇힌, 두 연인들은 작품의 다른 희생자들과 더불어, 분명히 끝
도 없는 비극적 사이클의 관찰자이자 참가자로서, 자신들의 이

---

*지옥의 변방. 지옥과 천국 사이에 있으며 기독교를 믿을 기회가 없었던 착한 사람
혹은 세례받지 못한 어린이, 백치 등의 영혼이 머무는 곳이다.(옮긴이)

야기를 다시 체험하도록 운명 지어진다.

아주 일찍부터 나는 로미오가 운명과 숙명의 세계에 대해 상당히 잘 발달된 인식을 가졌다는 생각을 계속해왔다. 그는 자신의 꿈에 관해 이야기하고 별들과 그 속에 있는 것에 대해 많이 언급한다. …… 내가 파악하기에 명백한 첫 언급은 "간밤에 꿈을 하나 꾸었네"라고 말하면서 캐퓰렛의 연회에 가지 않으려는 이유를 정당화하는 것이다. …… 나는 그가 꾼 꿈이 무엇이었을지 궁금해지기 시작했고, 그 대답은 프롤로그를 로미오가 말하게 하는 마이클 보이드의 아이디어에서 왔다.

　　우리 연극의 배경이 될 아름다운 베로나에서

　　똑같이 지체 높은 두 집안이……

이 부분은 관객들이 사실상 함께 대사를 읊을 수 있는 셰익스피어의 몇몇 대사들 가운데 하나이다. …… 마이클의 생각은 프롤로그를 첫 장면의 중간 부분에서 이야기하게 함으로써 길거리 싸움에 끼어들고 액션을 유보시키는 것이었다. 그리고 그는 이 대사를 로미오가 하기를 원했다. 하지만 그는 몇 분 뒤 우리가 처음으로 만나게 될 그 로미오와 동일한 로미오가 아니다. 그가 죽은 다음의 로미오일 것이고, 일이 벌어진 다음의 혜안으로 온갖 절망과 단념과 심지어 씁쓸함을 지니고 프롤로그를 말할 수 있는 혼령일 것이다. 무대 위의 액션이 유보되면서, 나는 작품 속의 다른 인물들에게 그 일부를 말할 수조차 있었다.

　　자식들의 죽음이 아니고서는, 그 어떤 것으로도 없앨 수 없는

그 부모들의 계속되는 분노

그리하여 그 대사들을 내 부친에게 직접 말할 수도 있었는데, 심지어 그때 캐퓰렛과의 칼싸움 한가운데 계셨다. …… 내 생각에, 그것은 처음부터 계속해서 관객의 기대를 혼란스럽게 만드는 데 도움이 되었는데, 이는 우리가 언제나 하고 싶어 하는 것이다. …… 이것은 로미오의 꿈이 되었고, 부분적으로만 이해될 이야기를 들려주는 자신의 유령으로서 너무도 낯익은 싸움터를 걸어 다니는 자신에 대한 환영이 되었지만, 그의 목숨을 앗아갈 비극에 대해 경고해주었다. 실로, 그의 이야기가 펼쳐지면서 이런 운명의 전조는 더욱 불가피한 것이 되고 있는 걸로 보일 것이다.[55]

이 공연에서 산 자와 죽은 자의 세계는 뒤섞였다. 등장인물들이 죽었을 때, 그들의 영이 무대 세트의 왼쪽 벽 위로 나타나 무대를 내려다보면서 심지어 극의 사건에도 영향을 미쳤다. 예를 들어 머큐시오는 독을 약재상에게 건네주었는데, 이는 로미오와 줄리엣의 죽음과 몬테규와 캐퓰렛의 장차 희망의 죽음을 보게 될 "네놈들 두 집안 다 뒈져버려라"라는 말을 성취시키는 복수 행위이다. 자신이 만들어낸 광기의 상태로까지 몰아가면서, 줄리엣이 무덤의 공포를 생각할 때 "오, 봐! 내 사촌의 혼령을 본 것 같아 / 칼끝으로 그의 몸을 찌른 로미오 님을 찾아다니는 / 멈춰요, 티볼트, 멈춰!"라는 대사에서는, 티볼트의 유령이 그녀를 지나치며 달려갔다. 이 등골이 오싹한 순간에 그는 무대 뒤의 "안 보이는" 어느 출구에서 등장했다가 객석을 통해 퇴장했고, 죽은 자의 시선으로 응시하며 알지 못하는 앞쪽의 어떤 광경과 목표에 초점을 맞춘 채 전력 질주했다.

숙명감은 또한 캐퓰렛가 연회에서의 춤에서도 볼 수 있었는데, 죽음의 무도를 연상시키는 가운데, "남성들이 자기 파트너들의 목을 조르는 듯이 보이게 하는 에로틱한 춤으로······ 이 연인들은 단순히 불운하게 운명 지어진 것이 아니라, 그들은 분명히 저주받았다."[56] 연극사가인 제임스 N. 로에흘린은 다음과 같이 묘사했다.

보이드의 많은 이미지들이 생생하고 놀라웠다. 그는 베로나의 인구를 줄여버리는 폭력을 글자 그대로 역병으로 묘사하였고, 그리하여 작품 끝부분에서는 모든 등장인물들이 감염을 피하기 위해 수술용 마스크를 쓰고 있었다. 이런 베로나를 주관하는 사람은 지팡이 두 개에 의지하여 절뚝거리며 걷는 기력 없는 영주가 아니라 오히려 파리스이다. 그는 신부의 처소에서 줄리엣을 거의 겁탈할 뻔했던 한 무리의 무장한 가신들을 늘 동반하고 다니는, 건장한 체격에 검은 옷차림의 사디스트이다. "침울한 평화"를 수립하려는 마지막 시도는 공허한 것이었다. 가족들이 자기 연민 속에 빠져 있고 공허한 화해의 제스처를 취하는 동안, 로미오와 줄리엣은 으스스하게 무덤에서 나타나 관객들 사이로 걸어 나갔는데, 로렌스 신부만이 이를 본다. 베로나의 병든 사회는 그들을 받아들이거나 심지어 이해할 준비가 전혀 되어 있지 않았고, 작품은 숙명론과 절망의 논조로 결말났다.[57]

원래 텍스트에는 있지 않은 동작 부분과 다른 장치들이 피할 수 없는 운명의 작용을 보여주기 위해 연출가에 의해 사용되어왔다. 테리 핸즈의 1973년도 공연에서, 약재상이라는 인물은 작품과 상당히 보조를 맞추는 가운데, 특별한 중요성이 있었다.

공연에 대한 핸즈의 좌우명은 "이러한 격렬한 기쁨은 격렬한 종말을 맞는 법"이었다. 그는 그들을 서둘러 죽음으로 몰아가는 운명의 잔인한 술책들뿐 아니라, 두 연인들이 자신들을 비극 속으로 던져버리는 그 속도와 충동성을 강조했다. 약재상은 불길한 운명의 화신으로, 무대 위쪽 높이 놓인 금속으로 된 좁은 통로에서부터 액션의 중요한 점들을 내려다보며 곰곰이 생각했다.[58]

오래된 원한들이 새로운 소동으로 아래에서 터져 나올 때마다 두건을 쓴 인물이 높은 다리 위에 자리를 잡는다. 아마도 그는 죽음이 불운한 운명의 연인들을 내려다보고 있음을 암시하려고 그곳에 있는 듯하지만 마침내 약재상으로 그의 정체가 드러난 것은, 정확히 말해 부적절한 것은 아니라 할지라도, 첨예한 점강법의 기미를 도입시켜준다.[59]

줄리엣의 침대는 종종 중심 무대로, 탄생과 결혼 및 죽음에 대한 중요한 상징이 된다. 그 침대는 종종 가문의 납골당의 설비를 예상하게 해주고, 그리하여 이 장면과 작품의 마지막 장면에서 연인들이 동일한 자세로 나란히 누워 있는 것으로 보이게 될 것이다. 1980년, 1984년, 1997년에는 줄리엣의 장례식을 포함시켜 "만일 결혼했다면 / 내 무덤이 내 결혼 침상이 될 터이니"라는, 로미오를 만난 직후의 줄리엣의 대사에서 복선이 된 효과를 강화시켰다.[60]

누군가와 영원히 사랑에 빠지나니
(그러지 말았어야지……)[61]

두 주인공들의 캐스팅이야말로 공연의 성공에 있어 매우 중요하다. 1986년 공연에서 마이클 보그다노프는 분별력 있게도 두 주인공의 오디션을 같은 날 보았다. 이는 처음부터 두 배우가 이 공연을 효과적으로 만들 수 있는, 감정상 중대한 불꽃이 일어나게끔 한 게 분명했다. 그러나 많은 공연들은 두 주인공들 간에 서로 끌리는 자력이 부족하다는 이유로 비판받아왔다. 2004년 공연의 주인공들은 "개별적으로는 훌륭했지만, 함께 있을 때에는 별로 열광적이지 못하며, 두 사람이 성적인 열정에 압도당한다는 점은 나타나지 않는다"[62]는 평가를 받았다. 그리고 1995년에 평론가 마이클 빌링턴은 그 한 쌍이 "대략 주일날 성경 공부반 커플 정도의 성적인 강렬함을" 발산했다고 말했다.[63] 공연의 장점과는 무관하게, 서로 의사소통할 수 있는 커플이 없이는, 이 공연 속 두 연인들의 관계의 본성은 관객들을 감정적으로 개입시키지 못할 것이고 그들의 비극도 전달하지 못할 것이다.

로미오와 줄리엣의 순수한 사랑, 그리고 양성 간의 관계는 성적 충족만을 위한 것이라는 머큐시오의 견해, 또 딸에 대한 캐퓰렛의 희망을 통해 분명해지듯, 공동체에서 사회적 지위와 입지를 위한 수단으로서의 결혼 등, 이렇듯 개별적인 인물들에 의해 표현되는 사랑에 대한 상이한 태도들 간의 명확한 구분이 작품에서 이루어진다.

마이클 보그다노프의 공연에서, 캐퓰렛 부부는 줄리엣을 사회적 입지와 부의 수단으로 삼아, 파리스를 금전적인 거래 대상으로 보았다.

> 셰익스피어는 〈로미오와 줄리엣〉을 두 연인들의 죽음이 가문의 불화를 해소해주었다는 경건한 생각으로 끝낸다. 그것은 마이클 보그다노프가 사건을 바라보는 방식은 아니다. 그는 이를 애정과 소유의 힘들 간의 타협할 수 없는 충돌로 제시한다. 주요한 대사는 신부가 줄리엣의 부모를 비판하는 것으로, 즉 "어르신이 구하는 최상의 것이 아가씨의 출세"라는 것이다. 처음부터 고압적인 어른들은 자기 자식들을 마치 걸어 다니는 투자물로 다룬다. 재앙이 닥쳐왔을 때 그것은 마치 그들의 주가가이 폭락한 것과 같다.[64]

줄리엣을 연기했던 니암 큐잭은 깨달았다.

> 로미오와 줄리엣의 사랑을 그토록 생생하게 만든 것은…… 가문들 간의 증오심과의 대조이다. 줄리엣은 부모에 대해 반항한다기보다는 자신의 가치관을 발견하는 것이다. 그것은 "좋은 짝 만나기", 즉

가문의 권력을 증대시키기 위한 사업 계약으로서의 사랑을 포함하지 않는다.[65]

이는 부유층 자제들과 정략결혼 및 냉혹한 거래가 있는 세계로, 여기서는 두 사람이 만났을 때 첫눈에 사업이 된다. 그리고 보그다노프는 로미오와 줄리엣이 사랑에 빠짐으로써 그 지역의 풍습을 부인하고 있다는 현실적인 인식을 만들어낸다. …… 그러나 이러한 보그다노프식 독창성은 젊은이의 사랑이 지금까지 그랬던 것처럼 부모의 착취와 잔인성에 나약한 지점까지 구축해간다. 리처드 무어가 연기한 막된 재벌로서의 캐퓰렛이 자기 뜻대로 하기 위해 딸을 때릴 준비가 되어 있던 그 장면 이래로 더욱 그러하다. 두 연인이 확실하게 죽고 난 뒤에도(로미오는 우연히 만투아의 해결사와 기이하게 마주치고 나서 총격에 의해 삶을 마감한다), 그들은 즉각 금으로 만든 동상으로 변형되고, 생존자들은 그 앞에서 파파라치들을 위해 미소 지으며 포즈를 취한다. 르네상스 비극은 사회 비판으로 변형되는 것이다.[66]

의미심장하게도, 제임스 N. 로에홀린은 어떻게 그러한지를 지적한 바 있다.

20세기 후반에 〈로미오와 줄리엣〉은 공연과 작품 인식에 있어, 사랑에 관한 극에서 증오에 대한 극으로 변형되었다. 현대의 공연들은 사랑 이야기보다는 불화를 강조하는 경향이 있고, 다양한 사회

적 병폐에 대해 논평하기 위해 그것을 이용해왔다.[67]

그러나 종종 연인들의 감정적 삶을 첨예하게 부각시키는 것은 사회와 불화의 바로 그 본성이다. 이는 특히 2000년도 마이클 보이드의 공연에서 그러한데, 그 공연은 "셰익스피어의 세계에서 고질적인 폭력과 병적인 상태를 보여주고 그로 인해 죽음을 향하여 운명 지어진 눈물의 계곡에서 벌어지는 로맨스를 강화하려는 생각이었던 것으로 보인다."[68]

조이 웨이츠는 마이클 애튼버러의 1997년도 공연에서 줄리엣 역을 맡아 많은 갈채를 받았다. 그녀는 "감정들이 원초적이고 정신 착란을 일으키기 쉬운"[69] 이 베로나에서, 진정한 사랑에 대한 줄리엣의 경험과 함께 오는 성적인 자각을 강조했다.

믿기 어려울 지경으로 섹시해야만 하고, 그들이 서로에 대해 완전히 필사적이라고 전 생각합니다. 줄리엣은 그전에는 성적인 관계를 가져보지 못했고, 그래서 그것에 대한 온갖 두려움이 있어요. 두려움과 흥분요. 원하지만 알지는 못하는 것.[70]

이 공연에서, 관객들은

〈로미오와 줄리엣〉이 섹슈얼리티와 죽음 간의 연관성에 대한 작품이라는 것을 계속 기억해야 했다. 두 가지 모두 이 뜨겁고 열정적인 세계에서 오르가슴적 강도를 지니고 추구되며, 그 연결고리는 조이 웨이츠의 괄목할 만한 줄리엣에게서 가장 분명하게 드러난다. 이 줄리엣은 파리스와 춤을 추는 그 도발적인 방식이나 자신이 "소유되었지만 아직 누리지는 못하는구나"라고 말하며 침대 위를 구르는 그 방식으로 판단해볼 때, 육체적으로 절박한 소녀이다.[71]

줄리엣은 탱고 음악이 아닌 곡에 맞추어 파리스와 탱고를 춘다. 하지만 공연은 줄리엣이 로미오를 볼 때 이것의 효과를 얻게 만든다. 음악이 갑자기 걷어내져 조용한 콧소리가 흐르고, 줄리엣이 여전히 이 정교한 탱고(캠프장 사교댄스 버전이 아니라, 천상의 육감적이고도 세세한 발놀림을 지닌, 진짜 아르헨티나 탱고)를 추고 있는 것을 우리가 보게 되기 때문이다. 마치 시간이 멈춘 듯이, 지금의 그녀에게 유일한 음악은 로미오에 대한 자신의 새로운 관심인 듯이, 파리스의 어깨 너머로 어떤 식으로건 계속 그를 주시하려 애쓰면서 말이다.[72]

게다가 그녀의 로미오인 레이 피어론은 "근육질의 강렬한 로미오로, 완전히 과다 분비된 호르몬에 좌우된 채, 하나의 충동적인 행동에서 그다음을 향해 제멋대로 달린다."[73] 이런 세속적인 해석에서, 로미오와 줄리엣은 "낭만적인" 이상들로 그려지지 않고 실재의 생동감 있고 열정적인 사람들로 그려졌다. 피어론은 로미오의 감정들을 대개 사춘기에 경험하는 것으로 해석했고, 이 두 인물들이 사랑에 빠진다는 사실에 충분히 신빙성을 주었다. 운명 지어진 사랑이 아니라, 어린 시절의 많은 연인들 간의 관계들이 그러하듯이 지속되었을 수도 있는 사랑 말이다.

열여섯 살가량 되는 그 시점에―저도 그걸 잘 기억합니다―우주에 대해 그리고 자기 자신과 그 존재에 대해 생각하기 시작하죠. 그 걸 촉발시킨 것은 어떤 관계일 수가 있어요. 당신과 헤어진 누군가 말입니다. 제게도 그런 일은 있었는데, 무슨 일이 일어나고 있는지 정확히 이해 못하기 마련이지요. …… 사랑은 로미오에게는 진짜예요. 특별한 것은 그의 인생에서 그 시점으로, 그런 변화로 옮겨갈 때이며, "맞아, 이거야" 하고 당신이 그냥 가고 있을 때입니다. 그 외의 다른 것은 전부 멈추어버리지요. 당신은 사랑에 빠지고 그것에 관해 사람들에게 이야기하려고 애쓰는데, 그러면 그들은 원치 않거나, 아니면 당신을 놀리지요. …… 어떤 사람들은 비극이 벌어지기 전에 비극을 연기하지만 제 생각으로는 우리가 목표로 해야만 하는 것은 관객들이 이 관계가 작동할 것이라고 믿게 만드는 것입니다. 장면들을 있는 그대로 연기해야만 하고, 언제나 그 순간에 존재해야 하고, 죽지 않으리라는 걸 믿어야만 합니다.[74]

연인들의 구애에 있어서 "감상성"에 대한 보통의 개념은 연출가들이 고치고 싶어 하는 오류이다. 로미오와 줄리엣의 어휘들은 진실하고 강력하게 울려 퍼지고, 종종 완벽한 시를 이루며, 주위 사람들의 언어와 뚜렷이 대조된다. 그레고리 도란이 지적한 바 있듯이, "로미오와 줄리엣이 처음 만날 때 그들은 너무도 기뻐, 두 사람 간에 완벽한 소네트를 만들어내고, 시행들을 공유하고 서로의 운율에 맞춘다."[75]

베로나에서 조화와 평화의 가능성은 두 연인이 사용하는 바로 그 언어에서 찾아볼 수 있다. 진정한 사랑의 힘을 표현하는 배우를 갖는 것의 중요성은 과소평가될 수 없다. 평론가들은 사춘기에 느낀 어떠한 감정도 순수하고 지속되거나 중요할 수 없다고 믿고, 그 비극을 부실한 우편 체제의 돌발 상황 탓으로 축소하려는 경향이 있다. 보다 가벼운 그 온갖 순간들에도 불구하고, 셰익스피어가 우리에게 제시해주는 것은 사랑이 기능하지 못하는 문제 있는 사회이다. 온갖 관계들은 미묘하고 서서히 퍼지는 방식으로 꼬여 있고, 하나만이 예외인데, 이 두 연인들을 부모와 동년배들보다 높여주는 것도 바로 이것이다. 무대 배경과는 무관하게, 캐스팅이 제대로 되면 〈로미오와 줄리엣〉은 가장 가슴을 쥐어짜고 가슴 저미는 셰익스피어의 비극 가운데 하나로 남는다. 형편없이 되었을 때는, 평론가들이 지적하듯이, 극장에서 매우 기나긴 밤을 보내야만 하게 만들 수도 있다.

연출가의 작업: 마이클 애튼버러와의 인터뷰

마이클 애튼버러 1950년 유명한 연극인 집안에서 태어났다. 1972년 서섹스 대학을 졸업하고 1972년부터 1974년까지 콜체스터에 있는 머큐리 극장에서 조연출로 일했다. 리즈(지금은 웨스트 요크셔) 극장의 예술감독으로 1974년부터 1979년까지 일했으며, 1979년에서 1980년까지 영빅의 조연출, 1980년에서

1983년까지 왓포드에 위치한 팰리스 극장의 예술감독, 1984
년에서 1989년까지 햄스테드 극장의 연출가로 지냈는데, 그동
안 스물세 차례 수상했다. 1989년에는 웨스트엔드에서 턴스타
일 그룹의 예술감독으로 임명되었고, 1990년에는 RSC의 상임
연출자이자 제작 책임자, 1996년에는 수석 조연출이 되었다.
2002년 7월에는 런던 알메이다 극장의 예술감독으로 임명되
었다. [2009년] 현재 왕립극예술아카데미의 공동 부학장과 RSC
의 명예 예술 조감독을 맡고 있다. 원래 신작 연출을 전문으로
했던 그는 셰익스피어 작품들을 관능적이지만 현란하지 않게
연출하는 것으로 빠르게 명성을 쌓아갔다. 1997년에 레이 피
어론이 로미오, 조이 웨이츠가 줄리엣을 맡은 RSC의 〈로미오
와 줄리엣〉을 연출했다.

이 작품이 너무나 유명한 사랑 이야기라는 사실을 어떻게 다루고, 관객들
이 작품에 품고 있는 많은 선입관들을 어떻게 피해나가실 건지요?

제가 작품에서 연구하고 싶은 매우 구체적인 부분이 있는데, 흥
미롭게도 그 질문으로 그 문제를 건드리셨네요. 저는 이 작품
이 사랑 이야기라고는 생각하지 않습니다. 그들의 경우 심오하
고 낭만적이거나 알아가는 관계가 거의 아닙니다. 이들은 지독
히도 성적으로 흥분하고 서로의 손길을 참고 기다릴 수 없는 두
아이들입니다. 그래서 이 작품은 열정에 대한 작품이지 사랑에
대한 작품은 아니라고 생각합니다. 큰 차이가 있는 것처럼 들리

지 않을지도 모르지만, 제 생각으로는 상당히 큰 차이가 있습니다. 저는 열정의 긍정적이고 창조적인 요소들과, 또 그것의 파괴적이고 폭력적인 요소들 모두에 대한 작품이라고 봅니다. 싸움을 하고 누군가를 칼로 찌르는 것과 사회적 통념에 어긋나는 성적인 관계를 갖는 것 간의 구분선이 거의 눈에 보이지 않았던 세계, 그리고 제가 한쪽에서 다른 쪽으로 매끄럽게 움직일 수 있는 세계를 찾아야만 합니다. 그래서 전 열기─어떤 의미에서는 은유적으로, 어떤 의미에서는 글자 그대로─가 사건의 중심이 되는 환경이 필요했습니다. 우리는 로맨스나 사랑에는 그다지 흥미를 갖지 않았습니다. 물론 사랑은 거기서 나오기는 합니다만, 관객들을 휩쓸어가야 하는 것은 사회 속에서의 열정입니다. 작품에서 여러 번, 죽음이 성적인 용어로 표현되고 성은 죽음의 측면에서 표현됩니다. 성과 죽음은 끔찍이도 가깝지요. 사실 "죽어간다"라는 단어도 오르가슴을 느낀다는 뜻의 속어인데, 그래서 그 한 가지 병치에서 서로 바로 옆에 앉아 있는 열정의 긍정적이고 부정적인 요소들을 알 수 있는 것입니다.

저는 관습적으로 그려져 온 것같이 그렇게 위계적이지 않은 사회를 원했고, 그것이 매우 기본적이고, 매우 세속적이며, 매우 단순하기를 원했습니다. 저는 20세기에 접어든 지 약 10년 된 토스카나의 농촌 마을을 배경으로 설정했습니다. 프랑스건, 이태리건, 스페인이건 언덕 위에 있는 그런 마을에 가본 적이 있다면 더운 날엔 언제나 두서너 명의 노인들이 둘러앉아 있고, 베레를 쓴 남자와 온통 검은 옷 차림의 여자가 아마도 꽃바구니나 과일 바구니를 들고는, 그냥 꾸벅꾸벅 졸고 있는 걸 보게 되지요. 어린아이 하나는 근처에서 놀고 있고, 몇몇 청년들은 모터사이클을 타고 있고요. 그게 바로 우리가 가졌던 느낌이었습니다. 연로한 노인들 주위에서 귀뚜라미들이 울어대고, 그런 다음 서서히 청년들이 거리를 돌아다니고 싸움이 시작되지요. 청년들은 꽤 두꺼운 시골풍 바지에, 칼라 없는 셔츠에, 멜빵에, 많은 농사일을 감당할 큰 장화 차림입니다. 여자아이들은 긴 스커트를 입었지만 어깨가 드러나고, 앞이 파인 옷을 입고 있지요. 에스칼루스 외에는 아무도 돈이 없기 때문에 작품의 마지막에서 "내가 줄리엣의 동상을 순금으로 세우겠소"라는 대사는 글자 그대로 받아들여지지는 않았고, "이 마을에서 가장 값진 것이 될 것이오"를 뜻했습니다. 매우 사내다움을 과시하고, 덥고, 눈이 부시고, 성마른 분위기였습니다.

저는 사실상 두 연인의 장례식으로 공연을 시작했습니다. 그들은 대단히 엄숙한 가톨릭 장례식으로 운구되었고 정확하게 작품의 결말부에서 그들이 취하는 자세로 석판에 놓였지요. 에스칼루스가 그들의 시신 너머로 프롤로그를 말했습니다. 사실상 제게 그건 셰익스피어가 이 아이들이 너무나 내몰렸기에 그들의 불가피한 운명이 죽음이고 자기 파멸이었다고 말하는 듯이 보였답니다. 저는 그런 운명이 예정되어 있다는 인식을 원했고, 그걸 셰익스피어도 분명히 의도했었지요.

코러스는 어떻게 하셨나요? 아무런 대사도 없는 배우인가요? 이중 배역을 쓰셨나요?

전 코러스를 에스칼루스를 맡은 배우에게 주었습니다. 사실상, 결과적으로 그는 코러스가 아니었어요. 독백을 하는 에스칼루스였지요. 에스칼루스가 도착했을 때 거의 '데우스 엑스 마키나'* 같았습니다. 들어와서 사건을 통제하고, 아니면 그러려고 시도하면서요. 그래서 사회적으로 갖는 그의 권위는 연극적으로 갖는 권위 속에 반영되었지요.

몬테규가와 캐퓰렛가 사이를—시각적으로나 스타일상으로—구분 짓는 특별한 방법이 있었습니까?

아닙니다. 작품이 그 점을 너무도 명확히 해주기에 누가 누구인지를 매우 신속히 파악하게 됩니다. 우리 공연에서 그들은 그다지 형편이 좋지 않은 사람들이었기에, 선택의 여지가 없었지요. 말하자면, 눈에 띄는 옷을 입을 상황은 아니었습니다.
　그들은 작품에서 서로를 "레이디" 캐퓰렛이나 "레이디" 몬테규라고 부르지 않습니다. 그냥 등장인물 명단에만 있어요. 귀부인들일 필요도, 신사들이어야만 할 필요도 없습니다. 그래서 유일한 위계질서란 몬테규가와 캐퓰렛가 사이에 존재했던 원

---

*deus ex machina. 극에서 가망 없어 보이는 상황을 해결하기 위해 갑자기 동원되는 힘이나 사건을 뜻한다.(옮긴이)

한이었습니다. 우습게도 그 해묵은 피의 복수가 왜 시작되었는지 아무도 이해하지 못하는데, 농부들의 마을이라는 배경에서는 대단히 신빙성 있는 것으로, 어떤 면에서는 귀족 가문에서보다도 더 그렇습니다. 그들은 꼼짝없이 함께 둘러싸여 있고, 어깨를 서로 부딪치며, 길거리와 골목길에서 서로 부딪치는 것을 피할 수 없어요. 싸움은 농기구를 가지고, 즉 마체테*, 낫을 들고 이루어졌습니다. 테리 킹[무술감독]이 만든 멋진 싸움이 있었는데, 머큐시오가 연루되었을 때 분명 그는 티볼트나 다른 누구보다도 훨씬 더 영리했습니다. 그가 들고 싸운 것은 빗자루였어요. 티볼트는 사악해 보이는 마체테로 베고 있었고, 머큐시오가 약간 더 재빨랐고 더 신속했기 때문에, 갑자기 티볼트 뒤에 있게 되었지요. 빗자루로 찌르면서! 사회적인 예절은 없었고, 그것은 열정과 매우 신속하게 그 열정과 마주치게 될 사람에 대한 것이었습니다.

몇몇 등장인물들. 그중에서도 특히 유모는 종종 특정한 상투적 유형으로 연기되는데(유모는 대개 꽤 나이 들고, 수다스럽고, 종종 쾌활한 뚱뚱한 여자이지요), 여기서 벗어나려고 애쓰셨는지요?

그녀는 쾌활했고, 그리고 산드라 [보이]가 괜찮다면, 매우 섹시했습니다! 전 그녀가 캐퓰렛가의 굉장한 친구 같길 원했지요.

*날이 넓고 무거운 칼.(옮긴이)

그들은 유모에게 주인님 행세를 하는 사람들이 아니었어요. 그녀는 온통 검은 옷을 입었는데, 분명 일찍 남편을 잃은 과부였고, 아마 두 집 정도 아래에 살았을 텐데, 그들은 아이가 있고 그녀는 아이가 없어서 와서 도와주는 것이지요. 유모는 훨씬 더 세속적이고, 부모가 되는 것의 어떠한 책임감으로부터도 벗어나 있습니다. 그녀는 줄리엣에 대해서는 완전히 물러터졌지만, 부적절하거나 약간 이상한 하인은 아니고, 정말로 이웃 같았어요. 어떤 의미에서 우리는 유모의 지위를 격상시켰고 훨씬 더 보통 사람으로 만들었습니다. 다른 식으로 로렌스 신부에게도 그렇게 했지요. 종종 그려지듯이 다소 실수를 하는 선의를 가진 사람보다는, 진짜 시골 사제로 만들었거든요. 그의 첫 대사에서 그를 만나게 될 때, 그는 꽃다발을 들고 돌아다니고 있지 않고 소매를 걷어 올린 채 이것저것 키우느라 텃밭에 나가 있지요. 그리고 후반부에서, 로미오가 다소 자기 연민에 빠진 채 응석 부리면서 본인이 추방되는 것을 한탄할 때, 로렌스 신부는 로미오를 때리고, 정신 차리라고 두들겨 패는데, 도시의 사제라면 절대 하지 않을 방식입니다. 그들은 [유모와 신부] 모두 보통 사람들이었어요. 한 사람은 매우 좋은 어머니의 지위에, 다른 한 사람은 매우 좋은 사제의 지위에 있지요. 하지만 그들은 서로를 매우 잘 알았던 공동체의 일부였습니다.

이 작품을 라이벌인 가문들 간의 전쟁만큼이나 세대 간의 전쟁으로 보시는지요?

아시다시피 각계각층에서, 상이한 요구들과 에너지들이 다른 세대들을 갈라놓습니다. 우리도 한때는 10대들이었고, 그와 같았는데, 지금 우리의 일은 어른스러운 것이고 어떤 질서와 통제의 혜택을 설파해야 하는 것이지요. 세대 간의 차이에 대한 인식은 좀 더 젊은 세대들이 통제 밖에 있고, 연장자들은 열을 내며 그들을 통제 아래 두려고 애쓴다는 것입니다. 저는 캐퓰렛/줄리엣의 장면은 그가 분명히 패닉 상태이기 때문에 굉장하다고 생각합니다. 이제 그는 딸이 더 이상 어린 여자아이가 아니라, 자신의 감정을 가진 여성(제가 보기에 줄리엣은 로미오보다 훨씬 더 터프합니다)임을 갑자기 깨닫기 때문입니다. 딸이 대들자, 그는 충격을 받고 정도가 지나쳐 상식을 벗어나게 되지요. 그것은 마치 좀 더 젊은 세대들이 열정과 갑작스러운 성숙 때문에 통제가 불가능해지고 나이 든 세대들은 그들을 도울 힘이 없는 것 같습니다. 그것은 세대 간의 전투라기보다는 삶의 끝없는 사이클이겠지요.

이 작품은 소년을 성적으로 갈망하는 인물로 보고 소녀를 갈망의 대상으로 보는 오래된 생각을 뒤집고 있는 듯 보입니다. 당신과 당신의 줄리엣은 줄리엣이 얼마나 적극적이고 성적으로 에너지가 많은가에 놀라셨나요?

분명 그것은 리허설 때 주요한 사항 중 하나였고, 그게 바로 조이 [웨이츠]를 캐스팅했던 이유입니다. 조이는 매우 당차며, 현실적인 여배우이니까요. 기질상 조이는 그다지 영국적이지 않아요. 조이에게는 얌전한 구석이란 없고, 중산층 소녀이지만 그녀의 본능은 지성적인 것에 상반되는 것으로 세상을 향해 있지요. 그녀가 맹렬하게 빛날지라도 말입니다. 그래서 제게는 완벽한 줄리엣이었습니다. 그녀는 언어에 대한 굉장한 감을 지니고 있는데, 이것이 그녀의 세계를 놀라울 정도로 생생하게 색칠하는 인물을 반영해줍니다. 엄청난 감정적 힘을 지니고, 아마도 더욱 중요한 점은, 상상력을 지닌 소녀라는 점이 매우 신속하게 파악되지요. 저는 로미오의 상상력은 훨씬 더 지나치게 격식에 매이고 제한적이라고 생각합니다. 줄리엣은 컵이 절반만 찬 것을 보는 경향이 있지만 그는 늘 그러지는 못합니다. 줄리엣의 기쁨 중 하나가 자기에게 수동적이거나 귀부인다운 것이 없다는 점이고, 그것이 그녀를 매우 매력적으로 만들어준다는 데는 의문의 여지가 없습니다. 작품이 시작되고 로미오가 이미 로잘린과 사랑에 빠졌을 때 여러분은 그가 이상화되고, 낭만화되고, 보상받지 못하는 사랑으로부터—이는 많은 점에서 셰익스피어가 물려받았던 문학 전통이었는데—그저 그를 실족하게 만들어버린 어떤 것으로 이동하는 것을 봅니다. 그것은 마치 그가 줄리엣의 세계로 중력에 이끌리듯이 끌려 들어간 것과 같습니다. 제 생각으로는, 작품 속에서 로미오는 변화합니다. 줄리엣이 그를 성장하게끔 만듭니다.

연인들의 나이는 어떻게 접근하셨나요? 작품은 로미오에게 특정한 나이를 부여하지 않는데, 줄리엣은 열세 살이라는 것이 매우 분명합니다만(그리고

마이클 애튼버러의 1997년도 공연에서 로미오로 분한 레이 피어론과 줄리엣으로 분한 조이 웨이츠.

우리 시대에는 그게 문제가 되는데, 아닌가요?).

그것은 꽤 명확합니다. 레이 피어론과 조이 웨이츠는 여전히 젊습니다. 20대지요. 어떤 식으로든 전 조이가 열네 살인 척하게 만들려고 하지 않았습니다. 왜냐하면 다소 앙증맞은 정도로 해결할 수 있는 데다 배우에게 그것은 별 도움이 되지 않으니까요. 연극적으로 흥분되는 것은 사람들이 처음으로 상황을 발견하는 걸 보는 일입니다. 만일 그것이 사실이라는 점—그들이 처음으로 상황을 접하는 중이라는 점—을 알 수 있으면 그것이 그들을 젊게 만듭니다. 물론 레이와 조이라는 열정적인 두 배우에게서 우리가 얻는 굉장한 것들 가운데 하나는 엄청난 에너지와 감정적, 언어적 힘이지요. 그래서 배우를 좀 더 어려 보이게 만

302

들려고 애쓰기보다는 인물을 통해서 관객들의 상상력을 흥분시켜야만 합니다.

연회와 로미오와 줄리엣의 첫 만남을 어떻게 연출하셨는지요? 두 사람이 시끄러운 무도회 한가운데서 붐비는 무대에 있을 때, 오로지 그들 두 사람에게만 강렬하게 집중하도록 만들기란 상당히 어려운 일인 게 분명할 텐데요.

이 작품의 스토리 측면에서, 바로 처음부터 우리가 이 파티를 향해 고조되어가는 중이라고 인식하길 원했습니다. 그 일은 사실상 마을 광장이었던 곳에서 벌어졌습니다. 광장 한가운데에 직사각형의 연단이 있는데 이것은 작품 끝에서는 시신들이 놓이는 장소로, 두 사람이 함께 있을 때에는 침대로, 또 남자아이들이 빈둥거리는 분수 겸 스탠드로도 사용되었어요. 그 한가운데에는 끌어당기면 불이 보이는 부분이 있었는데, 그 위로 파스타를 요리할 그릇도 매달 수 있었지요. 그래서 유모는 실제로 캐퓰렛 부인과 함께 광장에서 벌어질, 색등 전구들이 줄 지어 있는 큰 파티를 위해 식사를 준비했습니다. 유모는 글자 그대로 신선한 파스타를 말고 있는 중이었고, 자기 팔에 아기를 안고 있던 일에 관한 대사를 할 때, 이 파스타 더미를 집어서 아기처럼 자기 팔에 안았지요. 들판에서 허브를 고르고 있던 줄리엣이 뛰어 들어와 그 허브를 솥에다 집어넣었는데, 그러면 실제로 파스타가 요리되는 냄새를 맡을 수 있었어요. 그래서 다시금 매우 현실적이 되었지요. 사회적인 가식도, 우아함도, 중산층의 매너도 없었습니다. 춤은 많이 있었는데, 화려하고, 섹시하며, 매우 재미있었고, 모두 꽤 빨리 취하게 되어, 마을 공동체에 대한 현실감이 있었습니다.

두 사람의 만남을 연출하는 것은 하나의 도전입니다. 전 매우 단순한 연출을 했어요. 바로 로미오와 줄리엣이 서로를 보거나 말할 때, 그 외의 모든 사람들은 거의 완전히 동작 정지 상태로 있게 했지요. 그들의 조명은 20퍼센트까지 내렸고, 로미오와 줄리엣의 조명은 100퍼센트까지 올리고서 그 장면을 연기하도록 했습니다. 그전에 공연들을 본 적이 있었는데, 그 공연들에서는 갑자기, 어떤 이상한 우연의 일치로, 모두가 콩가*로 퇴장하고, 두 사람이 대사를 주고받는 동안 적당히 무대를 비우더군요! 분명 문제는 그게 그렇게 쉽지 않다는 것 아니겠어요? 사람들이 지켜볼 수 있기 때문에 그들은 어떤 식으로건 서로에게 이야기해야만 하지요.

그 장면에서 제가 또 연출했던 것은 줄리엣을 파리스와 짝 지어주기 위해 모든 일이 벌어지고 있다는 생각을 전면에 부각시키는 것입니다. 거의 언제나 파리스는 나약하게 배역이 설정되지요. 이는 늘 약간 바보같이 날 놀라게 만듭니다. 정말 잘생긴 남성이 파리스 역을 맡고, 하지만 그녀가 다른 남자를 원한

---

*사람들이 길게 줄을 서서 각자 앞사람을 잡고 빙글빙글 돌아가며 추는 빠른 춤, 또는 그 춤곡을 말한다.(옮긴이)

다면 사실상 훨씬 더 흥미롭지요. 그러면 정말로 흥미롭게 됩니다. 전 매우 잘생긴 젊은 파리스[올리버 폭스]를 구했습니다. 그와 줄리엣은 섹시하고 정열적인 춤을 추었어요. 놀라울 정도로 그들의 몸은 밀착되어 있지만, 그녀의 눈은 결코 로미오를 떠나지 않는 식으로 안무를 짰습니다. 이는 두 사람 중 어느 누구도 서로에게 두 단어를 말하기 전이었지요. 무언가 섹시한 게 있었습니다. 그들이 춤을 출 때 언제나 굉장히 에로틱해 보인다는 것은 성적 관습이 매우 특정하게 정해져 있고, 어린 여자아이들은 보호자 없이는 외출이 허락되지 않았던 상당히 엄격한 가톨릭의 분위기에 비추어 낯선 측면들 가운데 하나이지요. 우리는 그 점을 이용했고, 줄리엣과 파리스는 매우 훌륭한 댄서들인지라, 두 사람이 서로에게 성적으로 끌린다고 모두들 생각했습니다. 하지만 사실 그녀의 몸에 퍼진 에로틱한 흥분은 연회장 한편에 서 있는 남자를 향한 것이었어요.

줄리엣은 창문가—혹은 데이비드 개릭의 18세기 공연에서 그랬듯이, 발코니—에 있고, 로미오는 그 아래에 있다가 그다음 위로 올라가는 것은 세계 연극사에서 가장 유명한 장면 가운데 하나입니다. 그것을 당신만의 고유한 것으로 만들면서 새롭게 하고자 어떻게 설정하셨는지요?

우리가 만든 세트의 맥락에서, 그것은 다소 단순했습니다. 장엄하고 높은 건물들은 없었고 심지어 발코니조차도 거의 없었지요. 어떻게 해서든 두 사람은 서로 붙들려고 애쓰느라 허우적대다가 몸을 기울여서 사실상 서로 만질 수 있었기에, 그 자체의 힘을 얻을 수 있었습니다.

세트가 모두 빛이 바랜 테라코타 회반죽 장식에다 담쟁이덩굴도 태양 아래 썩어가는 것이었기에, 거기엔 장엄한 것도 오페라적인 것도 하나도 없었어요. 제 생각에 이 장면은 유치하고 상투적이라 젊은 아이들이 낄낄대기 시작하는 때이지요. 만일 서로의 팔에 안기기를 기다리고만 있을 수 없는 두 아이에 대한 것이라면, 다른 관능적인 분위기를 취해야 합니다. 제 생각에 그 장면에서 엄청난 비중이 로미오에게 주어졌고, 레이피어론만큼 더 현실적이 될 수는 없었습니다. 그는 근육질에다 본능적인 멋진 흑인 배우로 언어에는 탁월하거든요! 어렵지는 않았습니다. 장소와 전후 맥락이 발코니 장면의 상투적인 표현들을 없애는 데 상당히 도움을 주었지요.

결말부에서 이뤄지는 두 가문의 화해는 지속적인 평화인가요 잠정적인 연합인가요?

우리는 지속적인 평화로 갔습니다. 일부는 수치심에서, 일부는 지친 데서 오는 지속적 평화 말입니다. 셰익스피어는 사실상 "오래된 원한으로 새로운 싸움을 시작하나니"라는 첫 대사에서 어느 누구도 이 적대감이 어디서 비롯되었는지 모른다고 말하며 요점을 명확히 해준 점에서 매우 똑똑합니다. 그래서 결말부에 이르기까지 계속해서 "우리가 왜 싸우는지 누구 기억하는 사람 있는가?"라고 하지요. 다른 연출자들은 그것을 일시적으로 만들려 했을 거라고 확신합니다만, 그렇게 되면 자식의 죽음이 그다지 가치가 없다고 말하는 것이기 때문에 이야기를 하찮게 만들어버린다고 생각합니다. 제 경험상으로 그것은 벌어질 수 있는 가장 지독한 일입니다. 부모들에게 자신들이 전혀 몰랐던 일들이 드러났을 때, 그들은 생각합니다. "대체 어떻게 그리도 심각하게 잘못될 수 있었단 말인가? 지금에야, 그토록 많은 세월이 지난 후에야, 자식들이 우리에게 비밀로 해야만 한다고 여겼던 그들의 일을 알게 되다니." 그러나 그것이 꼭 부모들이 나쁜 부모라는 걸 의미한다는 건 아닙니다. 젊은 세대가 자신들의 독립성을 주장한다는 것으로, "아뇨, 제 인생은 제가 알아서 해요, 부모님이 관리해주실 필요 없어요"라는 거지요. 우리는 이 모든 일들이 그들의 등 뒤에서 벌어졌다는 점을 매우 충격적인 것으로 만들고자 했습니다. 하지만 작품 속에는 흥미로운 느낌이 늘 있지요. 마치 그들 관계의 강렬함이 그들을 전부 태워버린 것처럼, 거의 자기 파괴적 메커니즘처럼요. 좀 우습게도, 결코 지속 안 될 뭔가가 있다면, 그건 바로 로미오와 줄리엣이지, 종국의 두 가문 사이의 평화일 필요는 없다고 봅니다.

작품 초반부에 터져버리게 되는 어떤 인간적인 구조들이 있습니다. 로미오, 벤볼리오, 그리고 머큐시오의 관계에 전 매혹당했었습니다. 제가 이용하고 싶었던 게 두 가지 있었지요. 하나는, 제 생각에 머큐시오와 로미오가 같은 동전의 다른 면들이라는 것입니다. 낭만주의자를 긁어내면 냉소주의자를 발견하게 되고, 냉소주의자를 긁어내다 보면, 낭만주의자를 발견할 겁니다. 저는 로미오와 머큐시오가 정반대되는 것의 통일체이기 때문에 서로를 흠모한다고 생각합니다. 그리고 이들 둘은 매우 휘발성이 강해 불이 잘 붙는 많은 관계에서처럼, 그들이 시합할 수 있게 함께 붙여놓을 수 있는 제3의 인물이 필요한데, 왜 그런지, 그런 사람이 거기 없다면, 그들은 싸움으로 끝내게 되지요. 머큐시오가 죽은 다음 벤볼리오가 사라지는 것은 극적인 우연이 아닙니다. 그건 그가 제 기능을 상실해버렸기 때문이지요. 단순히 로미오 뒤에 따라다닐 수는 없거든요. 3인조가 깨져버렸으니까요. 우리 공연에서는 큰 싸움이 있은 후 무대를 마지막으로 떠나는 인물이었고, 완전히 버려졌습니다. 벤볼리오는 매우 친절하고 매우 충실하지만, 결국 머큐시오와 로미오만큼 완벽하고 흥미로운 인간은 아닙니다. 하지만 그들 세 사람 간의 역동성에 있어서는 중요한 부분이었지요. 머큐시오의 죽음으로 그것이 깨져버립니다. 하지만 그는 열정에 의해 규정되는 또 다른 인물이지요.

데이비드 테넌트의 로미오 연기

데이비드 테넌트 1971년 스코틀랜드에서 태어나고 자랐다. 왕립 스코틀랜드 음악연극학교를 다녔으며, 초기의 연극 작업은 선동적인 7:84 극단*에서 이루어졌다. 그러나 곧 나아가 영국

---

*스코틀랜드의 좌익 선전극단. 극단 이름은 영국 인구의 7퍼센트가 나라의 부의 84퍼센트를 차지하고 있다는 1966년《이코노미스트》의 기사에서 연유되었다.(옮긴이)

연극계에서 자신의 경력을 수립하였으며, 2000년 RSC를 위한 마이클 보이드의 〈로미오와 줄리엣〉 공연에서 로미오를, 그리고 국립 극장에서 상연된 조 오턴의 〈집사가 본 것은〉에서 니콜라스 베켓 역을 비롯하여 〈뜻대로 하세요〉에서 터치스톤 역, 〈착오희극〉에서 시라쿠사의 안티폴루스 역, 〈경쟁자들〉에서 잭 앱솔루트 역을 맡은 바 있다. 그는 또한 성공적인 텔레비전 경력도 쌓았는데, 가장 유명한 것은 오늘날 장기간 방영되며 대단한 인기를 얻고 있는 BBC의 TV 시리즈물 〈닥터 후〉의 열 번째 닥터 역이다. 또한 그는 영화에도 많이 출연하였는데, 두드러진 것으로 〈해리 포터와 불의 잔〉에서 맡은 바티 크로치 주니어 역을 들 수 있다. 2007년에 RSC로 복귀하여 〈햄릿〉에서 왕자 역과 〈사랑의 헛수고〉에서 베로우니 역을 맡았다.

당신의 로미오가 몇 살이라고 상상하셨습니까?

알렉스[줄리엣을 연기했던 길브레스]와 전 두 사람 모두 빠져나갈 수 있는 저 맨 끝에 놓인 걸로 느꼈다고 여깁니다만, 줄리엣의 나이가 분명하게 거론되기 때문에 줄리엣이 좀 더 어려웠습니다. 엄격히 말하자면, 원작에서는 그가 정확히 몇 살인지 알려주는 증거가 없다는 점에서, 로미오는 어떤 나이든 될 수 있지요. 물론 10대의 고뇌와 어쩌면 욱하는 면을 제시해주는 무언가가 성격에는 있지만요. 전 그다지 구체적으로 어떤 나이에 초점을 맞추지는 않았어요. 그 역을 했을 때 스물아홉이었으니까요. 그리고 10대를 연기하려 애쓴다고 느끼면서 전체 공연을 보내고 싶지 않았거든요. 그래서 그것을, 제 자신에게조차도 모호하게 남겨두었어요. 아마도 그를 젊은 청년으로 생각했고, 그 이상으로는 정확히 몇 살인지 걱정하느라 지나치게 많은 시간을 보내지는 않았지요. 인간으로서 우리는 어떤 경험을 하든, 그것을 하고 있을 때는 우리가 몇 살인지에 초점을 맞추지 않는 경향이 있다고 생각합니다. 그래서 그걸 너무 큰 문제로 삼지 않으려고 노력했는데, 어쩌면 한편으로 로미오를 연기하기에는 너무 나이 들었다는 스스로의 우려 때문이었는지도 모릅니다.

로미오의 로잘린에 대한 사랑과 줄리엣에 대한 사랑 간의 차이를 관객들에게 어떻게 전달하고자 하셨는지요?

글쎄요, 우리는 로잘린을 전혀 못 봅니다. 마이클 보이드[연출자]는 늘 로잘린이 견습 수녀라고 설정했고, 처음부터 저더러 그 점을 생각하도록 권했습니다. 로잘린은 궁극적으로 성취할 수 없는 목표이며, 로미오가 자기에게 하고 있는 것의 일부가 특히 (배타적이지는 않다 하더라도) 사춘기적인 것으로, 이는 사람들이 얻지 못할 것과 사랑에 빠지는 시기라는 생각도요. 반면 줄리엣은 분명 매우 현실적입니다. 제 생각에 줄리엣과의 관계는, 정말 얼마 되지 않는 그 관계 전체의 기간 내에서, 훨씬 더 성숙한 것입니다. 로잘린은 손에 넣을 수 없고 정말로 혹해버린 면이 더 많지만, 반면 줄리엣에 대해서는 그가 빠져든다는 점을 믿어야만 합니다. 줄리엣을 발견했을 때 그는 자신의 인생이 그 의미를 발견했다고 믿습니다. 로잘린과는 사랑에 빠졌다는 그 생각 자체와 사랑에 빠진 것이지요. 줄리엣과는, 줄리엣이라는 사람과 사랑에 빠집니다. 아마도 그게 가장 큰 차이가 아닐까 생각됩니다. 로잘린에 대한 사랑은 스스로 깨달은 복잡한 성숙함을 일종의 멜로드라마적으로 과시하는 것으로, 그것은 당연히 그가 그다지 복잡하거나 성숙하지 못하다는 것을 증명해줍니다. 줄리엣을 만날 때 그는 진정으로 다른 인간과 사랑에 빠집니다. 사랑이라는 개념 자체보다는 말입니다.

작품이 진행되는 동안에 그는 어느 정도로 변화하는지요? 사내아이들 중 한 명에서 고립된 연인으로 변하나요, 아니면 늘 나머지들에게서 떨어져 나와 있습니까?

분명 로미오에게는 자기-극작가적인 면이 있습니다. 제가 보기에 그 점이 바로 어떻게 그가 스스로에게 배역을 맡기는 걸 좋아하는가 하는 건데, 친구들 무리에서조차도 그렇지요. 그는 자신을 약간 더 복잡한 바이런식의 고문당하는 영혼으로 보기를 좋아하고, 또 친구들도 그를 그렇게 여기는 것을 좋아합니다. 제 생각에 그는 진짜로 그런 존재가 되어버립니다. 그것이 그가 연기하는 역할이라기보다는, 그의 삶이 되는 거지요. 그래서 작품 결말부에서는 그가 작품 시작 부분에서 발견한 척했던 그 목적을 찾아냈다고 생각합니다.

로미오의 언어가 작품이 진행되면서 성숙해지는 듯 보이시는지요?

당시에 그 점을 주목했던 기억은 없습니다만, 아니라고 말할 수도 없군요. 그런 것들에 대해 지나치게 객관적이지 않으려고 애썼는데, 감히 말씀드리자면, 그럴 경우 셰익스피어에 접근하는 구닥다리 방식이자 제가 피하려고 애쓰는 자의식에 빠져버리게 되기 때문입니다. 만일 한 인물을 하나의 무대 경험으로 해석하려 애쓴다면, 그 인물이 그 순간 이야기하는 텍스트에 직접적으로, 또 그것에만 집중하려고 노력해야 한다고 생각합니다. 그 안에서 얻으려고 애써야지, 그것 "없이" 진행되는 어떤 것을 너무 의식하지 않아야 합니다. 논문 쓰느라 텍스트를 연구하는 사람에게 관련될 그런 것 말입니다. (그런 게 작품에 없고 지적될 만한 사항들이 없다고 말하려는 게 아닙니다.) 그래서 연습실에서 그 점에 주목한 기억은 없는데, 제가 말하고자 하는 것이, 아마도 안 그러려고 노력하던 중이었다는 점 같습니다.

이 작품은 모든 시대에 걸쳐 가장 유명한 허구적인 이야기 속의 연애에 관한 것이고, 창/발코니 장면은 지금까지 쓰인 가장 유명한 것들 가운데 하나인데, 어떻게 상투적인 것, 즉 역사적으로 이어져 온 것을 지나치려 하셨는지요? 그 역할과 작품을 자신만의 고유한 것으로 만들기 위한 무슨 특별한 비법이라도 있었습니까?

사람들이 그런 보따리와 기대감을 가지고 온다는 사실이 아마

312

도 그런 유명한 역할들을 맡는 데 있어 가장 어려운 점일 텐데, 〈로미오와 줄리엣〉은 그 어느 경우보다도 더하겠지요. 모두가 그 작품에 관해 의견이 있고 모두가 그 작품이 어떤 건지에 대해 기대가 있으니까요. 심지어 한 번도 작품을 읽거나 본 적이 없는 사람들조차도 〈로미오와 줄리엣〉이 어떤 작품인지 안다고 생각하지요. 사실 제가 보기로는 대개는 그들이 틀렸어요! 〈로미오와 줄리엣〉에 관해 특히 제가 기억하는 건 사람들이 초콜릿 상자 같은 사랑 이야기를 기대한다는 점입니다. 제 생각으로는, 그 이야기가 비극적이고 행복하게 끝나지 않는 줄 알면서도, 그게 바로 그 이야기에 대해 사람들이 상상하는 것이지요. 사람들은 사랑에 대한 어떤 굉장한 이야기를 기대합니다. 그게 바로 이 작품이 이야기하는 것이라고는 저는 생각하지 않습니다. 로미오와 줄리엣은 무대에서 함께 보내는 시간이 거의 없고, 무대에 함께 있을 때에도 서로 대화를 주고받는 걸 가장 길게 볼 수 있는 부분이 발코니 장면인데, 여기서 분명한 것은 그들이 만질 수도 없고, 함께 있을 수도 없으며, 그들 사이에는 육체적, 정서적 장벽이 있다는 겁니다. 이 작품은 온갖 종류에 관한 것이라고 생각됩니다만, 사랑에 관한 것인지는 정말 모르겠습니다. 그것은 로미오를 연기할 때 극복해야만 하는 것들 중 하나이지요. "위대한 연인을 연기하려고 왔어"라고 생각하며 작품을 대하면 그건 그다지 도움 되는 출발점이 아니니까요. 분명 우리 공연은 상당히 혹독하고 거친 환경을 배경으로 설정되었습니다. 이 작품은 사람들이 기대하는 사랑에 대한 묵상만큼이나 그들이 살고 있는 세계의 정치와 사회에 관한 것이기도 합니다.

하지만 그 질문에 답하자면, 아니라는 것이 그 대답인데, 저
는 어떤 특정한 비법도 없습니다. 늘 그런 비법을 발견할 필요
는 느끼지만, 제가 지금까지 그런 것을 정말 해왔는지는 모르
겠습니다. 이제 막 〈햄릿〉을 끝냈는데, 이 작품 역시 온갖 기대
와 선입관을 갖고 접하는 또 다른 작품입니다만, 여전히 답이
무엇인지 모르겠어요. 그저 노력해서 그것이 지나가는 걸 봐야
만 합니다. 연습실에서 약간 심호흡을 한 다음 연기 중인 그 장
면과 연기하고 있는 텍스트를 보려고 애써야만 해요. 역사의
무게보다는요. 물론 행하는 것보다는 말하는 게 더 쉬운 법이
지요! 제 생각에 그것을 하는 또 다른 방법은 영문학 연습의 하
나로 접근하지 않고자 노력하는 겁니다. 셰익스피어 작품은 늘
대단히 유혹적이고 분명히 할 수 있는 것이 있습니다. 모든 시
행에 대해 할 말이 너무 많거든요. 제가 "비법"을 갖고 있거나
그것에 접근하는 방법이 있다면, 드라마상의 진실과 감정적인
맥락 속에서, 그것이 무엇인지 즉시 알기 위해 각각의 시행을
보는 것입니다. 관련된 책을 쓰려 할 때 찾아야 하는 것의 맥락
에서 보기보다는 말입니다.

이 작품을 젊은이와 노인들 간의, 그리고 부모와 자식 간의 싸움으로 보시
나요? 아니면 연인들과 더 연로한 멘토들(로미오에게는 신부, 줄리엣에게
는 유모) 간의 어떤 중요한 유대가 있는지요?

무대의 시간이라는 측면에서는, 아마도 로미오와 줄리엣 간의 관계를 이해하는 것보다는 로미오와 신부의 관계를 더 분명하게 이해하게 됩니다. 그것은 좀 더 즉각적인 설명이 가능하지요. 왜 로미오와 줄리엣이 서로에 대해 사랑에 빠지는지, 그 이유가 분명하지는 않아요. 실생활에서 사람들이 사랑에 빠질 때, 왜 자신들이 그러는지 금방 선명해지지 않는 것처럼 말입니다. 신부와의 관계는 분석하기가 더 쉽습니다. 그것은 로미오가 어떤 사람인지 파악하는 데 매우 중요합니다. 그의 부모님보다도 더 그렇지요. 로미오의 부모님에 대해서는 줄리엣의 부모님에 대해 알게 되는 식으로 작품 속에서 알 길이 전혀 없기 때문입니다. 제가 보기에 싸움은 있습니다. 작품 속에 세대 차이가 있고 갈등이 있지요. 사랑이 모든 것을 정복할 수 있다고 믿는 젊은이들의 이상과, 나무에서 숲을 볼 수 있고 일이 그렇게 단순하지는 않으리라는 것을 아는 실용적이고 냉소적이며 좀 더 연장자인 인물들과 대립되면서 말입니다. 사랑이 모든 것을 정복할 수 있느냐 없느냐에 관하여 작품 속에서 흥미로운 논쟁이 있다고 봅니다. 우리 공연에서는 좀 더 나이 든 인물들의 측면에서 탐구되었습니다. 그들이 다른 세상에서 온 존재라는 쪽으로 디자인을 선택했는데, 즉 인물의 나이가 많을수록 옷도 더 전통적이었지요. 저는 상당히 현대적인 가죽 항공 재킷을 입은 반면, 완전히 엘리자베스 시대의 짧고 꼭 끼는 상의와 몸에 딱 붙는 바지를 입고 있는 알프레드 버크[에스칼루스]도 있었어요. 그 외의 다른 인물들은 전부 그 중간 정도였지요. 마이클 보이

마이클 보이드의 2000년도 공연에서 로미오로 분한 데이비드 테넌트와 로렌스 신부로 분한 데스 맥알리어.

드는 분명히 그 점에 관심이 있었고, 그게 우리가 탐구했던 것입니다. 그래요.

17세기 극장에서, 머큐시오가 로미오보다 더 인기를 끌었기 때문에 셰익스피어가 작품 중간쯤에 그를 죽이기로 결정했다는 소문이 있었습니다. 머큐시오의 언어적인 그 뛰어난 재기가 로미오에게 문제가 되는지요?

그게 로미오에게 문제라고는 생각하지 않습니다. 제 짐작에 그 소문이 사실이라면, 관객들에게는 아마 문제였을 겁니다. 로미오는 머큐시오에게 진심 어린 애정을 가졌다고 생각됩니다. 그의 총명함, 에너지 그리고 기민한 위트는 분명 로미오가 소중히 여기는 것이라 생각됩니다. 그들의 관계가 무엇인지에 관해 온갖 종류의 의문들이 있고, 공연에서 그 점에 대해 내려야 하는 결정들이 있다고 봅니다. 그들이 얼마나 가까운지, 로미오가 머큐시오를 필요로 하는 것보다 머큐시오가 로미오를 더 필요로 할지도 모른다는 데 관해서 말입니다. 그가 로미오보다 더 인기를 끌었기 때문에 죽어야만 했는지 여부는 물론 우리는 절대 모르겠지만, 그건 분명 진부한 극적 장치입니다. 투자하고 매혹당하게 되는 인물을 만들어놓고는, 그런 다음 충격을 줄 용도로 그를 죽여버리는 것 말입니다.

물론 그것은 작품을 완전히 새로운 방향에 놓습니다. 제 생각에는 셰익스피어가 그런 일이 생길 줄 알지 못했고, 그저 너무 좋은 역할을 쓰던 중이었기에 그냥 만들어낸 것 같지는 않은데요! 그런 식으로 상황을 시작하려 했다고는 상상이 안 갑니다! 정말로 그 인물에게 그렇게 매혹당했다면 〈머큐시오〉라는 극을 썼을 테고 우리는 그를 더 많이 보게 되었을 거라고 생각합니다. 저는 머큐시오가 로미오에게 문제라고는 생각지 않기 때문에 머큐시오의 언어가 로미오에게 문제가 된다고는 정말 확신하지 않습니다. 전 로미오가 머큐시오에게 문제라고 생각합니다.

비평가 윌리엄 해즐릿은 "로미오는 사랑에 빠진 햄릿"이라고 말했는데, 그 말에 동의하시는지요?

햄릿은 자신을 좀 더 잘 인식하고 있다는 점에서 로미오보다는 좀 더 성숙한 버전이지요. 로미오가 내적 성찰과 자기 인식의 역량은 가졌다고 생각합니다만, 그건 약간 다듬어지지 않았고, 햄릿의 경우는 자신을 이해하기 시작하는 중이고 그걸로 싸우는 중인 어떤 사람을 보게 됩니다. 로미오는 자신을 이해한다고 믿습니다만, 그다지 그런 것 같지 않습니다. 로잘린과의 관계에서 보이는 방식은 분명 사랑에 빠지는 게 어떤 건지 해석하는 데 상당히 미성숙한 방식입니다. 물론 그가 줄리엣을 만날 때 사랑에 빠지고 성장하는 것이 무엇인지 이해하게 됩니다만, 우리는 로미오가 성장하는 것을 결코 보지는 못합니다. 햄릿이 좀 더 젊었을 때는 약간 로미오와 같을 수도 있다는 건 꽤 가능합니다. 두 사람은 분명 언어에 대한 재능을 공유하고 있습니다. 사랑에 빠진 햄릿을 사실상 보게 된다고 전 생각하는데, 짧긴 하지만, 햄릿이 오필리아와 사랑에 빠져 있다고 여겨집니다. 그게 로미오의 경우와 같다고는 보지 않아요. 그래서 그들이 같은 인물이라고는 생각되지 않지만, 분명 둘 사이에 유사점과 연상시키는 점들은 있다고 여겨집니다.

로미오가 자신의 비문이 어떻게 쓰이기를 원했다고 생각하십니까?

제 짐작에 로미오에게 중요해 보이는 것은 자기 자신에게 충실하다는 것입니다. 그가 그 "자신"이 무엇인지를 아는 한은 말입니다. 줄리엣 없이는 살 수 없기에 자살한다는 바로 그 사실은 순전한 향락주의와 어떤 확실성, 즉 자신이 누구인지와 무엇이 중요한지에 대한 확실성으로 지탱되는 이상주의의 표식이지요. 그가 순수한 목적을 가진 사람으로 기억되고 싶었으리라 생각합니다. 그게 그에게 중요합니다. 우리가 성인의 세상으로 보는 것의 압박감들에 그는 굴복하지 않는다는 사실 말입니다. 로미오는 그런 식으로 그것을 보려 하지는 않았지만요. 그는 명석한 머리에 진실한 사람으로 기억되고 싶어 했을 겁니다. 자기 주위의 세상이 상당히 도덕적으로 또한 감정적으로 무너져 있음을 보았을 테고, 그래서 그의 비문은 자신이 그 정반대였음을 인정해주는 어떤 것이길 원했을 겁니다. 분명 간결하면서도 함축성 있는 건 아니지요, 그 대답 말입니다, 그렇죠? 제가 드리지 못하는 인상적인 한마디를 원하셨던 것 같군요!

알렉산드라 길브레스의 줄리엣 연기

알렉산드라 길브레스 1969년 찰폰트 세인트 자일스에서 태어났고 런던 왕립 음악·연극예술 학교를 다녔다. 연극계와 영화계 양쪽 모두에서 경력을 쌓았으며, 1996년 영국 순회 극장의 〈헤다 가블러〉 공연에서 선보인 연기로 이언 찰슨 상을 수상한 바 있다. 데이비드 테넌트가 로미오 역할을 맡은 마이클 보이드의 2000년도 〈로미오와 줄리엣〉 공연에서 줄리엣의 역을 맡은 것 외에도, RSC의 〈말괄량이 길들이기〉의 케이트, 존 플레처의 연작인 〈길들이는 자가 길들여지다〉에서 마리아를 연기했다. 그뿐 아니라 〈좋으실 대로〉에서 로잘린드, 〈겨울 이야기〉에서 허마이어니, 그리고 〈윈저의 즐거운 아낙네들〉의 뮤지컬 버전에서 미스트레스 포드 역을 맡았다. 그녀가 맡은 가장 유명한 텔레비전 배역은 BBC 시리즈인 〈글렌의 군주〉에서의 스텔라 문이다.

작품은 줄리엣이 완전히 열네 살이 되지는 않았다는 점을 분명히 해줍니다. 그녀를 열세 살로 연기하셨나요, 아니면 그게 요즘에는 부적절한가요?

저는 서른한 살이었어요. 그래서 솔직히, 줄리엣을 연기하기에는 좀 나이가 있었지요. 하지만 줄리엣을 연기할 만큼 젊을 때는 그녀를 연기할 만큼 나이 먹지 않았다는 소신을 갖고 있는데, 줄리엣을 연기할 만큼 나이를 먹으면, 너무 나이 들어 버리지요! 제가 연기했던 모든 셰익스피어의 배역들 중에서, 성격의 측면에서는, 줄리엣이 가장 강인하다고 생각합니다. 그녀의 경우 순진무구한 10대 초반의 행동을 보여주지 않아요. 그녀는 지독히도 솔직하고 매우, 매우 외골수라고 생각합니다. 뭔가를 보면 그걸 얻으려고 나아가지요. 추호의 흔들림도 없이요. 마이크[마이클 보이드, 연출자]는 바로 초반부에서 전반적인 작품의 느낌이 감상주의로 흐르지 않기를 원한다고 말했어요. 그는 특히 약간 더 나이 든 사람이(그는 날 "늙은이 줄리엣"이라 불렀지요!) 줄리엣을 연기할 때에는, 그다지 지나치게 낭만적이지 않고 변덕으로 가득 차게 하는 데 대단히 열심이었지요. 분명 그녀에 대해 꽃으로 덮인 어떤 것도 전 발견하지 못했어요.

열세 살짜리들은 사실상 열여섯 혹은 열일곱 살짜리들보다 더 강하고 더 잔인해 보인다고 생각됩니다. 여전히 아이들이긴 하지만, 그들은 그 외의 무언가가 되는 걸 연기하는 중이고 자신들의 한계를 그다지 인정해오지 않았으니까요. 또한 이 작품은 열세 살에 약혼하고 결혼하고, 그리고 아이를 갖고, 서른 살 무렵에는 죽을 수도 있었던 그런 시절에 쓰였던 것이니, 어쩌면 그녀의 순진무구함을 이야기할 때, 너무 현대적인 시각을 부과하는 것이지요. 전 서른한 살의 나이에 열세 살짜리를 연기하려 들지도 않았고 할 수도 없었지만, 매우 구체적이고 매우 위험한 어떤 것을 일편단심으로 했던 사람의 이야기는 할 수 있었어요. 때로 그것은 갑자기 이 '압도적인' 느낌을 갖게 되는 믿기 어려울 만큼 순진무구한 누군가를 연기하고 있다는 느낌 가운데 나타났고, 그 욕구가 모든 것을 지배했지요. "어서 달리렴, 너 불타는 발을 가진 종마들이여"(3막 2장)는 순진무구한 말이 아닙니다. "자 태양아, 움직여! 난 이 남자가 밤에

와야 해. 그와 잠자리를 할 필요가 있으니까! 난 그이랑 섹스하고 싶어!"라고 말하는 거지요. 그건 순진한 열세 살짜리는 아니에요! 좀 더 나이 들었을 때 아마도 더 잘 이해할 수 있다고 생각합니다. 제 생각으로는 좀 더 경험이 있고 좀 더 자기 인식이 있어야만 하는데, 줄리엣은 믿기 어려울 정도로 자기 인식이 있다고 보니까요.

작품의 진행 과정 속에서 줄리엣은 어느 정도로 변화하나요? 매우 급속도로 성장하는 경우인가요?

작품이 시작될 때에는 줄리엣이 성숙한 자리에 있다고는 생각되지 않습니다. 그녀는 일편단심이고 매우 강한 성격을 지니고 있지만, 작품이 전개되는 속도로 보면, 그렇지요, 줄리엣은 변화합니다. 즉시 성장하지요. 그녀는 어린 나이에 꽤 압도적인 어떤 일을 경험합니다. 사실상 당신 목에 충분히 칼을 들이댈 수 있을 사람을 사랑하시겠어요? 바로 그게 이 작품이 때로는 다소 감상적이고 다소 화려하게 연기될 때, 그다지 안 믿기게 되는 이유이지요. 제 자신이 그럴 용기를 낼 수 있을 만큼, 그와 같은 압도적인 신념을 가질 수 있을지 모르겠어요. 그 점이 바로 그녀의 강인함에 제가 놀랐던 이유입니다. 로잘린드나 허마이어니 같은 인물을 연기할 때에는 반드시 깜짝 놀라지는 않지만, 줄리엣을 연기할 때는 정말 놀라게 되더군요.

줄리엣의 언어가 작품의 진행 과정에서 성숙해지는 듯 보이나요?

그건 제가 신경 썼던 게 아닙니다. 그러면 너무 자의식적이 되니까요. 줄리엣이 그 순간에 언어를 만들어내는 듯 제게는 보였습니다. "이게 내가 원하는 것이고, 이게 그걸 얻을 방법이야"라고요. 그게 미리 계획된 거라고는 느끼지 않았습니다. 바로 그 와중에, 그냥 만들어내고 있는 것이지요. 그리고 그녀가 선택하는 어휘들과 자신을 표현하는 방식은 관습적으로 순진무구하다고 연결 짓는 사람들의 경우는 아닙니다.

시적으로 또한 성적으로, 줄리엣은 많은 측면에서 관계를 주도하지요, 안 그런가요? 그녀를 수동적인 사랑의 대상에 대비되는 적극적인 파트너로서 인식하는 것이 그 역할을 연기하는 데 있어 크게 흥분을 자아낸 부분이었나요?

그게 바로 이 작품에 놀란 이유이지요. 마치 〈타이타닉〉 같았어요. 배가 가라앉을 걸 알면서도 왜 가서 그 영화를 보나요? 〈로미오와 줄리엣〉도 마찬가지랍니다. 우리는 무슨 일이 일어나는지 압니다. 특히 그 작품은 상당히 공적인 영역에 있고, 모두가 어떤 의견이 있고, 어떤 본능과 느낌을 갖고 있지요. 쓰인 지 4백 년도 더 지난 지금 셰익스피어를 내놓는 것과 관련하여 제가 정말 좋아하는 건 어떤 이슈들을 다시 다루는 겁니다. 사람들이 "난 내 줄리엣이 상냥하고 순진한 게 좋아"라고 한다면, 당신은 생각하겠지요. "만일 그렇지 않다면 무슨 일이 일어날까? 그게 어떻게 느끼게 만들까?" 하고요. 저는 지금이 그것들을 할 시점이라고 봅니다. 그걸 위해 재작업하는 게 아니라, 어떤 생각이 있기 때문에 말입니다. 마이크는 계속해서 말했지요. "아니, 그건 너무 감상적이야. 난 어떤 감상주의도 원치 않아요. 훨씬 더 잔인해요. 그 길의 한 계단 한 계단이 마치 당신 머릿속의 자동차 충돌 사고 같은 거예요." 그들이 경험한 것은 기념비적이고, 무슨 일이 벌어질지 아는 한 무리의 사람들에게 그 이야기를 들려줘야만 합니다. 그래서 이를테면 "어서 달리렴, 너 불타는 발을 가진 종마들이여" 같은 것이 정말 낮이 지나가고 밤이 오기를 절박하게 기다리는 사람에게 정확히 무엇을 뜻하는지를 계속해서 재작업하거나 새로이 다루어야 하지요. 그리고 밤이 오면, 그녀는 무엇을 할까요? 그녀가 상냥하고 순진한 아이가 아니라, 언제나 앞발을 내놓고 있는 사람이라는 걸 우리는 보았고, 전 그게 매혹적이라고 생각했습니다.

이 작품은 모든 시대에 걸쳐 가장 유명한 허구적인 이야기 속의 연애에 관한 것이고, 창/발코니 장면은 지금까지 쓰인 가장 유명한 것들 가운데 하나인데, 어떻게 상투적인 것, 즉 역사적으로 이어져 온 것을 지나치려 하셨는지요? 그 역할과 작품을 자신만의 고유한 것으로 만들기 위해 무슨 특별한 비법이라도 있었나요?

웃기다는 생각 없이 데이비드 테넌트[로미오 역할을 맡음]와 어떤 장면을 연기하기란 정말 어렵지요! 우리를 웃게 만들었던 순간들이 몇 번 있었어요. 마이크는 그것을 즐겼던 것으로 생각되는데, 우리 둘이서 우리 둘뿐만 아니라 관객들도 웃게 만들었던 일들을 찾아냈지요. 그래서 매우 유명하고 위협적인 장면인 발코니 장면 대신에 우리 식으로 그걸 했는데, 그게 매우 웃긴 게 되어버렸답니다.

특정 셰익스피어 작품들에는 "좋아, 이것을 우리가 어떻게 다룰 것인가"를 생각하는 장면들이 있습니다. 〈말괄량이 길들이기〉의 결말부의 마지막 대사가 그렇지요. 효과적으로 만들고 새롭고도 흥미롭게―당신과 관객들에게―만들어줄 방법을 찾기 위해 때로 무지한 지점에서 출발해야만 합니다. 그 결과 본능이 지배하게 내버려두고 그런 다음엔 "내가 이들의 전철을 밟고 있구나"라고 반드시 생각할 필요가 없지요. 그러면 바라건대 모든 것이 유기적으로 전개됩니다. "그래, 난 그 비비언 리가, 아니 누구건, 이런 식으로 연기했던 것을 알지"라고 생각하는 게 아니라 무대 위의 다른 배우들에게 당신이 반응하는 중이기 때문이지요.

때로는 이런 위대한 작품들을 하는데, 불과 2, 3년 전에 무대에 올려졌던 거라면, 최근 레퍼토리에 있었던 대단한 공연의 압박을 받게 됩니다. 그러면 "빌어먹을!" 하는 마음이 들고, 그 작품을 등에 짊어지고 생각하게 되지요. "난 어떻게 해야 하지?"라고요. 그리고 때로 몇 가지를 발견하게 됩니다. 왜냐하면 그것을 연기하는 사람은 다른 누구도 아니고 바로 당신이니까요. 바로 당신이 다른 배우들과 연출가와 함께 연기하는 것입니다. 어떤 사람들은 우리 공연이 감상적이지 않았다는 사실을 싫어했어요. 종종 관객들은 자신이 보고 싶어 하는 것에 대해 자기 생각들을 투사하지요. 제가 파악하건대, 셰익스피어를 공연하는 훨씬 더 흥미롭고 호소력 있는 방식은 사람들을 놀라게 해주려고 애쓰는 겁니다. 관객들을 편안하게 느끼게 만드는 대신, 불편하게 느끼게끔 만드는 게 어떤가요? 그게 바로 중요한 점이에요, 그렇지요? 그렇지 않다면 우리는 그냥 똑같은 고리타분한 것을 하고 또 하는 걸 테니까요. 하지만 완전히 다른 어떤 것이라면 사람들은 그것에 관해 이야기할 테고, 그리고 그것에 관해 이야기를 하면, 4백 년 전에 쓰인 작품에 몰입하고 있다는 건데, 얼마나 흥분되는 일인지요?!

작품을 젊은이와 노인들 간의, 그리고 부모와 자식 간의 싸움으로 보시나요? 아니면 연인들과 더 연로한 멘토들(로미오에게는 신부, 줄리엣에게는 유모) 간의 어떤 중요한 유대가 있는지요?

반드시 젊은이와 노인들 간의 싸움일 필요는 없지만, 생각들 간의 싸움은 있습니다. 줄리엣은 자기 아버지와 싸우지만, 유모와 그럴 필요는 없지요. 저로서는 연기하면서 젊고 나이 들고에 관한 것이기보다는, 오히려 "이게 내가 원하는 거고 당신은 내 길을 방해하는 장애물이야"와 좀 더 관련된 거라고 보았어요. 그냥 어쩌다 보니 로미오와 줄리엣이 매우 어리고, 또한 우연히도 그들이 싸움 중인 두 가문의 일원이었던 거지요.

줄리엣의 외관상의 죽음은 마지막 막의 큰 부분입니다. 그것을 연기하는 데 어떤 기술상의 문제는 없었는지요? 먼저, 그렇게 오랫동안 가만히 있는 데는 어떤 비법을 쓰셨나요?

오랫동안 그대로 가만히 있는 건 그리 큰 문제가 아니었어요. 일종의 어떤 조그만 지대에 들어가는 거지요. 하지만 〈겨울이야기〉에서 동상이 된 허마이어니를 연기하는 건 절 공황 상태로 만들었지요! 전 생각했어요. "재채기를 하면 어떻게 하지?" 하지만 관객들은 로미오가 하는 말을 듣느라 집중하고 있기 때문에, 생각이 다른 데 가 있지요. 마지막 장면에서, 문제는 멜로드라마같이 만들지 않는 거랍니다. 잔인하고 두렵지만, 어떻게 해서든 그걸 신빙성 있게 만들려고 애써야 하지요.

깨어나서 자신이 가족묘에 있는 것을 발견한 줄리엣의 두려움과 공포를 즉각 전달하기 위해 어떻게 하셨는지요? 불과 몇 행 되지 않는 대사에서, 깨어나는 것에서부터 죽은 로미오를 보고 자살로 옮겨가는 것이 특히 어렵지 않으셨나요?

매일 밤, 그 장면이 대단히 어려웠어요. 그것을 정말 신빙성 있게 만들고 싶으니까요. 관객들이 "깨어날 거야. 결국에는 괜찮을 거야"라고 생각하게 만드는 것, 그게 하고 싶었답니다. 하지만 관객들은 그렇지 않다는 사실을 알고 있기 때문에, 매번 그 장면을 할 때마다 매우 힘들었어요. 전부를 쏟아부어야 하지요.

"발코니" 장면. 마이클 보이드의 2000년도 공연에서 줄리엣으로 분한 알렉산드라 길브레스와 로미오로 분한 데이비드 테넌트.

온갖 집중력과, 온갖 감정적인 자아를 쏟아부어 그 장면을 믿을 수 있는 것으로 만들려고 애써야 해요. 관객은 무슨 일이 벌어질지 알고 있으니까요. 관객들은 사실상 상당 부분은 기다리고 있는 중이지요. 당신이 하고자 원하는 것은 관객들을 자기 좌석 끝에 앉게 하고, 무슨 일이 일어날지 안다고 할지라도, 그게 실제로 일어난다는 그 생각을 감당할 수 없게 만드는 겁니다. 그게 바로 〈로미오와 줄리엣〉을 하는 도전이랍니다. 그게 바로 입센이건 체호프이건, 온갖 고전 작품들의 위대한 공연들이 하는 일이지요. 그런 공연들은 사람들이 자기 좌석 끝에 앉아서 "무슨 일이 일어날지 알아, 하지만……"이라고 말하게 만드는 식으로 그것들을 다시 들려줍니다.

줄리엣은 자신의 비문이 어떻게 쓰이기를 원했다고 생각하십니까?

"전혀 사랑에 빠져보지 못한 것보다는 사랑하고 잃는 것이 더 낫도다." 왜냐하면 그 한 사람에 대한 그녀의 정서와 감정의 극단이 자기 창자에 칼을 꽂을 준비가 될 정도니까요. 그리고 사실상 멈춰 서서 그 점을 생각해본다면 그건 압도적이니까요. 그 이전 순간들에는 무슨 일이 일어났나요? 자기 목숨을 앗아갈 준비가 되어 있는 무언가에 그토록 압도당해 있을 때 그런 단계에 어떻게 이르게 되지요? 그런 측면에서, 전 줄리엣이 자기 시간을 다시 갖게 된다면, 이렇게 말할 것 같아요. "난 어떤 것도 바꾸지 않을 거예요"라고.

줄리엣이 타협할 수 있다고는 생각하지 않아요. 우리는 일
상생활에서 타협에 익숙해져야만 하지요. 나이가 더 들어가고
아이가 생기게 되면, 타협하게 됩니다. 줄리엣은 자신의 순진
무구함 가운데, 타협을 위한 여지가 없어요. 그 점이 바로 그녀
와 관련하여 순진무구한 것은 없으며 화려하고 감상적인 것이
없다고 생각하는 이유랍니다.

초기

윌리엄 셰익스피어는 영국 중부지방의 평범한 상업도시에서 태어나 세상을 떠난, 대단히 명민한 사람이었다. 1564년 4월에 존 셰익스피어의 장남으로 태어난 그는, 파란만장한 시대에 평탄한 삶을 살았다. 장갑 제조업자였던 존 셰익스피어는 재정적인 어려움에 빠져들기 전까지는 시의회에서 중요한 인물이었다. 어린 윌리엄은 워릭셔의 스트랫퍼드어폰에이번에 있는 지방 문법학교에서 교육을 받았으며 이곳에서 라틴어, 수사법, 고전 시에 대한 탄탄한 기초 지식을 얻었다. 앤 해서웨이와 결혼하여 당시로서는 이례적으로 이른 나이인 스물한 번째 생일이 되기 전에 세 아이(수잔나, 쌍둥이인 햄넷과 주디스)를 두었다. 1580년대 중반에 그가 어떻게 가족을 부양했는지에 대해서는 알려진 바가 없다.

많은 영리한 시골 청년들처럼 그도 출세하기 위해 도시로 갔고, 많은 창조적인 사람들처럼 연예계에서 직업을 찾았다. 수입을 시장에 의존하는 대중 극장과 전문 직업 극단이 셰익스피어의 유년기에 생겨났던 것이다. 1580년대 후반 무렵, 그가 성인이 되어 런던에 도착했을 때에는 새로운 현상, 즉 배우가 너무도 성공적이어서 "스타"가 되는 그런 현상이 생겨나고 있었다. 현대적인 의미에서의 그 단어는 존재하지 않았지만, 그 경향은 눈에 띌 정도였다. 관객들은 특정한 연극을 보기 위해서라기보다는 희극배우 리처드 탈턴이나 연극배우 에드워드 앨린을 보기 위해 극장에 갔다.

셰익스피어는 작가이기 이전에 배우였다. 그런데 자신이 위대한 희극배우 탈턴이나 비극배우 앨린처럼 될 수 없으리라는 것을 깨닫는 데에는 그리 오랜 시간이 걸리지 않았던 것으로 보인다. 대신, 그는 오래된 극을 땜질해서 고치고, 진부한 고정 공연 작품에 새 생명을 불어넣고, 새로이 예상 밖의 극적 전환을 집어넣는 사람으로서 극단 내에서 새 역할을 찾아냈다. 그는 대학 교육을 받은 극작가들의 작품에 큰 관심을 보였다. 그들은 대중 극장에서 공연할, 이전의 어떤 것보다 더 야심차고 총체적이며 시적으로 웅장한 스타일의 역사극과 비극을 쓰던 사람들이었다. 그러나 그는 또한, 친구이자 경쟁자였던 벤 존슨의 표현에 따르면 "말로의 힘찬 시행(詩行)"이라고 불리는 것이 가끔 희극 양식에서는 힘을 발휘하지 못한다는 사실도 알아차렸을지 모른다. 크리스토퍼 말로가 그랬듯이 대학을 다니는 것은 수사적 정교성과 고전적 인유의 기술을 연마하는 데에는 도움이 되었으나, 이는 대중성의 상실로 이어질 수 있었다. 대중 극장의 대다수 잠재적 관객에게 가까이 머물러 있기 위해서는 왕뿐 아니라 촌부를 위해서도 글을 써야 했고, 고양된 시구에 선술집과 화장실, 사창가의 유머를 흩뿌려놓을 필요가 있었다. 셰익스피어는 자신의 극작 경력 초기에 비극, 희극, 사극에서 모두 거장으로 자리매김한 첫 번째 작가였다. 그는 방대한 역사서를 읽을 여력이 있는 엘리트들보다 더 폭넓은 관객들에게 극장이 국가의 과거를 알려주는 수단이 될 수 있음을 알고 있었다. 그의 특징을 잘 보여주는 초기작에는 고전적 비극인 〈타이터스 앤드러니커스〉뿐 아니라, 장미전쟁에 관한 영국 역사극 연작도 포함된다.

또한 그는 자신이 맡을 새로운 역할을 만들어냈는데, 바로 극단의 전임 극작가로서의 역할이었다. 동료와 선배들이 극단 경영자에게 자신들의 작품을 팔고 작업량 기준으로 빈약한 보수를 받았던 반면, 셰익스피어는 흥행 수입의 일정 비율을 받았다. 로드 체임벌린 극단은 1594년에 주식회사로 설립되었는데, 주주로 투자한 핵심 배우들이 이윤을 나누었다. 셰익스피어도 직접 연기를 했다. 그는 자신의 작품집 앞에 나오는 출연 배우 명단뿐 아니라 벤 존슨 작품 몇 편의 출연배우 명단에도 등장한다. 그러나 그의 주된 역할은 극단을 위해 매년 두세 작품을 집필하는 것이었다. 지분을 보유함으로써 사실상 그는 자신의 작품에 대한 저작권료를 벌어들이는 셈이었는데, 이는 그

때까지 영국에서 어떤 작가도 하지 못한 일이었다. 로드 체임벌린 극단이 1594년 크리스마스 시즌에 궁정에서 했던 공연의 수고비를 수령할 때 세 사람이 함께 왕실 재무관에게 갔는데, 거기에는 비극배우 리처드 버비지와 광대 윌 켐프뿐 아니라 극작가 셰익스피어도 포함되어 있었다. 그것은 새로운 일이었다.

1596년에 열한 살 된 외아들 햄넷의 사망으로 그늘이 드리우기도 했지만, 그 후 4년은 셰익스피어의 경력에서 황금기였다. 30대 초반에 이미 시와 연극 매체를 모두 완벽히 구사한 그는 희극의 극작술을 완성시켰으며, 또한 비극과 역사극을 새로운 방식으로 발전시키고 있었다. 1598년에는 케임브리지 대학 졸업생인 프랜시스 미어스가 런던 문학계의 맥박을 짚어보고는 장르를 뛰어넘는 셰익스피어의 우수함에 대해 다음과 같은 찬사를 보냈다.

라틴 사람들 중에는 플라우투스와 세네카가 희극과 비극에서 최고로 간주되듯이, 영국인들 중에는 셰익스피어가 두 분야에서 모두 가장 뛰어나다. 희극으로는 《베로나의 두 신사》, 《실수 연발》, 《사랑의 헛수고》, 《사랑의 노고의 승리》, 《한여름 밤의 꿈》, 《베니스의 상인》을 보라. 비극으로는 《리처드 2세》, 《리처드 3세》, 《헨리 4세》, 《존 왕》, 《타이터스 앤드러니커스》, 《로미오와 줄리엣》을 보라.

흑사병으로 인해 극장이 폐쇄되었던 1593년과 1594년 사이에 썼던 설화시 〈비너스와 아도니스〉와 〈루크리스의 능욕〉의 "꿀이 흐르는 혈관"에 많은 작가들이 찬사를 보냈던 것처럼, 미어스 역시 셰익스피어의 언어 구사력과 우아한 시구를 다듬어내는 재능에 주목하며 그를 가장 훌륭한 시인으로 평가했다.

공연장

엘리자베스 시대의 공연장은 "돌출 무대" 혹은 "단일 공간"으로 이루어진 극장이었다. 셰익스피어가 극장에서 보낸 본래의 생활을 이해하기 위해서는, 각 막이 시작될 때 열리고 끝날 때 닫히는 커튼과 프로시니엄 아치*가 있는 후대의 실내 극장에 관해서는 잊어야 한다. 프로시니엄 아치 극장에서 무대와 객석은 효율적으로 분리된 두 개의 공간이다. 즉 관객은 프로시니엄 아치로 틀이 짜인 가상의 "제4의 벽"을 통해서 지켜보듯이, 한 세상에서 다른 세상을 들여다본다. 정교한 무대효과와 그 뒤의 배경과 더불어 액자 무대는 그 자체로 독립된 세상이라는 환상을 만들어냈다. 특히 19세기에 인공조명을 조절하는 기술이 발전하게 되자 객석을 어둡게 할 수 있었고, 관객들은 불이 켜진 무대에 집중할 수 있게 되었다. 이와는 대조적으로 셰익스피어는 관객이 주위에 둘러서 있고 한낮의 햇빛이 가득한 마당의 텅 빈 단상을 무대로 작품을 썼다. 관객들은 항상 자신과 주변 관객들을 의식하고 있었고, 이들은 배우들과 같은 "공간"을 사용했다. 바로 곁에 존재한다는 느낌과 관객들과의 동질감 형성

---

*객석을 구분하는 액자 모양의 건축 구조.(옮긴이)

은 무척 중요했다. 배우는 자신이 닫힌 세계에 있고, 어둠 속에서 관객들이 말없이 자신을 열심히 지켜보고 있다는 상상을 할 여지가 없었다.

셰익스피어의 연극 경력은 서더크에 있는 로즈 극장에서 시작되었다. 무대는 넓고 얕았으며, 마름모 모양 사탕처럼 사다리꼴이었다. 이런 무대 디자인에서는 영화의 분할 스크린 효과와 동일한 것을 연극에서 구현할 수 있었다. 즉 한 무리의 등장인물들이 무대 뒤의 분장실 벽 한쪽 끝에 있는 문에서 등장하고, 다른 무리는 다른 쪽 끝에 있는 문으로 등장하게 함으로써 두 라이벌이 대치하는 장면을 만들 수 있는 것이다. 로즈 극장에서 초연되었던, 싸움 장면의 비중이 높고 패거리들이 많이 나오는 연극에 바로 이런 식의 장면이 들어 있다.

로즈 극장 무대의 뒤쪽에는 널찍한 출구가 세 개 있었는데, 각각 너비가 3미터 이상이었다. 1989년에 글로브 극장 터가 일부 매우 제한적으로 발굴되었지만, 불행히도 무대에 관해서는 아무것도 드러나지 않았다. 최초의 글로브 극장은 1599년에 세워졌는데, 또 다른 극장인 포춘 극장과 유사한 비율로 건설되었다. 전자는 다각형이어서 원형으로 보인 반면, 후자는 직사각형이었다. 현존하는 포춘 극장의 건축 계약서를 통해, 글로브 극장 무대는 깊이보다 폭이 상당히 넓었으리라고 추측할 수 있다(아마 폭 13미터에 깊이는 8.2미터였을 것이다). 글로브 극장은 로즈 극장처럼 앞부분에서 점점 좁아졌을 것이다.

글로브 극장의 수용 인원은 상당했던 것으로 알려져 있는

데, 아마 3천 명을 넘었을 것으로 보인다. 약 8백 명 정도가 마당에 서 있고, 2천 명 정도는 지붕이 덮인 3단으로 된 관람석에 있었을 것으로 추측된다. 다른 대중 극장들도 수용 인원수가 컸다. 그런데 수도원의 식당을 개조해 1608년부터 셰익스피어 극단이 사용하기 시작한 실내 극장 블랙프라이어스는, 전체 실내 면적이 가로 14, 세로 18.3미터 정도에 불과했다. 수용 인원수가 약 6백 명에 불과했을 이 극장에서는, 훨씬 친밀한 관극 체험을 할 수 있었다. 일인당 최소한 6펜스를 지불했을 것이므로 블랙프라이어스 극장은 상류층 혹은 "사적인" 관객을 끌어들였을 것이다. 분위기는 화이트홀 궁의 왕과 조신들 앞에서 한 공연이나 리치몬드에서의 실내 공연에 더 가까웠을 것이다. 셰익스피어가 항상 대중 극장에서의 실외 공연뿐 아니라 궁궐에서 행해지는 실내 공연을 위해서도 작품을 썼다는 사실을 감안하면, 일부 학자들이 추측한 것처럼, 블랙프라이어스 극장의 근접성이 제공하는 기회가 후기극에서 "실내" 양식을 향한 중요한 변화로 이어졌다고 추론을 하는 데에 신중해야 한다. 후기극들은 글로브 극장과 블랙프라이어스 극장에서 모두 공연되었기 때문이다. 블랙프라이어스 극장에 자리 잡은 이후, 5막 구조는 셰익스피어에게 더욱 중요해졌다. 그것은 바로 인공조명 때문이었다. 막 사이에는 막간 간주가 있었고, 그동안 초를 손질하고 바꾸었던 것이다. 그가 극작가로 활동하는 내내 행해졌던 궁궐에서의 실내 공연을 위해서도 뭔가 유사한 방식이 필요했음이 분명하다.

극장 앞에는 관객들로부터 돈을 걷는 "입장료 수금원"이 있었는데, 옥외 마당의 입석은 1페니를, 지붕이 설치된 자리는 1페니를 더 받았고, 무대의 측면에 돌출해 있는 "귀빈석"은 6펜스를 받았다. 실내 "사설" 극장에서는 관객들 중에서 스스로 구경거리가 되기를 원하는 한량들이 무대 가장자리에 있는 걸상에 앉았다. 글로브 극장 같은 대중 극장에서 이런 일이 얼마나 흔했는지에 관해서는 학자들 사이에 논란이 있다. 일단 관객들이 자리를 잡고 입장료 수입 계산이 끝나면, 입장료 수금원들을 공연의 보조출연자로 활용할 수 있었다. 그것이 셰익스피어 극에서 전투와 군중 장면이 초반이 아닌 후반에 자주 등장하는 한 가지 이유였다. 여성들의 공연 참여에 대한 공식적인 금지는 없었으며, 입장료 수금원 중에 여성이 있었던 것도 분명했으므로, 여성 군중 역할을 여성이 담당했을 가능성이 전혀 없는 것은 아니다.

공연은 오후 2시에 시작했고, 5시에는 극장을 비워야 했다. 본 공연이 끝난 후에는 춤판이 벌어졌다. 춤뿐만 아니라 시끌벅적한 희극으로 이루어진 행사였는데, 이것이 18세기 극장에서의 소극(笑劇)적인 막후 촌극의 기원이다. 그래서 셰익스피어의 작품에 쓸 수 있는 시간은 두 시간 반 정도였다. 이는 〈로미오와 줄리엣〉의 프롤로그에 언급된 "두 시간 분량"과 보먼트와 플레처의 1647년 작품집 서문에 언급된 "세 시간의 구경거리" 중간 어디쯤에 해당했다. 토머스 미들턴의 작품에 대한 프롤로그에서는 천 행을 "한 시간 분량의 단어들"로 언급하고 있으므로 공연 원고는 2천 5백 행에서 최대 3천 행 정도로 이루어졌을 가능성이 높다. 사실 셰익스피어의 희극 대부분은 길이가 이 정도였다. 한편 그의 많은 비극과 역사극은 훨씬 더 길었다. 이는 공연 대본이 심하게 잘릴 것을 충분히 알고 있었던 그가 최종적으로 출판될 것을 염두에 두고 완전한 대본을 썼을 가능성을 암시한다. 셰익스피어 생전에 출판된 짧은 사절판은 "불량 사절판"이라 불려왔는데, 어떤 종류의 편집이 행해졌을지에 대해 흥미로운 증거를 제시한다. 예를 들면, 《햄릿》 제1사절판은 햄릿의 말을 몰래 엿듣는 두 개의 사건인 "생선 장수" 장면과 "수녀원" 장면을 깔끔하게 결합시키고 있다.

관객의 사회적 신분 구성은 뒤섞여 있었다. 시인 존 데이비스 경은 대중 극장에 "함께 몰려든" "수많은 시민들과 신사들과 창녀들 / 짐꾼들과 하인들"에 관해 쓴 적이 있다. 도덕주의 자들은 여성들이 극장에 출입하는 것을 간통이나 성매매와 연관시키긴 했지만, 상당히 지체 높은 많은 시민의 아내들도 정기적으로 극장에 갔다. 일부는 분명 현대의 극성팬들과 비슷했다. 별도의 두 가지 출전에서 확인된 한 이야기에서, 어떤 시민의 아내는 리처드 버비지와 공연이 끝난 후에 밀회를 약속했지만 결국 셰익스피어와 잠자리에 드는 것으로 끝났다. 아마 이 일화에서 셰익스피어는 리처드 3세보다 정복왕 윌리엄이 먼저 왔다는 명언을 했던 것으로 보인다. 연극을 옹호하는 사람들은 무대 위에서 악한들이 인과응보를 받는 것을 목격함으로써 관객들이 자신들의 잘못을 참회한다고 말하고 싶어 하지만, 실제로는 당시의 사람들 대부분이 지금과 마찬가지로 도덕적 교화보다 여흥을 위해 극장에 갔다. 더군다나 관객들이 모두 동일한 방식으로 행동했으리라 생각하는 것은 어리석은 일이다. 1630년대의 팸플릿에 의하면, 두 사람이 〈페리클레스〉를 보러 갔는데, 한 사람은 웃고 다른 사람은 울었다고 한다. 존 홀 주교는 사람들이 극장에 가는 것과 같은 이유로, 즉 "사교를 위해, 관례상, 여흥을 위해…… 눈과 귀를 즐겁게 하기 위해…… 또는 아마도 잠을 자기 위해" 교회에 간다고 불만을 터뜨리기도 했다.

한량들과 영리한 젊은 변호사들은 연극을 보기 위해서뿐 아니라 자신을 보여주기 위해서 극장에 갔다. 〈셰익스피어 인 러브〉와 로렌스 올리비에의 영화 〈헨리 5세〉의 시작 장면 때문에 요즘 사람들에게 널리 퍼지게 된 착각이 하나 있는데, 페니를 지불한 입석 관객들은 마당에서 배우를 향해 욕을 하거나 격려를 하고, 개암이나 오렌지 껍질을 던지고, 지붕이 덮인 좌석의 세련된 관객들은 셰익스피어의 고양된 시구를 감상한다는 것이다. 그러나 사실은 아마 정반대였을 것이다. "입석 관객"은 일종의 물고기였는데, 그 별명이 암시하듯 페니를 지불한 관객들은 무대 높이보다 낮은 곳에서, 머리 위에서 벌어지는 장관에 놀라 조용히 입을 벌린 채 응시하고 있었을 것이다. 공연에 대해 재치 있는 말로 계속해서 논평을 하고 때때로 배우들과 말싸움을 하는 좀 더 까다로운 관객들은 바로 한량들이었다. 현대의 할리우드 영화처럼 엘리자베스 시대와 제임스 시대의

공연 중인 엘리자베스 시대 극장 내부의 가상적인 재구성.

연극은 젊은이들의 패션과 행동에 강력한 영향을 미쳤다. 존 마스턴은 여성에게 구애하는 변호사들 입에서는 "순전히 줄리엣과 로미오"라는 말이 흘러나올 뿐이라고 비웃은 적이 있다.

공연장에서의 앙상블

타자기와 복사기가 없었으므로 극단 단원들이 새로운 희곡을 알게 되는 방법은 큰 소리로 읽어주는 것이었다. 모여 있는 극단 단원들에게 극작가가 자신이 만든 완전한 대본을 읽어주는 전통은 여러 세대 동안 지속되었다. 대본 한 부는 공연 허가를 받기 위해 연회 책임자에게 가져갔을 것이다. 극장의 대본 담당 혹은 프롬프터는 배우들에게 나누어줄 부분을 필사하곤 했을 것이다. 파트북은 각 배우의 대사로 이루어져 있었는데, 대사에 앞서 소위 "큐 신호"인 이전 대사 서너 단어가 먼저 제시되었다. 파트북은 가져가서 익히거나 "암기"했을 것이다. 이렇게 역할 대본을 익히는 동안, 어떤 배우는 극작가나 예전에 같은 역할을 맡았던 중견 배우로부터, 수습 배우의 경우에는 숙련 배우로부터 일대일 교육을 받았을 수도 있다. 데스데모나의 대사 중 높은 비율은 오셀로, 맥베스 부인의 대사는 맥베스, 클레오파트라의 대사는 안토니, 볼럼니아의 대사는 코리올레이너스와의 대화에서 나온다. 대개 버비지가 담당했던 주연 배우가 대부분의 "큐 신호"를 말했으므로, 그런 역할은 주연 배우의 수습 배우가 맡았을 것이 거의 확실하다. 그러한 수습 배우들이 숙련 배우와 함께 기거했다면, 개인 교습을 받을 기회가 상당히 많았을 것이며, 이로 인해 젊은 나이에도 그토록 부담스러운 역할을 연기할 수 있었을 것이다.

본인이 맡은 역할을 익히고 난 후, 첫 번째 공연 전까지는 단 한 차례의 리허설밖에 할 수 없었을 것이다. 매주 각기 다른 여섯 개의 작품을 무대에 올려야 했으므로 더 이상의 시간은 없었다. 그래서 배우들은 작품 전체를 매우 제한적으로 파악한 채 공연에 돌입했을 것이다. 배우들로서는 작품을 파악하는 과정이기도 한 단체 연습 개념은 전적으로 현대의 것이고 셰익스피어와 그의 원래 극단은 알지도 못했을 것이다. 배우 한 명이 기억하고 있어야 했던 역할의 수를 감안하면, 대사를 잊어버리는 것은 현대의 공연에 비해 훨씬 빈번했을 것이다. 그래서 대본 담당은 대사를 알려주기 위해 준비하고 있었다.

무대 뒤에 있는 단원으로는 소품 담당, 의상을 관리했던 의상 담당, 호출 담당, 안내원, 그리고 주 무대, 위쪽 관람석, 분장실 등에서 다양한 때에 연주했던 악사들이 포함되어 있었다. 대본 작가들은 이따금 무대 뒤에서 성가신 존재가 되기도 했다. 극단이 대본을 구입한 자유계약 작가와 극단 사이에는 종종 긴장 관계가 빚어지기도 했다. 셰익스피어와 로드 체임벌린 극단의 입장에서는 집필 과정을 극단 내로 끌어들인 것이 현명한 처사였다.

가끔 꽃밭, 침대, 지옥 입구 등 무대 도구가 도입되기도 했지만, 무대장치는 제한되어 있었다. 무대 밑의 뚜껑 문, 위쪽의 갤러리 무대, 그리고 무대 뒤쪽의 커튼이 쳐진 숨겨놓은 공간으로 인해 귀신과 환영의 등장, 신들의 하강, 창가에 있는 인물과 지상에 있는 사람과의 대화, 체스를 하는 한 쌍의 연인이나 동상이 드러나게 하는 등의 특수 효과를 배치할 수 있었다. 〈한여름 밤의 꿈〉에서의 당나귀 머리처럼 소품을 기발하게 사용하기도 했다. 일상생활의 자질구레한 물품들이 산만하게 무대를 어지럽히지 않는 극장에서는, 샤일록이 한 손에 저울, 다른 한 손에 칼을 들고 있음으로써 전통적으로 칼과 저울을 지닌 정의의 여신의 모습을 패러디할 때처럼, 소품들이 강력한 상징적 중요성을 지닐 수 있다. 셰익스피어 극단의 소품 보관 벽장에 있는 더욱 의미 있는 물품 중에는 옥좌, 조립식 의자, 책, 병,

동전, 지갑, 편지(전체 작품에서 무대 위로 가져오고, 읽거나 언급되는 것이 대략 80차례 정도 된다), 지도, 장갑, 차꼬(〈리어 왕〉에서 켄트에게 채우는), 반지, 양날 칼, 단검, 날이 넓은 칼, 말뚝, 피스톨, 가면과 복면, 수급(首級)과 해골, 낮 동안의 무대 위에서 밤 장면임을 알려주는 횃불과 촛불과 등불, 사슴 머리, 당나귀 머리, 동물 의상 등이 있었을 것이다. 살아 있는 짐승들도 등장했는데, 〈베로나의 두 신사〉에서는 '크랩'이라는 개가 등장한 것이 확실하고, 〈겨울 이야기〉에서는 어린 북극곰이 등장했을 가능성이 있다.

극의 시각적 차원에서 가장 중요한 것은 의상이었다. 극작가들은 대본당 2파운드에서 6파운드를 받았던 반면, 앨린은 "온통 금과 은으로 수놓은 검정색 벨벳 외투"에 20파운드를 지불하기를 꺼려하지 않았다. 작품의 시대가 언제이건, 배우들은 항상 동시대의 의상을 입었다. 관객들이 열광했던 것은 역사적 정확성에 감명받았기 때문은 전혀 아니었고, 화려한 의상, 그리고 아마도 실생활에서는 반드시 자신들의 사회적 지위에 어울리는 옷을 입어야 하는 엄격한 사치 규제의 법을 사실상 무시한 채, 그들과 같은 평민들이 이곳에서 궁정인의 의상을 입고 거들먹거리며 걷고 있음을 알 때 생기는 일탈적인 흥분 때문이었다.

의상은 소품보다 훨씬 더 큰 상징적 중요성을 지닐 수 있었다. 인종적 특징을 제시할 수도 있었다. 흉갑과 투구로 로마 병사를, 터번으로 오스만인을, 긴 예복으로 무어인 같은 이국적

344

특성을, 개버딘으로는 유대인을 나타냈다. 〈겨울 이야기〉에서
처럼 시간으로 나오는 인물은 모래시계, 낫, 날개로 표현되었
다. 〈헨리 4세 2부〉의 프롤로그를 말하는 '루머'는 천 개의 혀
로 장식된 의상을 입었다. 글로브 극장의 분장실 옷장에는 경쟁
관계였던 로즈 극장의 경영자 필립 헨슬로가 보유하고 있던 것
이 대부분 들어 있었을 것이다. 무법자와 삼림관리원이 입었을
초록색 가운, 〈끝이 좋으면 모두 좋다〉에서의 백작 부인처럼 애
도하는 사람들과 자크처럼 슬픔에 잠긴 사람들이 입었을 검은
색 옷(〈햄릿〉의 시작 부분에서 다른 사람들은 새로운 왕의 결혼
식을 위해 모두 축제 의상을 입고 있지만 왕자는 여전히 애도를
뜻하는 검은색 옷을 입고 있다), 가톨릭 수사(혹은 〈자에는 자
로〉에서의 공작처럼 가짜 수사)를 위한 가운과 후드, 경쟁 관
계에 있는 패거리의 추종자들을 구별하기 위한 푸른색 코트와
황갈색 옷, 목수를 나타내기 위한 가죽 앞치마와 자(〈줄리어스
시저〉의 시작 장면에 나온다. 그리고 〈한여름 밤의 꿈〉에서는
피터 퀸스가 목수라는 것을 알려주는 유일한 표시이다), 청교
도나 순례자를 나타내기 위한 주름진 모자와 지팡이 그리고 샌
들 한 켤레(〈끝이 좋으면 모두 좋다〉에서 헬렌은 이렇게 변장
했다), 소녀처럼 차려입어야 하는 소년들을 나타내기 위해 밑
에 속버팀틀과 함께 입는 가운과 보디스 등이 그것이다. 로잘
린드나 제시카의 경우처럼 성별 바꾸기는 50행 내지 80행 사
이의 대사에서 이루어지는 것처럼 보인다. 그러나 〈십이야〉에
서 바이올라는 다시 "처녀의 옷"을 입지 않고, 끝까지 소년 의

상을 입은 채로 남아 있는데, 절정으로 치닫는 바로 그 순간에 옷을 바꿔 입으면 액션이 지연될 것이기 때문이었다. 헨슬로의 목록에는 "보이지 않게 하기 위해 입는 옷"도 포함되어 있었다. 오베론, 퍽, 에이리얼도 비슷한 것을 입었을 게 분명하다.

의상이 눈에 호소하였듯이 귀를 위해서는 음악이 있었다. 희극에는 노래가 많이 포함되어 있었다. 추후에 원고에 덧붙인 것으로 보이는 데스데모나의 버드나무 노래는 비극에서는 드물었기에 특별히 애절한 예라 할 수 있다. 트럼펫과 팡파르는 격식을 갖춘 등장을 위해 불었고, 드럼은 군대의 행군을 나타냈다. 〈십이야〉의 시작 부분, 〈베니스의 상인〉의 끝이 임박했을 무렵 연인들의 대화 도중에, 〈겨울 이야기〉에서 동상이 살아나는 것처럼 보일 때, 페리클레스와 리어가 되살아날 때(이절판에는 없지만, 사절판에는 있다)처럼 배경 음악은 분위기를 만들어냈다. 헤라클레스 신이 마크 안토니를 저버린다고 상상할 때처럼 계속해서 들려오는 오보에 소리는 인간 세상을 넘어선 영역을 상징한다. 비록 기쁨과 슬픔이 뒤섞인 셰익스피어 세계에서는 대개 누군가가 그 무리에서 벗어나 있긴 하지만 춤은 희극의 결말에서 조화를 상징한다.

물론 가장 중요한 수단은 배우 자신이다. 그들에게는 많은 기술이 필요했는데, 동시대의 한 평론가에 따르면 "춤, 움직임, 음악, 노래, 웅변술, 신체 능력, 기억력, 무기 사용술, 풍부한 기지" 등이 그것이었다. 그들의 몸은 목소리만큼이나 중요했다. 햄릿은 배우들에게 "연기는 대사에, 대사는 연기에 맞추어야 한다"고 말한다. "열정"이라고 알려진 강렬한 감정의 순간들은 목소리의 조절뿐 아니라 일련의 극적인 몸짓에 의존하는 것이다. 타이터스 앤드러니커스가 손을 잘렸을 때, 그는 "몸짓으로 옮길 손이 없으니 / 어떻게 내 말을 아름답게 꾸미겠소?"라고 묻는다. 극작가 존 웹스터가 글로 묘사한 "뛰어난 배우의 모습"이라는 초상화는 셰익스피어 극의 주인공인 리처드 버비지에게서 받은 인상에 기반을 두고 있음이 거의 분명하다. "온전히 의미 있는 몸동작으로 그는 우리의 주의를 사로잡는다. 객석이 가득 찬 극장에 앉으면, 수많은 귀로 이루어진 원주에서 이끌어낸 수많은 선이 보인다고 생각하리라. 한편 중심은 바로 그 배우이다……."

　비록 다른 모든 배우들보다 버비지가 찬사를 받았지만, 여성의 역할에 어울렸던 알토 목소리를 지닌 수습 배우들도 칭찬을 받았다. 1610년 옥스퍼드에서 한 관객은 데스데모나의 죽음에 대한 연민으로 관객들이 어떻게 눈물을 흘리게 됐는지를 기록하고 있다. 성인 남성이 무대 위의 십대 소년에게 키스를 하는 모습이 남색을 조장한다거나, 복장도착이 성서에서 금지하는 것이라며 노발대발했던 청교도들은 소수에 불과했다. 그러나 셰익스피어 극단에서 활동했던 주요 수습 배우들의 특징에 관해서는 알려진 것이 거의 없다. 아마도 한 사람이 다른 사람에 비해서 훨씬 키가 컸으리라고 짐작할 수는 있을 것이다. 셰익스피어는 종종 한 사람은 키가 크고 피부가 희고, 다른 사람은 작고 까무잡잡한 한 쌍의 여성 친구들에 관해 썼기 때문이다(헬레나와 허미아, 로잘린드와 실리아, 베아트리체와 히어로).

셰익스피어 자신이 연기했던 역할에 대해서도 거의 알 길이 없다. 초창기에 에둘러 암시된 바에 따르면 그는 종종 왕 역할을 맡았던 것으로 짐작되며, 오래된 전통에 따라 〈좋으실 대로〉에서의 노인 아담과 선왕 햄릿의 유령 역을 맡았을 것이다. 버비지의 주연 역할과 광대라는 일반적 역할을 제외하면 그러한 배역은 모두 그저 추측에 불과할 뿐이다. 심지어 원래 폴스태프 역할을 맡았던 배우가 윌 켐프인지 아니면, 희극적 역할을 전문으로 맡았던 토머스 포프였는지도 정확히 알 길이 없다.

켐프는 1599년 초반에 극단을 떠났다. 일설에 의하면 지나친 즉흥연기 문제로 셰익스피어와 불화가 있었다고 한다. 그를 대체한 사람은 광대라기보다는 지적인 재사에 가까웠던 로버트 아민이었다. 이는 켐프를 위해 썼던 랜슬릿 고보와 도그베리 역, 그리고 아민을 위해 쓴 훨씬 언어적으로 현학적인 페스티와 리어의 광대 바보 역 사이의 차이를 설명해준다.

현존하는 "플롯"이나 그 시기 희곡의 스토리보드로부터 분명히 알 수 있는 것은 어느 정도의 겹치기 출연이 필요했을 것이라는 점이다. 〈헨리 6세 2부〉는 대사가 있는 역할이 60개가 넘지만 등장인물의 절반 이상은 한 장면에만 등장할 뿐이고, 대부분의 장면에서 화자는 여섯에서 여덟 명에 불과하다. 전체적으로 그 극은 열세 명의 배우만 있으면 공연할 수 있다. 토머스 플래터가 1599년에 글로브 극장에서 〈줄리어스 시저〉를 보앉을 때, 대략 열다섯 명 정도가 있었다고 기록하고 있다. 〈로미오와 줄리엣〉에서 왜 파리스가 캐퓰렛가의 무도회에 가지 않았을까? 아마 그가 무도회에 참석하는 머큐시오와 1인 2역을 맡고 있었기 때문일 것이다. 〈겨울 이야기〉에서 마밀리어스는 퍼디타 역으로 돌아왔을 것이며, 카밀로와 동일한 인물이 안티고너스 역을 맡음으로써 마지막 부분에서 폴리나와 동료 관계를 맺는 것이 무척 자연스러운 마무리가 되었을 것이다. 티타니아와 오베론은 종종 히폴리타와 테세우스 역을 맡은 같은 배우들에 의해 연기됨으로써 밤의 세계와 낮의 세계의 통치자들을 일치시키는 상징적 효과를 가져왔다. 그러나 의상을 갈아입는 데 필요한 시간이 충분했을지는 의문이다. 너무도 흔한 일이지만, 이것은 감질나는 추측의 영역에 남아 있다.

국왕 극단

잉글랜드의 새로운 왕 제임스 1세는(어릴 때는 스코틀랜드의 왕으로서 제임스 6세로 불렸다) 즉시 로드 체임벌린 극단을 자신의 직접적인 후원 하에 두었다. 그때부터 그들은 국왕 극단이 되었으며 셰익스피어의 남은 활동 기간 내내 어느 경쟁자들보다 훨씬 많은 궁정 공연을 하는 혜택을 누렸다. 심지어 즉위 초기에는 셰익스피어와 버비지에게 기사 작위 수여를 고려하고 있다는 소문이 있었을 정도였는데, 이는 순수 배우들에게는 전례가 없는 일이었다. 결국 빅토리아 여왕 재위 기간에 탁월한 셰익스피어 배우였던 헨리 어빙에게 그 작위가 수여될 때까지,

그 직업에 속한 사람에게는 거의 3백 년가량 작위가 수여되지
않았다.

셰익스피어의 창작 속도는 제임스 1세 시대에 더뎌졌는데,
이는 나이나 어떤 개인적인 트라우마 때문이 아니라, 역병이
자주 발생해서 오랜 기간 극장이 폐쇄되었기 때문이었다. 국
왕 극단은 몇 개월간이나 순회공연을 다니지 않을 수 없었다.
1603년 11월과 1608년 사이에 극단은 남부와 중부의 여러 도
시에 나타났지만, 그때쯤 셰익스피어는 그들과 함께 순회공연
을 다니지는 않은 것으로 보인다. 그는 스트랫퍼드에 있는 고
향에 큰 집을 샀고, 다른 부동산도 모으고 있었다. 사실 그는
새 왕이 즉위한 후 곧 연기를 그만두었을지도 모른다. 런던의
극장들이 그 시기에 상당히 오랫동안 폐쇄되었고 많은 공연 작
품을 비축하고 있었기에, 셰익스피어는 궁정에서 요구가 있을
시에 공연할 수 있는 길고 복잡한 비극 몇 편을 쓰는 데 자신
의 에너지를 집중하고 있었을 것으로 보인다.《오셀로》,《리어
왕》,《안토니와 클레오파트라》,《코리올레이너스》, 그리고《심
벌린》 등은 그의 가장 길고 시적으로 웅장한 희곡들에 속한다.
《맥베스》만이 유일하게 짧은 원고로 남아 있는데, 셰익스피어
의 사후에 개작된 흔적을 보여준다. 토머스 미들턴과 공동 집필
한 것이 분명하며 흥행에는 실패했을, 통렬하게 풍자적인《아테
네의 티몬》도 이 시기의 작품이다. 희극에서도 그는 엘리자베스
시대에 썼던 것보다도 더 길고 도덕적으로는 더 암울한 작품을
썼고,《자에는 자로》와《끝이 좋으면 모두 좋다》에서 희극 형식

의 경계를 넓혔다.

1608년 이후 국왕 극단이 실내 극장인 블랙프라이어스를 사용하게 되면서(겨울 극장으로 사용했다는 것은 여름에는 실외 극장인 글로브만 이용했다는 뜻일까?), 셰익스피어는 더욱 낭만적인 스타일로 바뀌었다. 그의 극단은 오래된 목가극인 〈뮤세도러스〉의 재공연 개작 판본으로 큰 성공을 거두었다. 심지어 곰을 출연시키기도 했다. 한편, 가끔 프랜시스 보먼트와 공동 집필했던 좀 더 젊은 극작가인 존 플레처는 계략과 목가적 여행이 가미된 희비극이라는, 로맨스와 왕당주의가 혼합된 새로운 스타일을 개척하고 있었다. 셰익스피어는 《심벌린》에서 이 표현 양식에 관해 실험을 했고, 결국 플레처는 셰익스피어의 축복을 받으며 국왕 극단의 작가 자리를 물려받았을 것이다. 두 작가는 1612년과 1614년 사이에 세 작품을 공동 집필한 것이 분명해 보인다. 《카르데니오》라 불리는 잃어버린 로맨스(세르반테스의 《돈키호테》에 등장하는 인물의 상사병에 기반을 둔 작품), 《헨리 8세》(원래 "모든 것이 사실"이라는 제목으로 공연되었다), 초서의 〈기사 이야기〉를 극화한 《두 귀족 친척》이 그것이다. 이 작품들은 셰익스피어가 마지막으로 단독 집필했던 희곡 두 편 《겨울 이야기》와 《템페스트》 이후에 쓰여졌다. 《겨울 이야기》는 자신의 오랜 적인 로버트 그린의 목가적 로맨스를 극화한 옛날 방식의 자의식적인 작품이며, 《템페스트》는 다양한 극적 전통, 다양한 독서와 신세계로 가는 도중에 난파당한 배의 운명에 관한 동시대의 관심을 한꺼번에 합쳐놓은 작품이었다.

19세기 낭만주의 비평가들이 《템페스트》에서 프로스페로의 에필로그를 극작에 대한 셰익스피어의 개인적 작별 인사로 읽고 갑작스럽게 은퇴했다고 추측했던 것과는 달리, 플레처와의 공동 저작은 셰익스피어의 경력이 서서히 바래가며 끝났음을 암시한다. 삶의 마지막 몇 년간 셰익스피어는 분명 스트랫퍼드에서 많은 시간을 보냈으며, 거기서 부동산 거래와 송사에 깊이 연루되기도 했다. 그러나 그의 런던 생활 또한 계속되었다. 1613년에 그는 처음으로 런던에 꽤 큰 규모의 부동산을 구입했다. 극단의 실내 극장과 가까이 있는 블랙프라이어스 지역에 있는 종신 보유 주택이었다. 《두 귀족 친척》은 1614년에 이르러서야 쓰여졌을 것이며, 셰익스피어는 1616년 아마도 그의 52세 생일날 스트랫퍼드에 있는 집에서 알려지지 않은 원인으로 사망하기 전에 사업차 런던에 1년을 좀 넘게 머무르기도 했다.

그의 작품 중 절반 정도는 그의 생전에 다양한 품질의 텍스트로 출판되었다. 그가 사망하고 몇 년이 지난 후, 그의 동료 배우들은 그의 《희극, 역사극 그리고 비극》 전집의 공인 판본을 취합했다. 그것은 1623년에 대형 "이절판"의 형태로 등장했다. 36편을 모은 이 희곡집은 셰익스피어에게 불후의 명성을 안겨주었다. 이절판의 권두에 두 편의 찬양시를 기고한 그의 동료 극작가인 벤 존슨의 시구 속에서 그의 작품 자체는 "무덤 없는 기념비"를 그에게 만들어주었다.

그대의 책이 살아 있는 동안 예술은 여전히 살아 있고,

우리에겐 읽을 지혜와 바칠 수 있는 찬사가 있으니……

그는 한 시대가 아닌 모든 시대의 시인이도다!

1589~1591   《패버섬의 아든(Arden of Faversham)》(일부 집필 가능
            성 있음)

1589~1592   《말괄량이 길들이기(The Taming of the Shrew)》
            《에드워드 3세(Edward the Third)》(일부 집필 가능성
            있음)

1591   《헨리 6세 2부(The Second Part of Henry the Sixth)》, 원래
            제목은 《두 명문가인 요크가와 랭커스터가의 분
            쟁 1부》였음(공저 가능성 있음)
            《헨리 6세 3부(The Third Part of Henry the Sixth)》, 원래
            제목은 《요크 공 리처드의 비극》이었음(공저 가
            능성 있음)

1591~1592   《베로나의 두 신사(The Two Gentlemen of Verona)》
            《타이터스 앤드러니커스(The Lamentable Tragedy of

Titus Andronicus)》(조지 필과 공동 집필 혹은 조지 필의 예전 판본 개작, 1594년 개작되었을 수 있음)

1592	《헨리 6세 1부(The First Part of Henry the Sixth)》(토머스 내시를 비롯한 다른 작가들과 공동 집필)
1592/1594	《리처드 3세(King Richard the Third)》
1593	〈비너스와 아도니스(Venus and Adonis)〉(시)
1593~1594	〈루크리스의 능욕(The Rape of Lucrece)〉(시)
1593~1608	《소네트(Sonnets)》(154편, 저자 논란이 있는 〈연인의 불평(A Lover's Complaint)〉과 함께 1609년 출판됨)
1592~1594/ 1600~1603	《토머스 모어 경(Sir Thomas More)》(앤서니 먼데이 원작의 희곡을 위해 한 장면 집필, 헨리 체틀, 토머스 데커, 토머스 헤이우드가 개작한 것으로 알려져 있음)
1594	《실수 연발(The Comedy of Errors)》
1595	《사랑의 헛수고(Love's Labour's Lost)》
1595~1597	《사랑의 노고의 승리(Love's Labour's Won)》(다른 희극의 원래 제목이 아니라면 소실된 작품임)
1595~1596	《한여름 밤의 꿈(A Midsummer Night's Dream)》 《로미오와 줄리엣(The Tragedy of Romeo and Juliet)》 《리처드 2세(King Richard the Second)》
1595~1597	《존 왕(The Life and Death of King John)》(이전에 집필했을 가능성 있음) 《베니스의 상인(The Merchant of Venice)》

《헨리 4세 1부(The First Part of Henry the Fourth)》

1595~1598 《헨리 4세 2부(The Second Part of Henry the Fourth)》

1598 《헛소동(Much Ado About Nothing)》

1598~1599 《열정적인 순례자(The Passionate Pilgrim)》(20편의 시, 일부는 셰익스피어의 작품이 아님)

1599 《헨리 5세(The Life of Henry the Fifth)》

〈여왕 폐하에게(To the Queen)〉(궁정 공연의 에필로그)

《좋으실 대로(As You Like It)》

《줄리어스 시저(The Tragedy of Julius Caesar)》

1600~1601 《햄릿(The Tragedy of Hamlet, Prince of Denmark)》(예전 판본의 개작으로 보임)

《윈저의 즐거운 아낙네들(The Merry Wives of Windsor)》(1597~1599년 판본의 개작으로 보임)

1601 〈목소리 큰 새가 노래하게 하라(Let the Bird of Loudest Lay)〉(1807년 이후 〈불사조와 거북〉으로 알려져 있음)

《십이야(Twelfth Night, or What You Will)》

1601~1602 《트로일러스와 크레시다(The Tragedy of Troilus and Cressida)》

1604 《오셀로(The Tragedy of Othello, the Moor of Venice)》

《자에는 자로(Measure for Measure)》

1605 《끝이 좋으면 모두 좋다(All's Well That Ends Well)》

《아테네의 티몬(The Life of Timon of Athens)》, 토머스

미들턴과 공저

1605~1606	《리어 왕(The Tragedy of King Lear)》
1605~1608	《4편의 희곡 모음집》에 기여(대부분 토머스 미들턴이 집필한《요크셔 비극》외에는 소실되었음)
1606	《맥베스(The Tragedy of Macbeth)》(현존하는 텍스트에는 토머스 미들턴이 추가한 장면이 포함되어 있음)
1606~1607	《안토니와 클레오파트라(Antony and Cleopatra)》
1608	《코리올레이너스(The Tragedy of Coriolanus)》
	《페리클레스(Pericles, Prince of Tyre)》, 조지 윌킨스와 공저
1610	《심벌린(The Tragedy of Cymbeline)》
1611	《겨울 이야기(The Winter's Tale)》
	《템페스트(The Tempest)》
1612~1613	《카르데니오(Cardenio)》, 존 플레처와 공저(루이스 시어볼드의 《이중기만(Double Falsehood)》이라는 제목으로 나중에 개작된 판본으로만 남아 있음)
1613	《헨리 8세(Henry VIII: All Is True)》, 존 플레처와 공저
1613~1614	《두 귀족 친척(The Two Noble Kinsmen)》, 존 플레처와 공저

참고 문헌 및 사진 출처

참고 문헌

1) Samuel Pepys, *The Diary of Samuel Pepys*, ed. Robert Latham and William Matthews, Volume 3 (1970), p. 39.

2) John Downes, *Roscius Anglicanus*, ed. Montague Summers (1929, repr. 1969), p. 22.

3) John Doran, *"Their Majesties' Servants," or Annals of the English Stage* (1879), Volume 1, pp. 187-8.

4) Arthur Murphy, The Student, 20 October 1750, reprinted in *Shakespeare: The Critical Heritage*, 1733-1752, ed. Brian Vickers, Volume 3 (1975), pp. 374-9.

5) *London Magazine*, October 1750.

6) David Garrick, *The Plays of David Garrick*, ed. With commentary and notes by Harry William Pedicord and Fredrick Louis Bergmann, Volume 3: *Garrick's Adaptation of Shakespeare*, 1744-1756 (1981).

7) William Hazlitt, *Champion*, 8 January 1815.

8) *The Times*, London, 30 December 1845.

9) William Winter, "Opening Night at the Booth Theater," *New York Daily Tribune*, 4 February 1869.

10) Clement Scott, *"The Bells" to "King Arthur": A Critical Record of the First Night Productions at the Lyceum Theater from 1871 to 1895* (1896), pp 229-44.

11) Henry James, "London Pictures and London Plays," *Atlantic Monthly*, L, no. CCX-CVIII, August 1882, pp. 253-63.

12) George Bernard Shaw, *Saturday Review*, London, LXXX, 28 September 1895, pp. 409-10.

13) "Romeo and Juliet at the Royalty Theatre," *The Academy*, 68, no. 1723, 13 May 1905, p. 522.

14) J. C. Trewin, "Full Dress, 1900-1914: In Town and Out, 1905-1906," in his *Shakespeare on the English Stage*, 1900-1964: A Survey of Productions (1964), pp. 34-7.

15) James Agate, *Sunday Times*, London, 20 October 1935.

16) Peter Fleming, *Spectator*, 25 October 1935.

17) *The Times*, London, 18 October 1935.

18) Ivor Brown, *Observer*, 20 October 1935.

19) James Agate, *Sunday Times*, 1 December 1935, reprinted in his More First Nights (1937), pp. 182-88, 203-8.

20) *The Times*, London, 7 April 1947.

21) H. S. Bennett and George Rylands, *Shakespeare Survey 1* (1948), pp. 107-11.

22) Jill Levenson gives an excellent account of this production in chapter V of her *Shakespeare in Performance: Romeo and Juliet* (1987).

23) Kenneth Tynan, *Observer*, 10 October 1960.

24) Tynan, *Observer*, 10 October 1960.

25) See Dannis Kennedy, ed., *Foreign Shakespeare: Contemporary Performance (1993) and A Directory of Shakespeare in Performance, 1970-2005*, Volume I, *Great Britain*, ed. John O'Connor and Katharine Goodland (2007).

26) Katharine Duncan-Jones, *Times Literary Supplement*, 20 October 2000, p. 19.

27) Cedric Watts, *New Critical Introductions to Shakespeare: Romeo and Juliet* (1991), p. xxi.

28) Douglas Lanier, "'What's in an Name?': Romeo and Juliet and Pop Culture," in Sourcebooks Shakespeare, *Romeo and Juliet: Shakespeare in Performance* (2005), pp. 19-25.

29) Levenson, *Romeo and Juliet*, p. 105.

30) Jennifer L. Martin, "Tights vs Tattoos: Filmic Interpretation of *Romeo and Juliet*," *English Journal* 92, no 1 (September 2002), pp. 41-6. More detailed discussions of Luhrmann's film can be found in Barbara Hodgdon, "*William Shakespeare's Romeo + Juliet:* Everything's Nice in America?," Shakespeare Survey 52 (1999), pp. 88-98; James Loehlin, "'These Violent Delights Have Violent Ends': Baz Luhrmann's Millenial Shakespeare," in *Shakespeare, Film, Fin de Siècle*, ed. Marc Thornton Burnett and Ramona Wray (2000), pp. 121-36, p. 124; Michael Anderegg, *Cinematic Shakespeare* (2004), pp. 73-4.

31) Jim Welsh, "Postmodern Shakespeare: Strictly Romeo," *Literature-Film Quarterly* 25, no 2 (April 1997), pp. 152-3.

32) Gregory Doran, *Romeo and Juliet*, RSC Education Pack, 1989.

33) *Romeo and Juliet*, RSC Online Playguide, 2004.

34) Originally coined by William Hazlitt in his essay on *Characters of Shakespeare's Plays* (1817): "Romeo is Hamlet in love. There is the same rich exuberance of passion and sentiment in the one, that there is of thought and sentiment in the other. Both are absent and self-involved, both live out of themselves in a world of imagination. Hamlet is abstracted from every thing; Romeo is abstracted from every thing but his love, and lost in it."

35) Russell Jackson, *Romeo and Juliet*, Shakespeare at Stratford (2003).

36) David Tennant, "Romeo," in Robert Smallwood (ed.), *Players of Shakespeare* 5 (2003).

37) Russell Jackson, *Romeo and Juliet*, Shakespeare at Stratford (2003).

38) *Romeo and Juliet*, RSC Education Pack, 1997.

39) *Romeo and Juliet*, RSC Education Pack, 1997.

40) David Benedict, Independent, 8 November 1997.

41) Margaret Thatcher, from an interview on 23 September 1987 to *Woman's Own*, published 31 October 1987.

42) Russell Jackson, *Romeo and Juliet*, including a quotation from the *Sunday Times Review* (Shakespeare at Stratford, 2003).

43) Irving Wardle, *The Times*, London, 10 April 1986.

44) Michael Billington, *Guardian*, 10 April 1986.

45) Martin Hoyle, *Financial Times,* 10 April 1986.

46) Gregory Doran, Assistant Director, *Romeo and Juliet*, RSC Education Pack, 1989.

47) Michael Billington, *Guardian*, 2 April 1976.

48) Billington, *Guardian*, 2 April 1976.

49) Sebastian, in Shakespeare's *Twelfth Night* (Act 2 scene 1).

50) Michael Billington, interview with Karolos Koun, *The Times*, 9 September 1967.

51) Keith Brace interview with Ian Holm, *Birmingham Post*, 9 September 1967.

52) Jack Sutherland, *Morning Star*, 15 September 1967.

53) Michael Billington, *Guardian*, 7 April 1989.

54) Paul Taylor, *Independent*, 7 April 1989.

55) David Tannant, "Romeo."

56) Richard Williamson, *Sunday Mercury*, 9 July 2000.

57) James N. Loehlin, *Romeo and Juliet*, Shakespeare in Production (2002).

58) Loehlin, *Romeo and Juliet*.

59) Jeremy Kingston, *Punch*, 4 April 1973.

60) Russell Jackson, *Romeo and Juliet*.

61) The Buzzcocks, "Every Fallen In Love With Someone (You Shouldn't've Fallen In Love With)?" from the album *Love Bites* (1978).

62) Michael Billington, *Guardian*, 8 April 2004.

63) Michael Billington, *Guardian*, 6 April 1995.

64) Wardle, *The Times*, London, 10 April 1986.

65) Niamh Cusack, interview with Lesley Thornton, *Observer Colour Supplement*, 6 April 1986.

66) Michael Billington, *Guardian*, 10 April 1986.

67) *Romeo and Juliet*, Shakespeare in Production (2002).

68) Patrick Marmion, *Evening Standard*, 6 July 2000.

69) Benedict Nightingale, *The Times*, London, 7 November 1997.

70) *Romeo and Juliet*, RSC Education Pack, 1997.

71) Michael Billington, *Guardian*, 6 November 1997.

72) Alastair Macaulay, *Financial Times*, 10 November 1997.

73) Jane Edwardes, *Time Out*, 12 November 1997.

74) Ray Fearon, *Romeo and Juliet*, RSC Education Pack, 1997.

75) *Romeo and Juliet*, RSC Education Pack, 1989 (Doran was Assistant Director in Terry Hands' production).

사진 출처

261쪽 Directed by Peter Brook (1947) Angus McBean ⓒ Royal Shakespeare Company

267쪽 Directed by Baz Luhrmann (1996) ⓒ Bazmark/RGA

275쪽 Directed by Michael Bogdanov (1986) Joe Cocks Studio Collection ⓒ Shakespeare Birthplace Trust

278쪽 Directed by Trevor Nunn (1976) Joe Cocks Studio Collection ⓒ Shakespeare Birthplace Trust

302쪽 Directed by Michael Attenborough (1997) Malcolm Davies ⓒ Shakespeare Birthplace Trust

316쪽 Directed by Michael Boyd (2000) Robert Workman ⓒ Royal Shakespeare Company

328쪽 Directed by Michael Boyd (2000) Robert Workman ⓒ Royal Shakespeare Company

341쪽 Reconstructed Elizabethan playhouse ⓒ Charcoalblue

옮긴이 **홍유미**

이화여자대학교 영어영문학과를 졸업하고 동 대학원에서 셰익스피어와 현대 영미희곡으로 석사 및 박사학위를, 영국 버밍엄대학교 영어영문학과에서 셰익스피어로 석사학위를 받았다. 현재 명지대학교 방목기초교육대학 교수로 재직 중이다. 《트로일러스와 크레시다》에 나타난 여성의 아이덴티티의 문제〉《베니스의 상인》에 나타난 포샤 연구〉〈페미니스트들의 셰익스피어 다시 만들기〉〈셰익스피어 텍스트의 현대적 수용 및 의미의 재생산의 문제: 구로사와의 '란'을 통해 본 셰익스피어의 개작과 영화화를 중심으로〉 등의 논문을 썼다. 《셰익스피어 1》을 썼고, 《버킹엄셔에 비치는 빛》 《푸코와 문학: 글쓰기의 계보학을 위하여》(공역) 《셰익스피어 비극》(공역) 등을 우리말로 옮겼다.

시공 RSC 셰익스피어 선집

로미오와 줄리엣

2012년 10월 26일 초판 1쇄 발행
2016년 1월 6일 초판 2쇄 발행

지은이 | 윌리엄 셰익스피어
옮긴이 | 홍유미
발행인 | 이원주

책임편집 | 정은미
책임마케팅 | 임슬기

발행처 | (주)시공사
출판등록 | 1989년 5월 10일(제3-248호)

주소 | 서울특별시 서초구 서초동 1628-1(우편번호 137-879)
전화 | 편집 (02)2046-2851 · 영업 (02)2046-2800
팩스 | 편집 (02)585-1755 · 영업 (02)585-0835
홈페이지 www.sigongsa.com

ISBN 978-89-527-6672-4(04840)
      978-89-527-6668-7(set)